# LOS TIRANOS DEL PARAISO

# MARIANO MORILLO B. PhD

WORKBOOK PRESS LLC
187 E Warm Springs Rd,
Suite B285, Las Vegas, NV 89119, USA

Website:        https://workbookpress.com/
Hotline:        1-888-818-4856
Email:          admin@workbookpress.com

Ordering Information:
Quantity sales. Special discounts are available on quantity purchases by corporations, associations, and others. For details, contact the publisher at the address above.

ISBN-13:        978-1-953839-94-7 (Paperback Version)
                978-1-953839-95-4 (Digital Version)

REV. DATE: 06.17.2021

# DENUNCIAR ES LIBERAR

# DEDICATORIA

Al Dios de mi Ser

A mis Hijos

A mis Lectores

A los que tienen sed de Justicia

A los que Claman en el Desierto

A los que Buscan la Justicia como el Pilar más Firme de una Sociedad

# TABLA DE CONTENIDO

# CAPITULO 1

El mundo giraba en dirección indefinida, el hombre olvidaba sus orígenes y la lucha de unos y otros en pos de la sobrevivencia, había llevado a los líderes de las naciones al caos y la desesperación.

Y recurriendo al último recurso de presión y control, las armas nucleares y la violencia, se había incrementados en los cuatro puntos cardinales.

El hombre había perdido el control de su propio monstruo, y antes la soberbia y el orgullo, una enorme porción de la tierra se perdió en el abismo.

La naturaleza también hizo su parte, y grandes brisas soplaron, erradicando los bosques, y cuantiosas lluvias cayeron enlodando el terreno.

Una hambruna descontrolada, azotó en diferentes direcciones, y muchos confundidos en sus ignorancias se arrebataban la vida, y en medio de tanta confusión se elevó una nación, cuyo sistema dio cabida a mesocracia, teocracia, aristocracia y a todas las terminologías, conjugada en esa desinencia.

La fama de aquella nación, se expandió por el mundo, y el residuo de los habitantes de otras naciones que habían logrado escapar, del efecto de la causa, y la inclemencia del tiempo, partieron a poblar aquellas nuevas tierras, de promesas y esperanzas.

El caos justificaba su acción, el hombre seguía confundido, la violencia crecía cada día, y la justicia había desviado su curso.

De las profundidades del mundo y de algún rincón del mar, las olas arrastraron una nueva especie de hombres que por su carisma y sus servicios, se distinguieron entre todos, con un liderazgo mágico, que tan sólo con hablar se hacían oír de todos.

Eran como un gobierno de gobiernos, organizaron el caos y aplicaron la miel y la hiel, recurriendo a la  democracia y a la violencia, dejando claro que cuando no se lograba algo con la música, habría de recurrirse al fusil, para ellos la paz  era como una quimera, debido a que sus grandes beneficios provenían de la guerra, y su sistema había evolucionado en la violencia, y habían impuesto su trono en el mundo, definiendo su accionar en los distintos puntos cardinales.

Durante un período de más de sesenta años, el mundo toleró su liderazgo, no sin que existieran quienes los rechazaran, pero se llegó el tiempo en que los que estaban dormidos despertaron, y fueron cuestionando el estilo de gobierno de aquellos hombres de allende el mar, dando por resultado el desgaste del laureado liderazgo, quedando registrado en la conciencia activa de una exasperada opinión pública.

Por la muy ostentosa  condición de bonanza que alcanzaban, los que emigraban a la tierra que ocupaba  esa nación  en el continente , y por la fuerza de sus divisas  comparada con  las de otras  naciones vecinas, la fama y la admiración de aquel reino y sus ciudadanos, se expandió a los confines de la tierra.

En todos los lugares del mundo se había inyectado la inquietud, y crecía la curiosidad sobre aquella nación, que indujo a que muchos,  quisieran emigrar, y que pocos pudieran llegar.

De ahí, surgió la noticia de que el reino era un imperio que intentaba tener sus manos en todos los rincones del mundo donde ellos se enteraran que podía existir alguna fuente de riqueza.

Los que viajaban al reino en busca de mejores oportunidades, y regresaban cargados de bondades, influían en las mentes de los que se quedaron, dando pie a que aquellos se desesperaran y ambicionando el sueño de aquel terruño mágico, se constituyeran en masas de emigrantes que tras la aventura de una esperanza de "abundancia" a veces se entregaban a la decepción y la desilusión.

Otros se aprestaban a enfrentar el dolor de la incomprensión, e intentando golpear sus frustraciones, se hicieron la ilusión de que si habían dejado sus naciones, sus casas y su familia, era tras del honor de habitar en la tierra del sol, del verdor de la luz, del esplendor, a la que acabarían nombrando "el Paraíso".

Y así fue cimentando tan aterciopelado nombre su origen, en la estructura y condición de una nación.

El reino expandía su poderío, en el nombre del bien se generaba el mal, el reino se convirtió en imperio, las riquezas de otras naciones se fueron transportando a las sedes de aquel Paraíso, sus vecinos se hacían dependientes y el reino financiaba sus causas.

Allí se promovía la libre oferta y la demanda, allí se respiraba un aparente aire de libertad Donde los ciudadanos creían tenerlo todo, aunque nada tuvieran, y donde se vendía la belleza en jabones de olores, y cosmetología.

Y la constitución, a quien todos llamaban la visibilidad de la justicia, era un glorioso texto de jurisprudencia, donde los eruditos de ese entonces, basaban sus defensas, y los jueces sus sentencias.

Entonces por el afán de expansión y control, de su poderío político y económico,  sus gobernantes, empezaron a ser vistos, como tiranos debido a que cuando ellos querían cazar a un adversario, no escatimaban esfuerzo, para lograr su objetivo, y muchas veces solían erradicar a un pueblo entero para capturar a un sólo hombre.

La misión del reino con el paso del tiempo se fue deteriorando, el imperio seguía guerreando, su fortuna se fue agotando, y los emigrantes  de otras naciones que a principios eran como los trofeos conquistados en su sed de expansión, habían empezados a constituirse  según los vigilantes del erario en un peligro para aquellos que tenían el control. Así pensaban ellos.

# CAPITULO 2

The lush grove of the central park moved stealthily, cooling the high temperature of the city. It was July 3rd, the eve of national independence and the two o'clock sun began to soothe its cutting rays.

La frondosa arboleda del parque central se movía sigilosamente, refrescando la alta temperatura de la ciudad. Era el 3 de julio, la víspera de la independencia nacional y el sol de las dos de la tarde, empezó a apaciguar sus rayos cortantes.

El paraíso se sentía tranquilo la zona urbana lucía despejada Y Jefri Hamilton, tragaba un asado de res que unos minutos antes, se cocía en la parrilla que atizaban al aire libre en el corazón de la floreta. Una amplia sombra procedente de la arboleda, le permitía compartir y degustar en familia, sin embargo, algo le preocupaba en su rol, como comisionado de policía, rodeado de guardas espaldas, a quienes había delegado ordenes para los preparativos del desfile conmemorativo de independencia, en la esquina del tiempo.

---- Nunca debieron disparar más de tres balas, si ustedes creían que el negro ese, representaba un peligro, bien pudieron recurrir a otro mecanismo. Ni los criminales comunes disparan 50 veces sobre un hombre indefenso, no olviden que ustedes son policías, y no estaban supuesto a dejar tan mal parada a la ciudad como hasta ahora lo han hecho--- Dijo el comisionado.

---- No se preocupe señor comisionado ya el departamento de asuntos internos está tomando carta en ese hecho y trataremos de esclarecer qué fue lo que sucedió.--- Respondió el capitán Rick Salgado.

---- Bien, traten de agilizar la investigación para determinar qué vamos a hacer, el juez Rock estas esperando el informe antes de dictar sentencia, hay mucha presión y después de la sentencia estamos pensando mandarlo a Inglaterra a hacer un entrenamiento anti violencia. ---Aclaró el comisionado Jefri Hamilton.

Comisionado Hamilton, la prueba de sangre hecha a su sobrino determinó que él, estaba drogado en el momento de hacer los disparos, la opinión pública esta revuelta y estamos tratando que ninguna de esta información se filtre hacia la prensa, sobre todo eso de que su sobrino  en vez de la cárcel va a entrenarse en Inglaterra.--- Agregó el capitán Rick.

El comisionado Hamilton carraspeo antes de especificarle al capitán los por menores:

--- Capitán Rick, no es porque sea mi sobrino, es por ser un veterano de inteligencia con honores, Considere que la orden viene de más arriba, está por encima de mí ¿ por qué cree usted que están haciendo concepciones?… si no fuera así, tal vez todos los integrantes de esa brigada estarían presos y usted que la comandaba degradado, de aquí en adelante hay que ser más cuidadoso.

Hable con los tenientes de su zona, para que ellos a su vez lo hagan con los sargentos para que no sigan cometiendo estupideces, cada error que cometen equivale a reducir el tesoro de las arcas de la ciudad, el alcalde está muy molesto con todo lo acontecido.--- Dijo el comisionado Jefri Hamilton.

--- Lo tendremos muy en cuenta, señor ---Arguyó el capitán Rick.

Comenzó a tronar y una llovizna fina empezó a caer, el fogón comenzó a humear cuando la lluvia apagaba el fuego. El comisionado y el capitán se guarecieron bajo la carpa de  lona que habían levantado para tal fin.

Un año antes en ese entonces, se habían generados grandes tensiones en la ciudad, por las interdicciones raciales, habían sodomizado en un precinto policial   a un miembro de las minorías Afro, y aún no se había olvidado el resentimiento cuando usaron la fuerza de brutalidad policial con otro miembro minoritario, en esa ocasión con un latino acompañado de su familia y quien había sido encañonado con el arma reglamentaria de uno de los agentes que encabezaban un reten en presencia de sus hijos, mientras esperaba el cambio del semáforo en la calle 187 y western, en un condado de la ciudad.

Dos agentes policiales se había aproximado con la pistola en la mano dando unos toquecitos en la ventanilla del lado del chofer, mientras que el otro elucubraba en el lado del pasajero, fue cuando El mar atraído por la curiosidad, bajando el cristal, cuestionó:

--- ¿Pasa algo, en qué puedo ayudarlo? …

--- Dame la registración del carro y la licencia de conducir---Ordenó el oficial, Kate Haque.

--- Por supuesto, en un momento—Respondió El mar

El oficial con una cierta impaciencia aguardaba que El mar, localizara el documento en su cartera, alumbrado por la tenues luz que desprendía la lámpara interior del carro, dificultándole la prisa ameritada para satisfacer las exigencia del agente, que insistía rapidez con cierto nerviosismo, y que El mar no podía suplir debido a que este tenía una cantidad de documentos en la cartera que debía verificar hasta identificar la licencia de conducir.

De pronto, el oficial Kate Haque con un dejo de exasperación abrió la puerta del vehículo apoderándose del cuello de El mar, obligándolo a salir forzadamente, antes de que este pudiera localizar el documento requerido.

Le aplicó una zancadilla fallida cuyo giro sorpresivo lo condujo al suelo mientras El mar le caía encima. --- De modo que tú esta entrenado.--- Dijo, mientras El mar guardaba silencio.

Aparecieron otros agentes de la nada, que no dudaron en echársele encima, mientras le retorcían las piernas con la intención de quebrárselas sin ningún éxito, al tiempo que lo golpeaban desconsideradamente asestándole pisotones, linternazos y golpeándolo, al grado de causarle hematomas y laceraciones con sus armas de reglamentos, en los brazos, en las piernas y en uno de los tobillos, hasta dejarlo noqueado.

Esposaron lo, para seguir golpeándolo, y arrastrándolo, mientras Barbarita, testigo ocular, presenciaba.

Aquella Barbarita, era la novia embarazada, que esa noche lo acompañaba y que aún permanecía dentro del carro, en el asiento del lado del pasajero, siguiendo de cerca la conversación, percatándose de la golpiza que le estaban propinando a El mar, con los ojos humedecidos por la consternación llorando y voceando sin control, externaba :

=-- ¿Por qué lo hacen, si él no se está resistiendo, por qué lo golpean ?---... Decía.

Mientras El mar aun besando el piso desafiante externaba:

--- ¡Oh, brutalidad policial! Les encanta crear violencia, ¿verdad ?--- Dijo mientras los agentes en silencio, seguían concentrado en su afán de tortura.

Había empezado a llover y los uniformados aprovecharon para arrastrarlo hasta uno de los carros patrulleros que habían llegados, lo introdujeron al asiento trasero que parecía una caja de Pandora, y adolorido e incomodo, El mar fue conducido al precinto 46, mientras el carro Lincoln que él conducía, y donde aún estaba Barbarita con los niños, lo habían dirigido al Hospital San Barnabas, donde al llegar, habían sido atendidos los niños, como una forma de verificar los niveles de traumas acumulados, ante lo acontecido aquella noche.

Mientras que a Barbarita, que aun permanecía en su trance, le aplicaban unos aparatos, la Examinaron con el mayor cuidado y después, no habiendo alternativa la impregnaron de terapias y masajes, provocándole el parto.

# CAPITULO 3

When they arrived at the 46th precinct it was 12:25 am   , El mar had been taken out of the patrol car and left in the waiting room, where he kept crawling on the floor unable to get up, beset by the pain generated by the bruises, by the traumatic discomforts of life, while pressing to be taken to the hospital, officer Kate Haque claimed that his supervisor was not there and El mar told him:

Cuando llegaron al precinto 46 eran las 12:25 am,   El mar había sido sacado del patrullero y dejado en la sala de espera, donde se mantenía arrastrándose por el piso sin poder levantarse, asediado por los dolores generados por los hematomas, por los traumáticos malestares que le daba la vida, mientras presionaba a fin de que lo condujeran al hospital, el oficial Kate Haque alegaba que su supervisor no se encontraba y El mar le decía:

--- No entiendo que tratas de decirme, tu supervisor no estaba cuando junto a tus camarillas me golpearon, por lo mismo tampoco debe importar que él no esté, para que me lleven  al hospital, Por favor, llévame y no te preocupes, no te causaré  ningún problema, y puede ser peor si no me llevas, además yo no sé ¿ por qué? estoy  aquí,  yo no he hecho nada y por lo mismo esto es un falso arresto.--- Expresó  El mar.

Kate Haque guardó silencio, pero en ese instante otros prisioneros que estaban escuchando la conversación en las celdas de recepción, comenzaron a inmiscuirse presionándolo a fin de que El mar fuera conducido al hospital, lo que aprovechó el agente para retirarle las esposas y tomarle las huellas digitales.

Kate Haque, había comenzado el proceso de digitar las huellas de El mar Valenilla, no sin antes tener sus frustraciones, y afanado en su intento descubrió que hasta para ficharlo era difícil, y en seguidas surgieron varias dificultades, la pantalla del computador le estaba presentando las huellas deformadas,provocandole una exasperación que  lo indujo a responsabilizar a El mar de lo que acontecía :

--- ¿por qué estás impidiendo que se te tomen las huellas?  --- Dijo.

--- Yo no estoy haciendo nada, parece que Dios te lo estas impidiendo.--- Replicó El mar.

El oficial Kate Haque, volvió a guardar silencio mientras insistía en replantear el formato para tomar las huellas, agotando en esa jornada más de cuarenta minutos, antes de que la lograra satisfactoriamente.

Ese lapso de tiempo le pareció una eternidad, entonces se le ocurrió pensar que El mar estaba poseído por una fuerza más allá de su entendimiento y se arrepintió de haberse encontrado envuelto en un encuentro de esa naturaleza frente a él, sin embargo era algo tarde y debía continuar con el procesamiento de las huellas, mientras pensaba cómo justificar aquel arresto.

Él necesitaba impresionar a sus superiores y al momento de accionar contra El mar él pensó que ese arresto vendría a ser una oportunidad en su carrera de esbirro.

El oficial Kate Haque por sus orígenes Hindú no se había identificado plenamente con el patrón de violencia en occidente e incluso sus conocimientos de su historia ancestral le había reportado los grandes sacrificios de Mahatma Gandhi frente a la violencia de la La policía imperial inglesa, y esos recuerdos de su historia ancestral tendían a confundirlo cada vez más rigurosamente, entonces le dio por pensar que tal vez El mar era la viva reencarnación de Gandhi.

Mientras, buscaba la manera de avanzar en la reproducción de aquellas marcas dactilares, trató de distraer sus pensamientos, desviando su inquietud, recitó en el silencio de la noche un verso que aprendió de su padre judío:

"Sólo al verte sonreír puedo entender la expresión melancólica, pues tu tristeza tú la exhibe con nobleza, y mi alegría acelera el alma mía, mi corazón no puede tolerar que tu tristeza te lleve a fracasar.

Con mi armonía te canto vida mía, para que mi alma te inspire la alegría, gracias te doy por refrescarme la paz, gracias eterna señor Jehová, gracias padre que felicidad, gracias eterna señor Jehová.

Padre nuestro que en los cielos está, es glorioso alcanzar tu paz.

¡Que glorioso es experimentar tu bondad! ¡Que felicidad! Vengan todos debemos alabar, ¡que alegría padre Jehová!

Jesús vino para demostrar, el amor que pudo otorgar, con su sangre nos reivindicó, ¡que alegría ahora siento yo! ¿Será verdad que Jehová lo envió? ¡Que por su sangre el mundo se salvó! ¡Que alegría ahora siento yo!

Mientras iba pensando en los estribillos del poema sintió que algo lo había empezado a tranquilizar y empezó a entender que la vida siempre seria un experimento donde lo que estaba llamado a pasar siempre pasaría, que aquel era un mundo donde la mayoría de los pobres eran manipulados y abusados por una pequeña minoría de ricos, donde las leyes se profanaban para justificar lo injustificable.

Entonces quedó convencido de que su conciencia había sido cercenada desde que escogió servir a la opresión, aquellos que violentando el sistema, jamás se arrepentían de sus sucias osadías, llegando a la conclusión de que o seguía adelante o sería sancionado,  él sabia que en aquella nación de oportunidades y de peligro a la vez, por nada se perdía todo, allí los errores se pagaban con cárcel o con dinero, y otras veces hasta con la vida, allí los hombres no siempre podían entender que la auténtica justicia radicaba en no hacer a sus semejantes lo que no querían que le hicieran a ellos.

En el Paraíso solían generarse los más sorprendentes acontecimientos que en ocasiones solían originar las grandes cosas buenas pero también los más terribles males, porque además enclaustrado en las paredes del silencio habitaba el intelecto del terror, seguido según la actitud y la calidad de discernir, de la gloria o el abismo.

Habían transcurridos veinte minutos antes de que llegara la ambulancia que trasladaría a El mar al hospital, los paramédicos lo ayudaron a incorporarse acomodándolo con gran esfuerzo en una camilla y transcurridos los diez minutos habían arribados la sala de emergencia del hospital San barnabas sostenido por dos paramédicos y escoltado por el oficial Kate Haque quienes fueron recibidos a su vez, por el doctor Merchant, quien a  seguida sometió a El mar a un ligero interrogatorio :

--- ¿Qué fue lo que pasó? – Indagó el doctor Merchant, dirigiéndose a El mar.

--- Este tipo peleó con alguien.-- Respondió el oficial Haque, adelantándose a la respuesta de El mar.

--- Mentira, yo no he peleado con nadie, ustedes me golpearon. Replicó El mar, desmintiendo la versión del oficial Kate Haque quien no esperando tal reacción, optó por

Guardar silencio, mientras el doctor Merchant conducía a El mar a un cubículo de revisión.

Le retiraron nuevamente las esposas hasta que fuera concluido el diagnostico,

Siendo instalado en una cama de la sala, le aplicaron un suero, y después unos calmantes para el dolor, más adelante después del chequeo, habían determinando la necesidad de practicarle una exploración cascanica y una que otras radiografías en las partes afectadas.

Una vez concluido el diagnostico, volvió a ser esposado, resultó que en una sala aledaña se encontraban los niños Mark, procreado con Celeste Capellán, la compañera  anterior a la relación de ese entonces, y May, el primogénito de  Barbarita y El mar y debido a que no podían soportar los gritos desaforados del pequeño May, que había sido separado de la madre por la  posible condición de  alumbramiento de ella, y lo condujeron al pasillo donde esperaba El mar, para que estuvieran con él hasta que otros oficiales llegaran a recogerlos para ser trasladado a la agencia de protección al menor, que en ese entonces le llamaban (A C S.)

Mark que tenía cinco años entendía mejor lo acontecido, pero en cambio May, apenas con dos años no tenía muy claro lo que había sucedido y sus gritos eran más por miedo que por soledad, por eso la presencia de El mar resultó como un calmante para él y su reacción fue de serenidad y amor frente a su padre, y de una vez se posó sobre el dorso de él, abrazándolo y besándolo, mientras El mar le acariciaba el pelo.

Media hora más tarde, abordaron al hospital los oficiales que los conducirían a la agencia, lo que indujo a May a retomar su llanto inicial, cuando se sintió nuevamente alejado de él se le escuchaba exclamar bajo la tensión del llanto:

--- Papá, no quiero irme, papá, ven, papá.

Se mantuvo repitiendo la expresión hasta que el oficial que lo sostenía sobre sus hombros desapareció tras la puerta de salida seguido por Mark que caminaba tomado de la mano del otro oficial que lo acompañaba.

Amaneció domingo, El mar había sido trasladado a una habitación privada donde lo mantenían en custodia, esposado y bajo la vigilancia de un oficial, en las primeras horas de la mañana recibió la visita de dos oficiales subalterno de otro precinto, quienes le dispensaron una efusiva disculpa por todo lo que había acontecido, e hicieron correr la voz entre los oficiales de que El mar era buena persona.

Aquella recomendación le resultó algo conveniente, debido a que ese día él necesitaba comunicarse con Celeste Capellán, para notificarle lo que había sucedido y explicarle el ¿por qué? no le estaría devolviendo a Mark en el tiempo acordado, logrando La colaboración del oficial de turno en la custodia, quien había decidido prestarle el teléfono celular de su uso personal para tal objetivo.

Debido a que Celeste Capellán, andaba de amorío con otro hombre, ella había decidido que El mar la constatara al número del novio, para cualquier urgencia que involucrara a Mark, no pudiendo encontrarlos a ningunos él había decidido dejarle algún mensaje.

Tal como lo pensó, El mar lo hizo, Indicándole que se encontraba en el hospital y que por lo mismo no habiendo quien recogiera los niños a tiempo, la policía lo había llevado a la agencia de protección al menor.

Pensó El mar, que aparentemente el novio de la Celeste no le había suministrado el mensaje a tiempo, si no, hasta el otro día, aprovechando inmisericordemente la ocasión para reportar a la policía de Yonkers el inconveniente que atravesaba El mar, precisamente en un momento donde ella peleaba una custodia por Mark.

Creyese la Celeste oportuna la ocasión de confrontación entre El mar y los uniformados de la ciudad, para " matar dos pájaros de un tiro" como una motivación para  vengarse, y a la vez retener la custodia de Mark, así fue como al momento de ella presentarse a recoger al niño con la ayuda de los esbirros  de Yonkers y los emisarios del Departamento de Servicio Social, quiso convencerse de lo que le dijeron,  y " hacer leña del árbol caído : « El mar peleó con la policía ».

Sin indagar con nadie, sin saber más razones, aprovechó la ausencia de su controversial

rival, y con la anuencia de Miss Frolinger la abogada de oficio que le habían asignado a El mar, y que se había pasado al bando que Celeste Capellán representaba, le dictaron una orden de protección a Mark, y otra a ella, Todo eso había sucedido mientras El mar estaba en el hospital.

En su estadía en San Barnabas, éste había sido rigurosamente examinado, radiografiado y medicado, hasta el martes 23 de octubres donde estaría cara a cara con un juez de la suprema corte del Bronx, y donde otro abogado de oficio de » los defensores del condado>>, pasaría a representarlo, y donde se enteraría por primera vez de qué se le acusaba, el Bronx defender era algo así como una clínica de practicantes con muy buenos resultados.

Una organización comunitaria que buscaba orientar la defensa de los habitantes de la comunidad en el marco de la justicia. Allí fue donde encontró a la que pondría su mayor empeño en demostrar su inocencia, ella era Jocelyn Simp, quien aproximándose a las

Celdas de la corte acompañada de una asistente revisando la lista de defendidos, con cierta perspicacia nombró :

--- El mar Valenilla.--- Pronunció.

--- Aquí.--- Respondió El mar.

--- ! Hola, mi nombre es Jocelyn Simp, soy su abogada defensora.--- Dijo aproximándose a él.

--- Gracias, soy El mar Valenilla, busco y espero justicia.--- Afirmó.

--- Muy bien, ella es Sandra mi asistente, haremos todo lo posible por sacarlo de aquí.

--- ¡Hola!--- Se adelantó a responder la asistente.

--- Mucho gusto.--- Correspondió El mar mientras extendía su mano.

--- ¿Sabe de que se le acusa ?--- Interrumpió Jocelyn.

---No. ¿De qué ?--- Preguntó El mar con cierta curiosidad.

Jocelyn, miró el documento que portaba en sus manos y citó:

--- Resistencia al arresto, conducta desordenada y obstrucción del trabajo administrativo del gobierno.--- Indicó.

--- Soy inocente, yo no hice nada para que ellos me arrestaran, quienes me pegaron a mi fueron ellos, no yo a ellos, además, no soy ningún terrorista para que digan que estoy obstruyendo el trabajo administrativo del gobierno, se supone que este es un país

"democrático".--- Alegó El mar.

--- Muy bien, vamos a ver al juez.--- Dijo la abogada Simp.

Jocelyn y Sandra salieron por la puerta por donde entraron, mientras El mar, esperaba ser llamado para presentarse frente al juez.

Llamaron dos o tres de los detenidos, antes de que El mar fuera conducido frente al juez Patricio quien se había limitado a llamar el nombre del acusado y a leer los cargos que pesaban sobre éste, Jocelyn, tomaba notas de lo que él decía, para solicitar la libertad de su defendido:

--- Mi cliente se declara inocente, y yo pido que se le deje libre hasta que se investigue el caso.

--- Bien, dejémoslo para que regrese el quince de Diciembre.--- Dijo el juez patricio.

El secretario tomó notas, Jocelyn imitó al secretario y el oficial de la corte le extendió el citatorio que ella recogió entregándolo a El mar, quien le agradeció efusivamente.

--- Gracias. Dijo.

---- Está bien, me llamas el lunes.--- Le expresó Jocelyn, mientras le entregaba una tarjeta con su número telefónico.

El mar la tomó entre los dedos y abandonó la sala de "justicia".

Al salir de la corte se dirigió al precinto 46 a retirar sus propiedades, incluyendo el carro, y como después del incidente él no había vuelto a ver a Barbarita a pesar de haber estado hospitalizado en el mismo centro de salud, se dirigió directamente a Brooklyn.

Allí se enteró que ella había dado a luz una niña, y que para entrar al apartamento tuvo que romper la puerta con la ayuda de una de las enfermeras que la había atendido en el hospital, y que se había ofrecido a ayudarla, porque la llave del apartamento se había

Quedado en las propiedades que le habían retenidos a El mar en el precinto, y que se habían negado a entregársela a ella.

May, que aún no se callaba y que había logrado crispar los nervios de la proveedora asignada, había sido devuelto por la agencia el mismo día en que El mar había quedado en libertad.

Pasaron dos meses cuando empezaron a agudizarse los problemas, los emisarios de la ciudad comenzaron a movilizarse a través de la agencia de cuidado infantil de la ciudad, y del Departamento de Servicio Social de Yonkers, primero contactaron al dueño del apartamento que rentaba Barbarita Roque a través de una sección 8, quien

Comenzó a provocar a El mar de diferente manera e inclusive a presionar a Barbarita Roque, afín de que no lo recibiera en su casa.

Debido a que El mar y Barbarita tenían en común los niños pero literalmente tenían direcciones diferentes, aunque todas las noches él amaneciera en el apartamento de ella, pero; para los propósitos que ellos perseguían la presencia de El mar, le impedía fraguar su plan de manipulación.

Para ese entonces, ya un trabajador del servicio social de Yonkers la había contactado a través de un citatorio para interrogarla respecto a una denuncia de maltrato de menores que había levantado Celeste Capellán, alegando que Barbarita se molestaba experimentando ataques de celos cuando Mark se aproximaba a El mar.

En un principio Barbarita quiso negarse a atender la convocatoria, dejándole saber al trabajador que al ser ella una cliente residente en la ciudad de Nueva York, el servicio Social de Yonkers no tenía jurisdicción para interrogarla a ella respecto a una calumnia fraguada por Celeste Capellán, pero finalmente El mar la convenció para que se presentara al lugar.

Además de Barbarita, también El mar había sido cuestionado en esa cita, por lo que permitieron que él fuera el primero en entrar a la entrevista, para que ella fuera detrás, así sería más fácil aprovechar y tratar de sonsacarla con el objetivo de acorralar a El mar, que aún se mantenía enfrascado en una lucha en la corte de familia de Yonkers por la custodia de Mark, sin embargo él no iba a escatimar en exigir justicia, sobre todo cuando él conocía el propósito de Celeste Capellán, que en su capricho de despecho insistía en mantenerlo lejos del niño Mark, y aunque habían abordados acuerdos anteriores, por la mezquina condición de soberbia y ceguera, ella siempre persistía en una inexplicable e insostenible venganza.

Buscaba la Celeste un asiduo pretexto para volver a corte, lo que había provocado que El mar intentara agarrar "el toro por los cuernos" buscando la custodia de Mark, cuyo motivo se había generado cuando Celeste Capellán, lo sacó del país persiguiendo una causa ulterior, era dejarlo a cargo de los abuelos maternos, en su país de origen, sin sentar ninguna explicación a El mar, y dificultando la comunicación entre estos.

Nadie sabía el motivo real de su decisión pero se decía que todo obedecía a un plan de opresión fraguado contra El mar por el equipo de manipulación del Paraíso, donde ella como cabeza visible de la familia, había sido escogida para complementar el golpe,

cuyo éxito solo podría alcanzarse usando a la familia como pieza de aquel ajedrez, y Celeste Capellán mujer hermosa, silenciosa y calculadora podría ser la ficha del jaque mate, con la cual se podía avanzar en la fragua del plan.

Todo aconteció un año después de que ellos se unieran, ella había recibido una oferta silenciosa y prejuiciada que la conduciría a accionar con malicia, y para tal fin trató  de cobijarse en la sotana, haciendo que su hermano se hiciera cómplice en el confesionario; había consultado al beato quien era asesorado por su madre, que con gran diligencia le sugirió unas vacaciones que serian su partida y su gran despedida.

Ella, tratando de partir sin dejar huella, habíale comentado a El mar que su hermano mayor Rafi, a quien le apodaban el "beato"  por su consagración al sacerdocio, le enviaría un pasaje para unas vacaciones, donde ella viajaría con los niños, dos de su primer matrimonio y Mark, a fin de pasar una estadía en la ciudad de Tenerife, por allá por el Caribe.

El mar se había percatado que no todo andaba bien, algo que el ignoraba estaba sucediendo, su suspicacia aumentó cuando en el aeropuerto vio que Pedrosa Elizondo merodeaba en el contexto sin que él fuera informado.

Pedrosa, padre de los niños que no eran de él, y detrás de Pedrosa, los grandes obstáculos que le atraerían dificultades para la comunicación con Mark.

Al enterarse que su niño, aquel con quien tenía una estrecha amistad, había sido escogido para una forzada despedida, a El mar no le pareció correcto y mucho menos cuando supo que Mark se quedaría.

El mar se sintió burlado por lo que recurrió en busca de justicia a la corte de familia de Yonkers, donde le resultó la "medicina peor que la enfermedad", y donde se encontró que era más "la sal que el chivo". Tal acción generaría la separación definitiva entre él y Celeste Capellán.

Ya había sido alertado por una vecina del edificio de que tuviera cuidado porque Celeste había dicho que sectores gubernamentales interesados en justificarse, estaban buscando la manera de criminalizarlo para hacerlo quedar como "el malo de la película", justificando así, un propósito que ellos perseguían.

Nadie entendía lo que estaba pasando, pero lo cierto era que catorce años antes, en el año mil novecientos noventa y uno, cuando El mar llegó al Paraíso, a los dos meses de estar en la ciudad y habiendo sufrido un accidente en el trabajo, a él lo sacaron de la

Factoría donde se fabricaban uniformes militares, e ignorando que en ese entonces, en algunas bodegas de la ciudad, se vendían drogas con la naturalidad con que se vendía el azúcar y el arroz, había entrado a una de ella en el lado este de la calle B, en el bajo Manhattan y mientras hablaba con alguien que parecía estar al frente del negocio, entró

Otro emisario que interrumpiendo, dijo algo al oído al que hablaba con él.

Aparentemente avisado, el facineroso, salió del lugar apresuradamente, mientras dejaba a El mar con la palabra guardada  entre su boca, y aquel que parecía estar al frente del

Negocio siguió detrás del que le fue a avisar, al tiempo que le sugería a El mar que lo aguardara un instante.

No habían pasados dos minutos cuando los gendarmes entraron al lugar, habiendo sido confundido por los agentes con un narco traficante a quien nominaban Maxi Gómez, y

quien aparentemente tenía antecedentes penales, y cuya confusión, había influido para que El mar, fuera des considerablemente golpeado, saqueado, y arrestado por los esbirros

Sin uniformes a quienes en ese tiempo les decían detectives, sin que sus agresores sintiesen interés en que se esclareciera lo que había sucedido.

Habían falseado la verdad de los hechos, y le habían fabricado un caso de posesión y venta de drogas sin poseer ni vender, a pesar de que él, se había negado a declararse

culpable, ni aceptó una oferta de probatoria, que la corte le había ofrecido debido a que él no entendía que si   no había  hecho nada, no tenia que aceptar ninguna oferta, sumándose a todo eso los ruidos comunicacionales, debido a que el no entendía ni hablaba la lengua oficial del paraíso, resultando  estas limitaciones  la gran dificultad de su defensa.

Además del trauma de su propia existencia, sumaba se a esto los prejuicios raciales del abogado de oficio que le habían asignado, al grado que él llegara a pensar que ese abogado por su actitud, más que un defensor de su causa, era un verdugo encubierto al servicio de quienes lo acusaban, con la misión de que El mar quedara como el chivo expiatorio que ellos necesitaban.

Al momento de ser arrestado él trató, insistió y alegó  su inocencia frente a uno de los agentes que le hablaba en su lengua materna, le explicó  que estaban confundido, que él no le podía hablar de lo desconocido, y aún así, el no pudo evitar que ellos lo arrestaran.

Sin importarle su dolor, el oficial Román le respondió:

--- Es mejor que te estés tranquilo, si tú no quieres que las cosas se te compliquen.--- Le respondió aquel con el escrúpulo de un títere movido por hilos invisibles.

para ese entonces, y aún siendo él legal en el paraíso, no se tomaron la molestia de identificarlo por las huellas para determinar que él no era Maxi Gómez, no tomaron ninguna consideración otorgándole una sentencia de uno para tres, con otro nombre y

Mandándolo a la cárcel con un caso ilegal.

Cuando ellos se percataron de la injusticia que habían cometido en ese entonces, ya parecía algo tarde para rectificar, sancionaron al abogado que en el nombre de El mar, trató  de demandar a la ciudad, sin lograr que prosperara la demanda, y al ser  la acusación por un caso de drogas, siendo el involucrado un miembro de la minoría con la familia distante, inmigrante sin dinero, de piel cobriza en un sistema administrado por hombres con mentalidades de esclavistas, no tuvieron que indagar mucho para que se impusiera la soberbia, los prejuicios, la prepotencia y el racismo.

Aparte de aquel macro error de sentenciar a alguien sin identificarlo, algo que quizás nunca antes se había visto en el Paraíso, y en la sociedad heterogénea del reino, aquella acción traumatizó la esencia de aquel ser, que no volvió a creer en la justicia de ese reino que había abandonado su mística iniciar, para crecer como un inclemente tiguere de papel.

Todo lo acontecido dejaba entrever la fragilidad  y vulnerabilidad, de un sistema que en teoría se vendía como la mácra meca de la justicia social, donde el silencio se pagaba con dinero, o con la muerte, porque así era el Paraíso de aquel entonces, donde los hombres progresaban o morían, y en cuyo sistema de libre empresas, creado y solventado por Ilumínate y hombres grises,  creadores de violencias y manipulación social, donde la opinión pública se condicionaba por el progreso económico que difundían a diestra y siniestra los dueños del gran capital.

una opinión pública, que aún sabiendo lo que quería, no dejaba de dudar de la sinceridad de su libertad de expresión, por eso de que el que pagaba mandaba, los amos emanaban del reino, y El mar por su propia experiencia sabia que la libertad de expresión se promovía en un acápite de una de las enmiendas constitucional, pero para él, a quien le había tocado vivir lo que muy pocos habían vivido, la realidad era otra.

Entre los malestares experimentados, había sufrido un atentado cibernético cuando escribía una de esas novelitas con la que pretendía hacerse justicia, cuando hubo escrito la pagina 156, le bloquearon el documento para que no pudiera abrirlo bajo el alegato de que contenía expresiones ilegales, trató   de lograr encontrar quien lo abriera sin ningún

Éxito, quiso denunciar la acción con valentía frente a las instituciones de derechos civiles, pero recordó que allí la libertad de expresión se había tornado en un mito que el pueblo clamaba con sus gritos.

Desde ese entonces se había desatado una especie de persecución que no lo dejaba avanzar ni crecer, pero por encima de todo el persistió en que algún día llegaría la justicia

que tanto anheló  y que nunca en ese entonces  recibió, habían pasado quince años antes de que volviera a carearse con la policía, pero a pesar de la ilegalidad del record, siempre los emisario de la ciudad esperaban la oportunidad de que El mar fallara para ellos vengarse y justificar los errores que habían cometido en su contra.

El había tratado de demandarlo pero debido a su trauma inicial, no le prospero, pero por encima de todo el solía cuestionarse respecto a cuál sería la mejor forma de hacerse justicia sin recurrir a la violencia, cuando los dueños del sistema aún careciendo de razón trataban de imponerse por la fuerza.

# CAPITULO 4

Mr. Jimenez, who had attempted to ascertain Barbarita Roque, insisted on persuading her to join the efforts of the Department of Social Service. He was a specially assigned case worker there, and would do everything possible to find a mechanism through which they could discredit El Mar, and pass it off as a violent and dangerous person to the community.

El señor Jiménez, había tratado de constatar a Barbarita Roque, el insistía en persuadirla de la necesidad de sumarse a los intentos del Departamento de Servicio Social, el era un trabajador de caso asignado especialmente a ese, y haría todo lo posible por encontrar un mecanismo a través del cual pudieran desacreditar a El mar, haciéndolo pasar además como una persona violenta y peligrosa para la comunidad.

El era un emisario del sistema y si cumplía con el mandato seguramente sería ascendido o recompensado, ya que fueron muchos los que lo intentaron antes de él, sin lograrlo, pero involucrando en el intento a las dos madres de los hijos de El mar, pensó él, que sería mucho más fácil sin que pareciera que ellos tenían un interés personal, pero en ese entonces, Barbarita aún seguía enamorada de su hombre y ella era del tipo de mujer

que cuando amaba se entregaba, y en ese momento ella no tenía en mente traicionar al hombre que la hacía suspirar, aunque el señor Jiménez no permitiría que ella saliera ilesa de su negativa.

Barbarita se negó a colaborar desafiando con su negativa la soberbia de los interesados, y en poco tiempo se agudizaron  los problemas con el dueño del apartamento donde ella vivía, a quien también habían contactado a fin de requerir su colaboración, porque cuando ellos se proponían golpear a alguien, si no podían hacerlo con un palo, usaban una piedra.

Es decir, si se negaban a implicarse voluntariamente, lo implicaban por la fuerza y para eso algunos recurrían a provocaciones que indujeran al implicado a perder los estribos, para justificarse, o crear testigos falsos para manipular la autenticidad de las evidencias que favorecieran a la víctima, estaban desacostumbrados a perder y cuando para ganar necesitaban provocar la culpa de sus víctimas, para justificar su sistema de justicia frente

A la opinión pública, ellos recurrían a lo que fuera necesario, siempre percatándose de no dejar rastro de su ilegalidad.

Entonces se le pidió al propietario que le rentaba a Barbarita, una colaboración patriótica que consistió,  en no renovarle nuevamente el contrato, al grado que un día por ser ella desconocedora de la lengua del Paraíso, y por  lo tanto de los derechos del inquilino, el dueño se le negó a renovarle el contrato de arrendamiento y aprovechando que El mar no pudo acompañarla a la corte de

Vivienda, orientada por un abogado de oficio de esos asignados  para victimizar a los pobres, le firmó un acuerdo al dueño de que en unos tres meses ella abandonaría el apartamento.

Resultó que siendo ella inquilina con  sección ocho, para encontrar un apartamento antes de los tres meses, no le fue fácil, y cumplido el plazos para devolver la vivienda, no le valió llorarle ni suplicarle al Juez, el alegato que ella no tenia donde alojarse con los cuatro muchachos, quien sin el mayor pudor se había negado a extenderle el plazo, firmando la orden de desahucio, que con tanto interés, ejecutó  el oficial designado para tan inmisericorde misión.

Viéndose precisada a abandonar el apartamento, quedándose prácticamente a la intemperie, la sección ocho se le había vencido y por lo mismo también la había perdido.

El mar consiguió un espacio en las inmediaciones de donde ella vivía para darle tiempo a que los niños concluyeran el año escolar, pero como eran cuatro niños dos de la primera relación de Barbarita y dos de El mar, no era tan fácil encontrar a alguien que rentara una

habitación y que permitiera entrar cuatro niños y dos adultos pues El mar, había entregado su apartamento para mudarse en el de Barbarita, hasta que aconteció la peregrinación que atravesaban en ese momento.

Dos semanas después de conseguir la habitación, debido a la cantidad de personas que la ocupaban, la dueña alegando la necesidad  del espacio, pidió que se la desocuparan, hasta que lograron conseguir la autorización de la madre de la enfermera que había asistido a Barbarita en el hospital, para que se quedaran a dormir en su sala.

Pasaron algunos días en esa condición hasta que El mar logró conseguir un apartamento

estudio, que le permitió acomodarse adecuadamente y desde donde Barbarita viajaba a dejar a los niños a la escuela, debido a que habían concluido las vacaciones navideñas pero aún no se había acabado el año.

El mar también continuaba peleando los cargos que le habían construidos los agentes del

Precinto 46 del Bronx, hasta que se llegó el momento en que habían decidido hacerle una oferta confusa a través de Jocelyn simp.

Era un veinticinco de mayo cuando el sol exhibía sus rayos candecente, eran las once de la mañana cuando Jocelyn le dijo a El mar, con la Mayor ingenuidad de su carrera como abogada:

--- Ellos quieren que tú vayas frente al juez, y acepte que te desechen el caso en seis meses. Expuso.

--- ? Estás segura? que eso no es una trampa ?--. Arguyó El mar, con cierta desconfianza.

--- De ninguna manera. Específicó Jocelyn.

--- Bueno… está bien.--- Dijo El mar.

Entraron a la sala,  al centro estaba el juez Patricio y al lado izquierdo el secretario, seguido de los oficiales de la corte.

Habían llamado tres personas a quienes le habían reenviado la cita, El mar se sentía algo incomodo, el no confiaba en los emisarios del sistema porque ya el conocía las arbitrariedades cometidas en su contra  durante tanto tiempo, por lo mismo él no estaba dispuesto a seguir siendo abusado, sintió la curiosidad  de salir de la sala y para ello le dijo a la abogada que iría al baño, y una vez alcanzada la autorización llamó a un abogado miembro de la firma que habría de representarlo  en el reclamo civil, y buscó  información :

--- ¿Cómo está señor? Tengo una oferta, en la disputa con los gendarmes, los emisarios de la fiscalía quieren que vaya frente al juez, a confirmar que acepto que desechen el caso a los seis meses.--- Dijo El mar.

--- Si usted, es inocente en seis meses, entonces es inocente ahora, dígale que  usted acepta la propuesta si desechan el caso ahora, sino, dígale que usted no lo acepta. ---Le dijo el abogado consultado.

--- Muy bien gracias, así lo haré.---Dijo El mar.

Regresó a la sala, y le notifico a la abogada su cambio de opinión.

--- Lo siento, he pensado mejor la propuesta y he decidido aceptarla, si desechan el caso ahora, y no en seis meses, si soy inocente en seis meses lo soy ahora.--- Le dijo.

--- Esta bien afirmó Joselyn.

Unos minutos después llamaron el nombre de El mar, Jocelyn respondió al Juez patricio:

--- Mi cliente no acepta la oferta.---  Dijo.

A lo que el juez haciéndose el desentendido con un cierto coraje contenido replicó:

--- Yo creía que  él estaba aquí para hacer una declaración de culpabilidad, sal de mi corte ---Gritó el Juez Patricio, a la abogada Jocelyn, quien al sentirse avergonzada no.

Pudo contener el llanto, sumándose a eso el reclamo de El mar.

--- Te das cuenta, si yo hubiese aceptado eso, sin mis condiciones, hubiese caído en una trampa. Es que aquí no hay un hombre honesto, cuando los que representan la justicia son los primeros canallas, ¿por qué hiciste eso? --- Replicó El mar montándole un melodrama a la abogada  simp, la cual agudizó su llanto, fehacientica mente.

---- perdóname. Dijo Jocelyn Simp, entre sollozo.

--- Esta bien, pero que no se repita esto, y menos conmigo, tu eres una mujer joven y bonita tú no tienes que llevarte ni de juez ni de abogado a la hora de hacer tu defensa, lo correcto es que te acoja a la ley. Tú tienes un gran futuro si recurre a tus niveles de ética y

Conciencia; yo entiendo que así es el sistema, y que no le importa enfrentar a padre e hijos y a los mejores amigos, pero cuando se tiene poder de discernimiento, uno puede negarse a actuar como un gusano, es por eso que las minorías tenemos hambre de justicia.--- Dijo El mar.

--- De acuerdo, olvidemos este mal rato y no volvamos a hablar de esto. – Dijo Jocelyn, con un cierto arrepentimiento.

Lo hicieron como lo habían acordado, ella lo llamaría para dejarle saber cuál sería el próximo día de corte.

El mar, solía describir la expresión policía, como la fuerza de coerción y represión, pagada por los pobres al servicio de los ricos, el había logrado acumular una serie de experiencias que lo habían llevado a dudar de la credibilidad de los gendarmes de la alcaldía, sin embargo, él sabía que era necesario desarrollar la paciencia, ejercitando la tolerancia.

A pesar de que él había logrado observar a un oficial con una de sus fotos dibujando sobre ella una flecha que taladraba sus sienes, o a más de uno encañonarlo en su cabeza con sus armas de reglamentos, o pretender manipularlo a la hora de retroceder en el carro ante una luz roja, con expresiones como :

-- ¿Qué quieres que te hagamos, te arrestamos o te escribimos un ticket?--- para que él le respondiera:

--- No les tengo miedo, hagan lo que tengan que hacer.

El mar, nunca fue violento sin embargo ante tanta injusticia y desenfrenados abusos, alguna vez llegó a pensar en hacerse justicia por su cuenta, pero un rayo de luz le irradió

una pauta de reflexión, y pensó que "las lagrimas más tristes que humedecen las tumbas, fueron por las palabras que nunca se dijeron", y guardar el silencio mordaz, seria como apesadumbrar su presencia, entonces dijo:

--- Es mejor pensar antes de actuar, en un momento irreflexivo si por venganza un intolerante se armara y se tomara la justicia en sus manos, antes que lo maten podría llevarse unos cuantos, pero de nada serviría, casi siempre caen los inocentes, y  nada nuevo seria para el sistema que había evolucionado y se  mantenía en la violencia, " los débiles nunca heredarían la tierra porque no sabrían que hacer con ella", tuvo razón Martin Luther King, cuando al referirse a su generación dijo que : « No se lamentaba

Tanto de los crímenes de los perversos, como del estremecedor silencio de los bondadosos ».

Realmente él conocía el lema de los jefes : " el muerto al hoyo y el vivo al boyo", y lo mejor según El mar era no seguirle el juego, porque algunos de ellos solían pensar en ganar o matar o declarar locos a los adversarios, así que la violencia no sería la mejor

Consejera, porque aún un logrando el propósito perseguido, la maquinaria estaría presta a tildar de terrorista al atrevido, y recordó la parodia de Benedicto Jiménez, cuando se refería a la verdad, y aducía:

--- "Si la verdad dependiera de las palabras, tendría que cambiarse la estructura del mundo."

Fue invadido por una serie de entrecortadas expresiones, que definirían su filosofía de vida, y así al despertar tras cada amanecer se redefine el camino, viendo como agradable la posibilidad de visualizar siempre el porvenir para proteger el futuro, y pensando en que la patria era el terruño que motiva la causa de la vida, entendió que siempre la luz destellará en la conciencia de los que luchan por la causa.

Sonrió como burlándose de sí mismo, un aire fresco como si fuera un remolino sopló sobre su rostro, y siguió andando.

# CAPITULO 5

El mar, caminó por un rato como sin rumbo fijo y se detuvo en un bloque donde se hacia una fiesta, unos chicos que hacían de rasperos cantaban animados:

--- Nadie se queja en este lugar, tal vez soy la excepción por no ser del montón, si tú estás despierto y no estás dormido, te quieren azotar como castigo.

Aparentemente la libertad, la tenemos acá, pero si tú algo extraño trata de denunciar, la mafia gubernamental, tal vez te quieras golpear.

Ellos le temen a la verdad y si hace ruido te han de eliminar.

En el trabajo sucio no dan el frente, y usan un sicario para reprenderte.

Ellos se creen la crema de la humanidad y un falso profeta te van a crear.

Ellos usan a Dios para justificar, pero su maldad no pueden ocultar.

La chusma del patio le produce asco, para disimular le ofrecen un contrato, pero con la intención de romperle el saco

Con la inmigración, buscan el control, y temen perder parte del poder.

Cuando las peores angustias te asedian es cuando la fe se renueva.

Y si la fe se activa, y la luz de la verdad brilla en la conciencia, a ellos le parece un truco de la ciencia.

Si el hombre es consciente y se rebe-enderesa, le llaman error de la naturaleza.

Los zopilotes azules, merodean la ciudad, tratando de encontrar a quien victimizar.

Se inventan una treta para justificar, un ticket o infracción que se debe pagar.

Temen a delincuentes, ignoran su accionar, y al hombre de trabajo lo quieren enjuiciar.

No saben de justicia ni quieren ensayar, su gran preocupación es poder encontrar, a quien multar, para justificar la comisión que pretenden ganar.

Un estruendoso aplauso seguido de un sorprendente júbilo, se dejó escuchar, cuando los que cantaban concluyeron.

En una de las paredes que encerraba la yarda donde se celebraba el evento, se leía un grafiti que destacaba una expresión: "Si hubiera más escuelas de música que militares por las calles, habría más guitarras que metralletas, y más artistas que asesinos", seguido de otro estribillo que especificaba: "somos responsables de lo que hablamos, no de lo que, los de más entienden, y por eso no le tememos al enemigo que ataca, si no al falso amigo que abraza".

Justamente en el momento que acabó de leer el grafiti, aparecieron los gendarmes en el lugar de la celebración, bajo el pretexto de que debían bajarse los altos parlantes debido a que se estaba alterando el orden público.

El mar que aún sentía los efectos del trauma que había causado la desavenencia con aquellos, pensó  en que nada de lo que estaba aconteciendo,  podía estarle sucediendo a él, y Parodió en silencio a Oscar Wilde, con eso de que "los hombres viven la novela que no han podido escribir, y escriben la novela que no han podido vivir" por un instante  quiso ignorar lo que había acontecido, pero pensó que: " la fusta fortalece, y quien castiga nos hace fuerte, y tarareó un estribillo como si recitara un verso:

---- "quien critica te hace importante, quien te envidia te hace valioso, y quienes te desean lo peor, tienen que soportar que ocurra lo mejor".

Entonces decidió apartar los escrúpulos obrando como mejor conviniera, le sonrió a uno de los agentes y se retiró  con cierta precaución pronunciando:

-- "mi conciencia es más grande que sus maldades. —Dijo como si hablara con su otro yo.

Cuando se había alejado del lugar, se encontró con una conocida que sin detenerse le sopló un en el aire, a lo que él le agregó.

--- Si los hambrientos tienen hambre, no desperdicie el alimento, ella se detuvo sonrió y lo saludó con un beso en la mejilla, mientras le decía:

--- ¡Hola!, tu no envejeces. —A lo que El mar le respondió:

--- Yo prefiero seguir joven para llamar tu atención… Soné que el mar se quemaba, soné que la tierra ardía, y por soñar imposible, soné que tú me querías.

--- Ha Ja Ja, Tú eres mi poeta, tú sabes lo que quiero. Dijo ella.

---- pero no me lo demuestras. _- Replico El mar.

--- Ah, tu eres el que no te dejas ver…Cuidaste amor, y llámame. – Le dijo mientras

Volvía a besarlo en la mejilla.

--- Te llamaré, gracias.--- Le dijo El mar, apretándole y soltándole la mano. Ella se retiró,   mientras él la vio alejarse en silencio.

En poco tiempo, el había aprendido que la ignorancia era como una ceguera, y recordó aquellos años Universitarios, cuando cuestionó a una chica de barrio:

--- ¿Si acabaste, la escuela superior, cuándo piensas ingresar a la Universidad?—Preguntó---. A lo que ella respondió:

--- ¿Para qué?.. Mi novio vive en el reino, que es el puritito Paraíso.--- Expresó ella

con una cierta curiosidad, mientras El mar, insistió:

--- ¿Y, que tiene que ver una cosa con la otra?.---volvió a cuestionar.

--- Una "Green card", es decir, una residencia del reino, vale más que una profesión. Arguyó ella con toda naturalidad.

En cambio El mar había quedado algo decepcionado con la respuesta, y se había percatado de que algunos jóvenes del Caribe central, navegaban de la confusión a la alienación.

# CAPITULO 6

El auricular de la extensión de la línea telefónica del comisionado Jefri Hamilton no cesaba de sonar en el momento que este regresaba del baño a su escritorio se acomodó  adecuadamente antes de levantar la extensión, cuando del otro lado escuchó que la recepcionista le informaba que el alcalde se encontraba en la línea:

--- Páselo por favor… Diga usted, Señor Alcalde… ¿quiere que esté en la reunión de esta noche?...Muy bien, allá estaré. Gracias, nos veremos más tarde, sí señor, adiós.

En el momento en que se disponía a colgar el auricular, entraba al despacho el capitán Rick que enseguida lo abordó entrando en los detalles de las tareas asignadas.

--- Misión cumplida, señor comisionado, ya su sobrino está en el avión.--- Le dijo.

--- Bueno, ahora estoy más tranquilo, gracias capitán Rick, ¿qué ha sabido del informe de El mar Valenilla?

--- Todo está definido, asunto interno no encontró evidencias que lo inculpen, el oficial Haque está en problema, es posible que la fiscalía retire los cargos, él andaba con la familia--- Dijo.

--- Explícame mejor, ¿qué pasó con el interrogatorio de la novia? Cuestionó, el comisionado Jefri Hamilton.

--- Barbarita Roque, se llama Barbarita Roque, todo coincidió con lo que dijo él. --- Reafirmó el capitán Rick.

El comisionado Jefri Hamilton, frunció el ceño mientras afirmaba:

---- La vida, la vida, la vida, ¿cómo ha cambiado todo? que gran paradoja, antes de ser comisionado, era un civil al servicio del alcalde de entonces, la policía desconocía que yo

era un hombre del alcalde, un día me atraparon con dos kilos de cocaína, pero como pertenecían al alcalde y a uno de los jueces del paraíso, me redujeron la sentencia a posesión de dos pases para mi uso bajo el alegato de que yo trabajaba en una misión encubierta, hasta que finalmente logré escalar la posición de comisionado de policía, pero ahora todo es más difícil, ninguno podemos escapar del radicalismo de una insaciable opinión pública, reforzado por la prensa ---- Dijo.

--- Comisionado Hamilton, su historia parece propia para una novela policial, de todos modos usted es un hombre con suerte. ---Agregó el capitán Rick.

--- Más que con suerte, capitán Rick, yo diría… con muy buenas relaciones.---Dijo el comisionado Jefri Hamilton enfatizando con la expresión de su rostro, y el rejuego de sus ojos.

--- Ja,Ja,Ja,Ja,-- Se carcajeó  el capitán Rick.

Al atardecer un sol amarillento pobló los cielos, su luz rasante se deslizaba por las rejillas de las ventanas de cristal, del rascacielos.

El día era fresco y empezó a atraer unas nubes grisáceas que se tornaron en lluvias y vientos, que enervaron sus aspiraciones, pero su cuota de poder como comisionado, pautaron la esperanza de nuevos comienzos.

Así se jugaba en el paraíso, si la suerte lo marcaba para ganar, ganaba, y si lo hacía para perder perdía.

La verdad era que después del ataque terrorista, donde cayeron las torres gemelas, que resultó ser como una hecatombe minoritarias, donde miles perdieron las vidas, y donde no dejaron  de comentar algunos entendidos en la materia, que por la condición como se había generado todo, pudo ser un autogolpe conspirativo.

Desde ese entonces, la vida en el paraíso había dado un giro sorprendente, y éste acontecimiento le hizo recordar a las autoridades gubernamentales, que en el seno de la

Ciudad existían grandes focos de descontentos, donde muchas personas justa o injustamente habían sufridos, y desconociendo quiénes tenían intención de vengarse, se

Vieron precisados a asumir grandes medidas de seguridad, y no faltaron quienes fueran seguidos o vigilados a lo largo y ancho del extenso terruño paradisiaco.

El mar, por los conflictos que lo habían rodeados, seguramente no escaparía de ser un generante de suspicacias.

Sin embargo él sabía que por mayores que fueran sus aspiraciones   no siempre fue lo que el hombre hubiera querido ser o tener, si no lo que la vida trajo con él, y por ello solía pensar en lo maravilloso y extraordinario que eran todos los días, si se decidía ser feliz sin importar lo que pasara.

Pocas veces se enojaba porque al hacerlo entendía que tras la máscara de otra identidad, los verdugos arropaban sus cuerpos con las sábanas negras, para enarbolar sobre la cabeza de quienes llevaran la carga, el sable de la extirpación, pero que al armarse de buena voluntad los que parecían indefensos sencillamente bloqueaban los intentos de la maldad.

Siendo la adhesión de su espíritu la fortaleza de su esencia, haciéndose más fuerte sus convicciones, que sus caprichos, y fue tan aferrada su fe, que venció y doblegó el prejuicio de la soberbia.

Para él la carrera de la vida estaba plagada de dificultades, pero lo que más importaba, era no claudicar camino hacia la meta, fortaleciendo la fe más allá del estandarte de la gloria.

Entonces la condición diplomática de El mar, lo mantenían alegre, tanto que cuando caminaba por las calles de los alrededores frecuentemente se detenía a saludar personas conocidas, dando muestra de su gran popularidad, esa misma tarde encontróse de nuevo con otra conocida que también lo saludó con cierta amabilidad:

--- A dios, corazón. —Le dijo ella.

--- Adiós, bella, es grato saber que estoy latiendo en tu pecho.--- Le respondió con un alto esplendor de cortesía.

La joven sonreída siguió su camino, mientras él la contemplaba nadando en el silencio.

El mar entendía la vida de un modo diferente a como la veían muchos de sus amigos, él buscaba  sobrevivir sin verse arrastrado al parasitismo, que tanto se fomentaba en el paraíso, debido a que cuando el individuo dependía de las dadivas gubernamentales, y no hacia un esfuerzo por liberarse, regularmente se convertía en materia prima de los que mandaban, el siempre buscaba la manera de reportar cada año sus impuestos, y cuando no lo hacía como asalariado de una de las corporaciones del contexto, lo hacía como trabajador por cuenta propia.

Y antes la disparidad de su inestabilidad en el paraíso, como un residente por muchos años él había tratado de obtener la ciudadanía del reino, pero debido al conflicto del año 1991, la ciudad le obstruyó sus aspiraciones al tiempo que influía en el Servicio de Inmigración, quienes a su vez, sin gran contemplación, no escatimaron en negársela, alegando que él se había visto envuelto unas décadas atrás, en posesión y venta de narcóticos.

Según las leyes de inmigración de ese entonces, esas alegaciones aún siendo ilegales y sin pruebas, lo investía candidato que  por "mala conducta", podía ser deportado.

Y aunque por muchos años El mar Valenilla se mantuvo luchando, los nuevos planteamientos se habían agudizados, al regresar de un viaje de su país de origen, siete años después del atentado terrorista.

Seguían buscando moros donde no había costas, y en el momento de un chequeo le fueron incautados el pasaporte y su tarjeta de residente permanente.

Se había girado una orden de deportación, y aunque lo dejaron pelear en la  corte de Inmigración, desde ese momento no pudo volver a salir del paraíso ni a su país de origen

Ni a ningún otro lugar, y los pocos amigos con quiénes intercambiaba algún punto de vista, llegaron a creerlo un preso de confianza.

Vio cese El mar tan envuelto con el sistema judicial, que cuando no estaba yendo a una corte, tenia convocatoria para asistir a otra, hasta que en una ocasión se descubrió a sí mismo con más asignaciones que cualquier abogado, teniendo que cumplir con las convocatorias y citatorios de las distintas cortes del paraíso.

Tales ocupaciones judiciales lo llevaron a andar en la corte de inmigración, la de familia, la corte criminal, la de transito, la de manutención, entre otros departamentos gubernamentales, que nos abstenemos de citar para que los lectores no se hagan la idea de que estoy fantaseando o sobrecargando el accionar de El mar.

Aunque aquellos momentos generaron tensiones, él buscaba la manera de mantener su ecuanimidad, llegando a desarrollar la creencia de que el dolor fortalecía, y la traición lo hacía reflexivo y cauto.

La desilusión lo hacía hábil y le abría el entendimiento, mientras las experiencias, lo tornaban sabio.

Realmente el pudo superar con valentía todos esos momentos de amarguras, y hubo momentos en que él pensó que el sistema le estaba creando las condiciones para llevarlo al suicidio, sin la intervención de los esbirros.

Se había alejado de la vida social, algunos lo extrañaban, u otro se hacían los indiferentes, tenía pocos amigos, porque  muchos de los pocos que había conservado, sintieron tentación por la traición, y  por unas pocas monedas, no faltaron quienes quisieran entregarlo como judas a Jesús , sin embargo su fortaleza se impuso, su dolor lo convirtió en esperanza, y descubrió que la fe, era la mejor herramienta para sobreponerse a las conspiraciones.

Esporádicamente él solía expresar un parafraseo contradictorio, donde lo oyeran y decía que no debía confundirse la política con la injusticia porque muchos solían recurrir a la política para la injusticia, mientras otros recurrían a la justicia para la política.

En ese momento de reflexiva consternación, fue asaltado por un pensamiento de aquel día en que al salir de la casa a la hora de costumbre, el aire soplaba arrastrando en su brisa una guirnalda de florecilla que se posó sobre la punta de su nariz, lo que lo llevó a una reflexión activa de la vida, la naturaleza y Dios, ¿ cómo un hombre de pelo negro solía llegar a tenerlo canoso, cómo las flores germinan de una semilla, y cómo el sol con su luz que se oculta en cada atardecer, reaparece cada nuevo día con un resplandor de esperanza.

--- La belleza--- Pensó.--- La belleza es como Dios, no hay duda que son unos, vistos desde distintos ángulos, adorados desde distintas ópticas culturales.

Es verdad la expresión proverbial, "ir tras la justicia conduce a la vida, pero ir tras la maldad conduce a la muerte".--- Expresó.

Entonces por un momento experimentó piedad, terror y ansiedad, él era poco atento a las sutilidades, él sabia que lo sutil era lo que inducia al corazón.

Por lo que pensaba sobre la relatividad cultural de la belleza, entendió que no siempre lo que parecía bello a uno, resultaría igual a otro.

Pero la inocencia, el candor, la ingenuidad, la gracia de la imaginación, para el venían siendo la autentica belleza.

Entonces comparó la religiosidad y la ignorancia con los canales de la superstición.

# CAPITULO 7

Celeste Capellán jugueteaba nerviosamente con los ojos concentrados sobre un mechón de sus cabellos que emanaba de sus sienes.

Su entrecejo denunciaba su preocupación, su mirada perdida en el horizonte intentaba concentrarse en las palabras que diría en el citatorio de El mar Valenilla, con quien, como había dicho antes, tenía un hijo en común, y a quien había tratado de hacerle  "la vida de cuadritos", en el Paraíso, intentando probarlo en todas las facetas de sus aspiraciones.

Ella  acababa de entrar a los cuarenta, y se sentía perdida en las aguas profundas de sus aspiraciones. Un despliegues de frustraciones invadían su alma, muy pocas cosas le habían salido bien en la vida.

 Era hija única entre tres varones, de una prospera familia de la región del Caribe, llamada "Tenerife", siendo la más pequeña de los hermanos, creía que merecía alcanzar los caprichos de sus aspiraciones.

Su padre era un capitán pensionado de la policía, su madre, por mucho tiempo pitonisa y lectora de cartomancia, hasta que Rafi, el mayor de los hijos varones le había sido ordenado sacerdote, quien la había reprendido para que en el nombre de Dios, abandonara esa práctica:

---- Mamá por favor, cuándo es que tú vas a dejar eso, si el arzobispo se da cuenta de esto, yo voy a quedar muy mal parado. Dijo.- Y desde ese entonces hizo que su clientela, tornárase en feligresía de la parroquia del hijo, recién ordenado sacerdote.

Todos ellos se habían concentrado en criar a Celeste Capellán como a un oso de peluche, a la que nada debía negársele, y todo debía tolerársele, y esa costumbre se había convertido en ella en un valor estatizado como una tinta en deleble, contribuyéndose de esta forma a la aberración de su formación, ella en cambio, comenzó a lavar la estola del sacerdote, y recordaba esos años de su niñez, en los que al ser reprendida por alguna

Travesura, se encerraba en la habitación que compartía con sus padres, a acariciarse el pelo con intensas muestras de nerviosismo. Creció encaprichada, creyendo ser una clave de distinción, entre el liderazgo de su región.

En la escuela preparatoria, integró un grupo de niñas de clase media, más soberbias y mal humoradas que educadas, que habían desarrollados la actitud de ser traviesas, bromistas y burlonas, al grado de enojar al profesorado, quienes habían empezado a verlas como anarquistas.

De ese grupo de siete adolescentes que cortaban clases para irse a bailar, a la discoteca, sólo se graduaron dos, las de más que se habían mostrado soberbias y radicales frente a la directora del colegio de señoritas, María Inmaculada, le desapareció el registro en el plantel, y más bien parecían como si nunca hubiesen asistido a esa preparatoria, y entre las perjudicadas, figuraba Celeste Capellán a quién ni la intervención del clero, que a través del hermano sacerdote quiso ayudarla, le fue posible aclarar la situación.

Poco tiempo después, conoció a un compueblano de Tenerife que por mucho tiempo había residido en el Paraíso, se enamoraron y unos meses después, logró conseguirle una visa por cinco años, lo que le permitió trasladarse al Paraíso, donde a través de un fraude migratorio, contrajo un matrimonio por negocio con un policía adicto a la cocaína, conocido del novio Pedrosa Elizondo, y a través del cual alcanzó la residencia permanente.

Durante cinco años y algunos meses convivió en unión libre con Pedrosa Elizondo, con quien durante ese tiempo procreó, dos criaturas, una hembra y un barón, lo que le había permitido permanecer unidos, bajo la tensión de aquel carácter adquirido, tomándose el pulso para comprobar cuál de los dos llevaba los pantalones, y como era obvio, el temperamento de Celeste Capellán, acabaría trazando la ruta a seguir.

Un día en que Pedrosa Elizondo sintió el sulfuro de su coraje, decidiendo vengarse, re morcó a otra concubina con la que sostuvo una relación sexual, sobre la cama de Celeste, la cual entre todas sus atribuciones, era dueña de un olfato de oso hormiguero, y a la que le fue fácil descubrir por las manchas de semen adherida a la sábana, que en esa

Cama se habían revolcado en su ausencia, Pedrosa, turbado se sintió descubierto y tuvo que admitirle infraganti su pecado y todo lo que había hecho, habiéndole jurado Celeste Capellán, antes tal felonía, de que en lo adelante, ella se vengaría de los hombres.

Aprovechando lo que había acontecido le manifestó al cura de la infidelidad de su marido, quien se mantuvo al margen, y aunque no excomulgó al compadre Pedrosa por la infidelidad frente a su hermana, él dejó que Celeste decidiera.

Fue en ese entonces cuando Celeste decidió regresar a Tenerife, manteniéndose ausente  por más de cinco años, en ese entonces le era muy fácil a los viajeros permanecer ausente durante mucho tiempo sin que la residencia del reino, se viera afectada; sólo necesitaban regresar antes de los seis meses, así conservar la vigencia de su legalidad.

Muchos ni entraban ni salían solo enviaban el pasaporte para obtener un  sello en el reino y en su puerto de origen, manteniendo su estatus sin problemas.

Por su parte Pedrosa Elizondo, se mantuvo con la llama encendida de lo que él entendía por amor, y seguía pretendiendo a Celeste, enamorado de ella, tanto como el primer día. Aún en la distancia él se mantuvo atento a las necesidades de sus hijos, por lo que continuó supliéndole el sustento.

Cuando la crisis económica amenazó con azotar a Tenerife, Rafi el sacerdote le requirió darle uso a la tarjeta verde, volviendo a trabajar al Paraíso para que ayudara a la economía del hogar, y ella viajó de sorpresa.

En los albores de un nuevo milenio, en los inicios del siglo 21, un miércoles candente del mes de agosto, El mar, la descubrió en la e purea temperatura de un verano candente.

Se había percatado de su mirada noble, salpicada de su semblante hermoso, tímido e inseguro, con una mansedumbre propia de aquellos que murieron en silencio.

# CAPITULO 8

Los políticos del paraíso habían implementado un sistema que financiaba a las mujeres para controlar a los hombres.

Algunos inmigrantes de los distintos puntos del mundo que llegaban al Paraíso a los dos o tres meses de estancia, empezaban a lamentarse de haber abandonados sus tradiciones, empleos y propiedades, para readaptarse a las nuevas culturas y vivencias del Paraíso.

Aquel lugar donde todos anhelaban llegar, a pesar de las facilidades existentes en el contexto, inducia a que muchas familias se desintegraran fácilmente, sobre todo cuando carecían de una solida base de integridad humana, por lo que no era difícil percibir frecuentes divorcios, separaciones y enfrentamientos entre padres e hijos, dejando claramente asentada la temática de que familia desintegradas, victimas más controladas.

Lo cierto es que todos cifraban sus esperanzas en las aparentes facilidades económicas que en el marco del egoísmo y la individualización, suponían los inmigrantes, que recibirían de las instituciones benéficas del Paraíso, pero principalmente muchos miembros de esas generaciones de inmigrantes, poseían una mentalidad condicionada a creer que las grandes riquezas de los mafiosos del mundo, habían sido levantadas con gran facilidad en la democracia criminalizada del Paraíso.

Para ese entonces las leyes de tolerancias incriminaría, facilitaban que aquellos que cometían su primer "error", se acogieran a un programa probatorio con condiciones preestablecidas, donde el involucrado en la primera violación, automáticamente se auto

Criminalizara aunque fuera inocente, porque al aceptar la probatoria estaba admitiendo su culpabilidad, dándole esta acción la ventaja al sistema de evitar demandas civiles.

De esa forma las cárceles del Paraíso se mantenían repletas de "ofensores" que entraban y salían de acuerdo a la gravedad del delito, pero al mismo tiempo esos ofensores se iban convirtiendo en creadores de fuente de trabajo para los dirigentes del sistema, dando pie a la creación de corporaciones de cárceles y esbirros que cuidaran y reprimieran a sus víctimas.

Estos clanes facilitaron la organización y  expansión y permanencia del reino, reimponiendo la impresión de que el sistema eran todos, y que allí se podía elegir para ser, lo que todos quisieran ser.

La verdad era que desde su fundación, el reino poseía las mismas técnicas de imposición, la esencia era la misma sólo había cambiado la forma, y su población vivía frecuentemente en los laureles de la alienación, víctima de distintos tipos de  adicciones, y El mar llegó  a pensar que el Paraíso, era un pueblo oprimido tras el misterio de la superstición y las vanidades.

Pero mientras el Paraíso flotaba en abundancia, otras naciones de la región rosaban en la pobreza, viéndose precisadas  a someterse a las políticas trazadas por el reino.  Ellos habían trazado sus parámetros de operación donde destacaban que todos aquellos que buscaran riquezas debían rendir pleitesía y adaptarse al sistema que controlaba cualquier posibilidad de hacer fortuna, que el reino era una nación capitalista que había crecido gracias al uso de capital, y enfatizaban que ni las riquezas ni las oportunidades estarían al alcance si el capital organizado no hubiera proporcionados esos beneficios.

Esa noche Elmar, escuchó el noticiero televisado, y después escribió un poema que tituló:

"Esperanza en la distancia", y fue dedicado a Barbarita Roque; decía:

"Aunque veas que me tardo, yo te tengo presente, y aunquete veo distante, tú ausencia me refuerza, yo nunca estaré triste porque sé que tu existe, y aún en la distancia, eres de mi añoranza, y con mi voz plasmada refuerzo la esperanza, de que un día nos encontremos, y saciemos el anhelo. Para que tú semblante, se torne en un instante, sonrojando tu rostro, y definiendo el matiz, para que yo interprete que ha vuelto a ser feliz".

Esa noche resultó especial, Barbarita se sintió alagada y en agradecimiento le preparó de cena mole con guacamole, uno de sus platos preferidos, más tarde se retiraron a la cama, y ella indefensa y desnuda admiraba la flacidez de su sexo varonil, antes de sumergirse en la cobija que los cubrirías, al momento de frotar sus cuerpos, se abrazaron, se besaron, se calentaron las pieles exacerbadas de un deseo impúdico, y un momento después ella sentíase invadida de un éxtasi profundo, y un liquido gelatinoso y tibio se descolgó del

interior de su vagina, cmbadurnando el centro de sus muslos y en un ataque de inspiración suspiro y dijo:

--- Eres mío, eres mi hombre, soy tuya papi, tuya…

El la abrazo con fuerza y le dijo:

--- Yo también mi amor.

Después del aseo volvieron a la cama, y aunque Barbarita se había abrazado de él, al conciliar el sueño, tuvo una pesadilla donde aparecía Celeste Capellán riéndose a carcajadas, mientras su niño Mark, lloraba, era algo así como una escena de la vida real que a él en lo particular, le fue desagradable.

La risa se fue volviendo un eco redoblado, y cuando despertó, descubrió que estaba bañado en sudor, entonces, limpióse la frente con la palma de la mano y dijo como para sí mismo:

--- Uh... tendré que armarme de paciencia, es como si esa mujer, hasta en los sueños me persiguiera, realmente no sé ¿que haría? si la encontrara colgando de un precipicio--- Dijo mientras un pensamiento contradictorio ocupaba su mente, hasta que coordinando una respuesta asecas dijo como si se cuestionara---- ¿Le pisaría las manos para que se caiga? O ¿le extendería la mía, para que suba?…

Hizo un breve silencio, como reflexionando sobre lo que había expresado. Barbarita amaneció abrazada de el, y los niños, continuaban durmiendo pero, unos toques en la

Puerta lo indujeron a distraerse, se incorporó en seguida, y aún en pijama se dirigió al lugar de donde provenían los toques:

¿ Quién? .... --- Cuestionó.

Al otro lado de la puerta se dejó escuchar una voz de mujer.

--- Buenos días, quisiera que nos conceda unos minutos para darle un mensaje.

El mar con un hálito de cortesía se asomó tímidamente, entre abriendo la puerta, y mostrando la mitad de su rostro, para decirle:

--- Quisiera dejarlas pasar pero aún no estoy vestido y... Ellas lo, interrumpieron, comprendiéndolo y entregándole una revista que promovía su representación ministerial:

--- Dios lo ama, y tiene un propósito maravilloso para usted, esas lagrimas que ha derramado, le serán triplemente compensadas, no tiene que preocuparse, se le está preparando para algo muy grande, todo lo que ha sucedido y lo que falta por suceder, sucederá de forma natural, y usted es un pilar para ese acontecimiento, la bendición de Dios le quede, y volveremos a verlo pronto. —Dijo la mujer.

El mar Valenilla, que había quedado conmovido, respondió:

--- Gracias.

Mientras, las mujeres se retiraban descendiendo las escalinatas, el frotaba sus ojos con el dorso, y por primera vez los sintió humedecido, quedóse aquel con la impresión, de que aquellas mensajeras, a quienes había escuchado, más bien le parecieron fantasmas encarnados, y como una llama de luz en la tiniebla, su corazón se aceleró y un algo preocupado, se regresó a la cama, volvió a dormir hasta las once de la mañana.

# CAPITULO 9

Poco después El mar, había sido nuevamente, convocado a la corte, era el cinco de septiembre cuando estaba en la línea de chequeo donde era requisado por un oficial de turno, antes de que  accediera al piso donde el juez lo vería, y justamente cuando estaba vistiendo y guardando  con urgencia ostensible la correa ,el reloj y los útiles personales que tenía que sacar para que no sonaran en la máquina de chequeo, un oficial gruñendo presionaba, la ágil movilidad, de dos de los que hacían la fila que se habían detenido en el camino.

--- Vamos, vamos, muévanse.--- Decía.

Como de costumbre, timbró el celular, era Jocelyn Simp:

--- ¡Hola! ¿Dónde estás?--- Cuestionó.

--- ¡Hola, miss Simp! estoy aquí, voy a subir, en cinco minutos nos veremos. —Respondió.

Abordó el elevador, cuando había subido al piso, entró al baño de los hombres, y de inmediato se reunió con Jocelyn Simp que lo aguardaba en el corredor, se estrecharon las manos y ella le pidió que entrara a la sala y que la esperara hasta que ella regresara, El mar lo hizo como ella le sugirió.

Jocelyn se ausentó, dirigiéndose al primer piso, a la oficina de la fiscalía, donde había sostenido una breve conferencia con el fiscal, quien a su vez había delegado a su asistente para comunicar la solución, quince minutos después, Jocelyn estaba de regreso y le pidió a El mar que lo acompañara.

Volvieron juntos a la oficina donde lo esperaba la asistente del fiscal, la cual, lo recibió cordialmente.

--- El es El mar Valenilla. --- Dijo la abogada Jocelyn Simp, introduciendo a El mar.

--- Mucho gusto, soy la Señorita Watson, la asistente del fiscal, siéntese por favor.--- Respondió ella.

El mar ocupó un asiento frente al escritorio de la asistente del fiscal, y ella lo sometió a un breve interrogatorio, incluyendo lo que había acontecido el veinte de octubre. En pocas palabras él le dijo con detalles lo acontecido, a lo que ella le especificó:

--- No hay contradicción, lo que usted dice es lo mismo que dijeron los agentes, que aconteció, lo único es que ellos lo hicieron mal, porque ellos no tenía que golpearlo… pero usted ha dicho que va a demandar.--- Dijo. —

El mar guardó silencio, mientras ella había seguido exponiendo:

--- Bueno, de todos modos vamos a retirar los cargos… ¿Tiene una copia de su licencia de conducir? – Cuestionó.

--- Si, por supuesto, respondió El mar, mientras introducía su mano izquierda en el bolcillo trasero, del lado izquierdo de su pantalón, extrayendo su cartera, hurgando en ella, localizo su licencia de conducir, extendiéndosela a la asistente del fiscal, que ipso facto la introdujo en una maquina de fotocopia y la reprodujo, devolviendo el original, y preservando la copia que había tomado.

--- Muy bien, regrese a la sala, su abogada se lo explicará al juez Patricio, buena suerte. ---Dijo, con la misma cortesía que manifestó al llegar.

--- Gracias.--- Respondió--- El mar sin mirar en torno suyo, anduvo tres pasos, y volvió la cabeza.

--- Adelántate, en breve estoy contigo. —Dijo Jocelyn Simp.

--- Bien, así lo haré.--- Arguyó El mar.

La asistente del fiscal movió la cabeza mientras El mar, abandonaba la oficina.

En menos de cinco minutos Jocelyn simp estaba de regreso, le contó al juez la Disposición de la fiscalía, pero el juez Patricio sin inmutarse arguyó:

--- Tienen que decirme ¿por qué? van a tirar ese caso.

En ese momento sonó el teléfono, la secretaria lo levantó sin dejarlo timbrar, y después de una breve pausa dijo:

--- Juez Patricio, es de la fiscalía.

El Juez levantó su extensión y volvió a repetir:

--- ¿Por qué, van a tirar el caso?--- Cuestionó con curiosidad.

--- La fiscalía hizo una investigación, y se determinó que hubo un error con el susodicho

El mar Valenilla.--- Respondió al otro lado de la línea la asistente del fiscal.

--- Muy bien. --- Dijo, mientras colgaba el teléfono.

Firmó unas hojas, y extendiéndola a la secretaria dijo:

--- El mar Valenilla, se suprimen todos sus cargos, su caso está retirado. —Afirmó.

--- Gracias, gracias.--- Expresó El mar con simulada cordura pero con gran satisfacción.

La secretaria selló las hojas la extendieron a la abogada, la cual apoderándose de ella, abandonó la sala y acompañando a El mar hasta la salida le dijo:

--- Lo felicito, dígale al abogado del reclamo civil que yo le faxeare los papeles del caso, ha sido un placer representarlo y le deseo suerte.--- Le dijo Jocelyn.

--- Gracias una vez más, el placer es mío y espero que volvamos a vernos en mejores circunstancias, hasta luego.--- Le dijo, con voz matizada de calmada agudeza.

Jocelyn sonrió con enormidad. Se estrecharon sus manos se despidieron, y el abandonó la estancia con primorosa esperanza.

El mar que se había parqueado a una cierta distancia del palacio de justicia, caminó sin guarecerse en la sombra que tan diligentemente ofertaba la arboleda del camino, y ni el ladrido de un perro pudo sustraerlo de su trayectoria.

Abordó su vehículo y antes de llegar a ningún otro lado, se presentó donde Larry, con quien había firmado con antelación para el reclamo civil, y quien ya antes lo había defraudado con otro caso, en esa ocasión un accidente de carro, que lo había tomado por valido y bueno y después de un año se lo devolvió alegando improcedencia para continuar la representación.

Por la experiencia vivida El mar lo cuestionó respecto al reclamo por brutalidad policial, y ciertamente Larry le juró y le afirmó que en esa ocasión sería diferente, pensando en que los seres humanos podrían rectificar sus errores, volvió a creer en la posible sinceridad que ese representante le había manifestado, sin embargo, El mar ignoraba que los prejuicios y la incapacidad y la carencia de ética de ciertas firmas de leguleyos, podrían inducirlo a faltar a su promesa.

La intención maliciosa desde el momento del H-50, que consistía en ese primer encuentro en la corte civil del reclamante y los abogados de la ciudad, ya se había definido, una nueva acción conspirativa ya se había ventilado, una cruda traición, sin embargo El mar, aun no había tomado en cuenta la actitud de su representante, y parecía muy temprano para estar enterado, pero Larry, su abogado civil, se había apoderado de un cinismo propio de aquellos escogidos para un descaro. Y la forma en que permitió el interrogatorio, se inclinaba más a favorecer los intereses de la parte demandada.

Ese fin de semana El mar y Mark, volvieron a juntarse, y lo hicieron en la casa de Barbarita, ellos eran muy unidos y Mark, sentía un gran aprecio por su padre, con todo lo que había vivido, el niño necesitaba cariño y comprensión, Barbarita que había empezado a mostrar una conducta bipolar, no podía controlar los ataques de celos contra Mark, al notar que él permanecía muy aferrado a su padre, lo que incidió a que ella le gritara al niño de forma desconsiderada, cuya acción resultó desagradable para

El mar, que lo Percibió como una injusticia, corrigiéndola al instante, ante aquel mal entendido, también Mark se sintió molesto quien trató de marcharse por su cuenta, viéndose El mar precisado a evitarlo, eso había sucedido unas horas antes del tiempo en que Mark seria regresado a Celeste Capellán esa tarde Mark, parecía muy estresado y no le hizo saber a El mar su necesidad de ir al baño, por lo que se defecó en los pantalones, minutos antes de llegar donde la madre.

Enterada Celeste de lo acontecido, lo tomó como un pretexto de contra ataque contra El mar, agregándole al reporte ante el departamento de servicio social de Yonkers de que El mar, había usado violencia con Barbarita frente al niño, por lo que éste había sido convocado para presentarse a la corte de familia de Yonkers para el 26 de septiembre.

En esa fecha se conocería esa acusación, por lo que El mar se percató de hacerse acompañar de Barbarita como testigo, y sabiendo los complotados, que el testimonio de Barbarita, iba a desbaratar sus falacias, conspirativa, reenviaron el caso para el 3 de noviembre.

La Floringer en su condición de abogada de oficio carente de capacidad argumentativa, y vendida a los complotados, permitía todo lo que fuera contra su defendido, sin ninguna oposición.

Anteriormente ella había tratado de persuadir a El mar, ofreciéndole sacar de la escuela de Mark, la orden de protección que le había puesto, si llegaba a un acuerdo con Celeste Capellán, y aceptaba la visita supervisada, viéndose él en la necesidad de responderle:

--- Desde que empecé este caso, estoy llegando a acuerdo con ella, y siempre lo viola, recurriendo a mentira, siempre buscando su ventaja. –Dijo.

--- Si no aceptas tú hijo te vas a odiar. --- Alegó la Frolinger, cargada de soberbia.

--- ¿Por qué?... él está enterado del complot que ustedes están preparando en mi contra --- Replicó El mar, con serenidad.

La Frolinger, guardó silencio, entonces cuando Fueron frente a la jueza,

Elmar la acusó de que ella no estaba representándolo adecuadamente. Que más bien parecía que ella estaba trabajando a favor de la parte contraria, a lo que la jueza respondió:

--- Ella está aquí para ayudarte.

--- Debería ser así, pero no lo está haciendo. —Dijo El mar.

La jueza Duquesa guardó silencio, lo que aprovechó la Frolinger para alegar sobre un documento que parecía favorecer a El mar, pero con una definida intención de confundir el alegato anterior de aquel:

--- Recibimos una carta de la fiscalía de la ciudad, donde notifican que lo que pasó con la policía del Paraíso no tiene nada que ver con niños.--- Dijo la Frolinger. Extendiendo el documento a la jueza, que lo atrapó entre los dedos índice y pulgar, y empezó a leerlo con reflexivo y cuidadoso silencio.

Cuando hubo concluido la lectura, la jueza reautorizó nuevamente las visitas que El mar, tenía con Mark, y que habían sido suspendidas después que Celeste Capellán había hecho el reporte de que El mar "había peleado con la policía del Paraíso".

Todo eso había sucedido mucho antes de que Barbarita Roque provocara el incidente donde Mark se había molestado, y donde ella había tenido que presentarse en corte a desmentir el alegato de Celeste Capellán.

Le fue fácil a Barbarita recordarlo, sobre todo porque en esa fecha, para evitar su testimonio habían trasladado el caso para el 3 de noviembre.

Todas esas remembranzas se generaban, por motivo de lo acontecido el día, 26 de septiembre, cuando al salir de ver a la jueza Duquesa, por casualidad  en pleno pasillo,

El mar y Celeste, teniendo un intercambio de miradas silenciosas permitieron que las niñas de sus ojos se estragaran.

No conforme ella, para que El mar no creyeran que las mujeres caían como frutos maduros, recreó la hora del abatimiento, y escandalizándose acudió a su abogada que también deambulaba por el pasillo de aquella corte fúnebre, y aunque nada había escuchado ni visto, le prestó sus oídos a la Celeste que, como una niñita replicona le dijo:

---El mar me ultrajó, acaba de decirme que soy una hija de puta.

Aunque El mar no sabía lo que estaba pasando, debido a que él iba con Barbarita, Salió a la calle, vio que la Frolinger lo miró a los ojos y sin saber lo que significaba le dijo:

---- ¿Qué… tienes miedo?… No hay motivo para temer, pero… "El que tengas miedo, que se compre un perro".---- Dijo.

Durante ese tiempo ellos habían hecho los preparativos para en el próximo encuentro, esperarlo con un adorno de sorpresa, había llegado el 3 de noviembre, se había dirigido a la corte de familia, pero en la recepción le informaron que el caso había sido trasladado a la corte de violencia domestica.

Trasladase El mar al edificio de la corte criminal, donde también funcionaba la sección de violencia Domestica, a donde a su llegada seria encarcelado, alegando que él tenia una orden de captura por violar una disposición de la corte.

Dos semanas después lo soltaron bajo la disposición de que debía atender unos programas de drogas y de violencia, algo que resultó para él como un choque idiosincrático, adornado de prejuicios y condicionantes raciales, él luchó para no tener que asistir a los programas debido a que él ni era violento ni tenia problemas de drogas.

Sin embargo, parecía la corte estar condicionada y dispuesta a crearle un caso que justificara lo que vendría más adelante.

Uno de los programas asignados se denominaba (TASC), que significaba Tratamiento Alternativo de Crímenes de la calle, algo que a El mar llegó a parecerle un acto de malicia y prejuicio, debido a que él, no era callejero y no había cometido ningún crimen.

Ya él se había librado del programa de drogas, y Alcohol, el hospital San José le había tomado la prueba de orines, y al descubrir que estaba limpio lo exoneró, pero aún no había podido librarse del programa de violencia, como había que pagar, el alegó carecer de recursos económicos para pagarlo, pero sobre todo porque él no lo necesitaba.

La administración del programa mandó una carta a la corte donde lo exoneraba, pero el juez Thomas B, que fungía frente a la corte de violencia domestica, insistió en mantenerlo en el programa de violencia, asignándolo a otro al que denominaban (Sancia),

Donde El mar también alegó su carencia de recursos para pagarlo.

Además el se atrevió a cuestionar al juez B, preguntando que si aquel, por su desesperada insistencia en que él se registrara en ese programa, recibiría alguna comisión del pago, lo que hirió en carne propia el orgullo de los interesados, despachando una carta que denunciaba la negativa de El mar, a integrarse al programa, lo que condicionaría al juez a tomar una drástica decisión contra él.

La noche del 2 de abril, El mar había sido asediado por un raro presentimiento, y le fue difícil conciliar el sueño.

Entonces el 3 de abril, fue viernes y amaneció nublado, la lluvia amenazaba con invadir la atmosfera, El mar se duchó, se despidió tiernamente de Barbarita que había quedado a cargo de los niños, y se encaminó al tranvía.

Las calles lucían poco transitadas, antes de abordar a su destino se comunicó con Maycol K, el abogado que había sustituido a la Frolinger, y quien había sido informado de lo acontecido en los programas asignados, quien le notificó que tendría que volver a la cárcel, y aunque El mar quiso alegar y justificarse, no encontró un hálito de esperanza.

Todo estaba planeado por los conspiradores, y él, Maycol K, como abogado de oficio, tendría que someterse a lo acordado.

Unos minutos más tarde Elmar estaba accediendo al salón de la corte y al entrar suministró una copia de la carta que había enviado a los programas, a Maycol K, quién enseguida se la extendió al juez Thomas B, quien leyó silenciosamente, y  entre líneas, habiendo resultado una sorpresa para él, que ignoraba las cualidades literarias de El mar, frunció el entrecejo y dijo como voceando:

---Alguien le hizo esta carta, alguien se la hizo.

Sin permitirle expresarse, determinó encarcelarlo, alegando una supuesta violación de una orden de la corte.

Esa acción realmente había enfurecido a El mar, y lo había llevado a desear ser dueño de un poder celestial, afín de hacerse justicia con sus propias manos.

--- Usted se ha negado a cumplir la disposición de la corte, lo vamos a mandar preso. —Dijo el juez Bailey.

--- Soy inocente, están forjando una conspiración, yo no he violado nada, si usted no estuviera escudado en  la investidura que lo protege, entonces usted sabría lo que es abusar de un inocente.--- Dijo.

Maycol K intervino buscando llamar la atención del juez B: ---- señor Juez, ya usted tomó su decisión, pero yo quiero decirle que aquí lo que hay es una situación económica, yo puedo regresar en dos semanas.

--- Dijo Maycol K, con más animo de confundir, que de buscar solución, especificando sus confidencias tras esas plásticas ulteriores salpicadas de sarcasmo, lo que aumentó más el coraje de El mar, que había interpretado tal intervención como una plegaria de cinismo.

Acusó al abogado Maycol k, de negligencia legal, y de sumarse al acto conspirativo y replicó y vociferó, quedando aquellas expresiones de El mar, golpeando el intelecto del juez Thomas B.

En el momento de esa decisión que consideró abusiva, Elmar aún siendo una persona moderada, quiso, ser dueño de una fuerza que le permitiera dar al traste con tan terrible vileza. Los esbirros lo esposaron y lo condujeron a una celda ubicada en los laterales del salón de deliberaciones.

Cinco minutos más tarde el abogado Maycol K, aún con una notable preocupación, se aproximó a la celda y tras la rendija de los barrotes cuestionó a El mar:

--- ¿Quién hizo la carta?...

--- Yo la hice—Respondió El mar.

--- Oh, ¿ahora tú hablas inglés?...Seguía indagando el abogado K.

--- Yo hablo, leo y escribo inglés, y voy a demandar a todos los abusadores. —Enfatizó Elmar aún golpeado por la vileza de la discriminación.

--- Estas bien, el lunes te van a asignar otro abogado---. Dijo K.

--- ¿Eso quiere decir que yo voy a estar encerrado hasta el lunes?... Cuestionó El mar.

--- Si, respondió Maycol K ,mientras se retiraba seguido de una intérprete.

# CAPITULO 10

Ese fin de semana se sintió poseído por una cierta inquietud, el no pensó que fueran a dejarlo encarcelado prácticamente por nada, tal y como él lo entendía, se resignó  a contemplar el sol del atardecer, a través de los cristales de las ventanas del dormitorio, donde había sido alojado.

El había sido conducido junto a otros prisioneros a Véngala, una prisión del condado de Westchester, y había sido acomodado en el dormitorio J-2, que era un armazón integrado por bloques de cemento pintado de blanco, con ribetes rojo y columnas de hierro, pintadas de azul, cuyo espacio de uno 150 x 100, se distribuía en catorce cubículos de camas dobles y 26 de camas separadas, una 30 x 20, donde se almorzaba, se veía televisión, se improvisaban juegos de barajas, monopolios y dominó.

Próximo a la puerta de acceso al corredor, había un escritorio desde donde  custodiaba un oficial de corrección, en el techo a 15 pies, de la cabeza de los prisioneros, se desprendían 18 ventanas de cristal, que se apoyaban sobre una columna larga formada por hierro y cemento, y por donde el sol durante el día iluminaba el dormitorio, lo que no evitaba la refrigeración del mismo, debido a que un aire central prendido las veinticuatro horas, no paraba de fustigar la piel de sus habitantes, quienes precisaban abrigarse hasta en el verano de ese entonces.

Una televisión se adhería a la pared que comunicaba a la calle principal, que daba acceso a los alrededores de la recepción del edificio, y desde donde se informaban de lo que acontecía en el mundo exterior.

Esa tarde algo había llamado a la atención de la populación, y sirenas y silbidos, habían alterado la calma, en J-3 el dormitorio contiguo, los chicos dejaron escapar una ola de violencia, invadiendo a los moradores, generándose una serie de peleas que indujeron la presencia del escuadrón tortuga en los pasillos, armados de máscaras para no ser

Identificados por los prisioneros, extinguidores  que portaban en sus espaldas, y artefactos para provocar choque eléctrico, que aunque estaban prohibido para otras instituciones, para ellos era como un juguete de recreo, y lo que le resultaba atractivo a sus usuario para controlar tumultos.

Poco después llevaban a un prisionero colgando de  la faltriquera, y en dirección a la caja, un cuartucho estrecho y aislado que también le decían la solitaria.

El campus de Véngala era un amplio conjunto de edificios, construcciones civiles de enormes ventanales con amplios arcos en la planta baja, con techos puntiagudos, y allí, ubicada en la parte posterior estaba la prisión. Bloques rectangulares, rodeados de verjas ciclónicas, y a lo lejos una espesa vegetación.

El lunes llegó acrisolado y gélido, a Elmar lo habían hecho estar de pie temprano en la mañana, seria regresado a corte, y al llegar lo habían hecho esperar en un reducido cuartucho donde sólo se permitieron dos.

Se mantuvo inmóvil por insaculación, entre asco y morbo, transitó su mirada a lo largo del corredor, vio a un custodia penetrar en dirección a donde se encontraba, eran las diez de la mañana cuando escuchó que el teléfono del corredor sonaba; por un momento se ilusionó, pensó que lo sacarían, pero no, el oficial respondió el teléfono se dirigió a la celda de al lado y llamó otro nombre que sería conducido a ver al juez.

Un mutismo prolongado invadió la estancia, y él figuró la celda, como una sala de tortura. Todo estaba programado para después del medio día. Ya se encontraba de pie frente al estrado cuando un nuevo juez solicitaba su autorización para asignarle un nuevo abogado, mientras K continuaba merodeando con una aparente preocupación.

El mar creía que sería despachado ese mismo lunes, el nuevo abogado había pedido al juez que concediera su liberación, pero algo extraño había acontecido, en el mismo momento en que había sido asignado, en ese mismo instante había sido retirado, y el juez alegó que se daría una nueva fecha para volver, realmente la trama no era un juego y la

Conspiración se había puesto en curso, sin embargo, en ese instante, apareció otro abogado que se prestaría a hacer el trabajo sucio de esa ocasión.

En dos o tres días, El mar había adelgazado, uno de los oficiales de custodia de la corte salió de la sala y al instante reapareció acompañado de la fiscal que esa tarde  ventilaría el caso.

Su mirada seductora se había confundido, pero sus ojos se habían mantenidos soberbiamente abiertos, y su piel rosada se había tornado verdosa, su lenguaje se hizo incomprensible, trastabillaba justificando lo injustificable, tratando de persuadir al juez sobre la posible opción de mantener a El mar encarcelado.

Entonces el juez  asumió el interrogatorio frente a El mar lo presionaba y en  una larga e inconexa perorata lo llevaron a repetir lo que ya todos sabían, su inocencia.

La habitación se inundó de un olor almizclado, la fiscal se movía de un lado a otro, sus manos temblaban sin control, sus escleróticas se habían vuelto gelatinosas. La fiscal había empezado a desesperarse, se movilizaba con cierta impaciencia, comenzó a releer el archivo y después de una breve pausa agregó, modulando la voz con una cierta intención:

 --- Alguna vez en su vida, el tuvo que vender drogas.--- Balbució con intención manipulante.

El   mar   entendió   el   mensaje,   por   lo   que   aclaró:
--- Ni he usado ni he vendido drogas.--- Replicó.

La fiscal insistió indiferentemente en su acusación:

--- En 1991 el hizo nueve meses y medio en una prisión del estado.--- Agregó.

--- Un caso ilegal, del cual también sigo siendo inocente, lo cometió otro y quisieron adjudicármelo a mí, fui encarcelado por otro y ahora para justificar sus atrocidades, han estado conspirando para criminalizarme por la fuerza.--- Dijo con resolución.

La fiscal carraspeo, gorjeó como si pretendiera aclarar su garganta bloqueada por la

Incertidumbre:

--- Es verdad que él nunca ha querido asumir sus culpas. --- Dijo con un cinismo fingido.

---- ¿De qué culpas hablan… o tal vez piensan que están libres de ellas, para "lanzar la primera piedra"? Soy inocente y no insistan en que me declare culpable.--- Afirmó.

Ante aquella polémica el juez optó por enviar el caso para dos semanas después.

A la una y cuarenta y cinco se inicio una tormenta, los mismos oficiales que lo habían transportado en la mañana, lo regresaban a Véngala.

La ciudad de Yonkers quedaba atrás, una explosión precedida de un rayo luminoso invadió la atmosfera, las palmeras se retorcían, los arboles se sacudían.

El cielo se oscureció al instante, y pareció que la ira de Dios caía sobre la tierra.

El chofer, detuvo la van intempestivamente, la lluvia no lo dejaba avanzar, de pronto parecía que un ave gigantesca se desplomaba sobre el cristal mientras todos perdían el conocimiento, El mar se mantenía despierto, entonces un ángel se le apareció, y le habló:

--- No temas, todos estarán bien, dice el señor que para que se dé lo que tiene que darse, tu vas de regreso a la cárcel pero será por poco tiempo, después que salgas te esperan cosas buenas que él te otorgaras recompensando tu fe, recibe la fortaleza.-- Dijo.

El ángel sopló y Elmar quedó se dormido y al despertar creyó que había tenido un sueño, los de más despertaron, la van empezó nuevamente a moverse, las nubes se habían despejados, y un viento refrescante sopló sobre los cristales del vehículo.

Frente al camino se eclipsó la tarde, y los viajeros creyeron un privilegio contemplar un resumen de la historia del universo, el sol volvió a aparecer radiante y desafiante.

En el crepúsculo las aves sorprendidas y aturdidas  regresaban a sus nidos. Y los prisioneros llegaron al anochecer.

Mientras cambiaban la ropa que vestían, por los uniformes de la prisión, aguardaban en central Booking, que era la celda de recepción, desde donde serian transferidos a los dormitorios, dónde estaban confinados, y allí El mar, conoció a Isabel Volqué, que sonriente lo contemplaba desde la celda del frente.

Los prisioneros que permanecían como en el limbo, percatado de lo que sucedía, reaccionaron como una jauría frente a un cordero indefenso.

Se hicieron competitivos y se careaban los piropos, mientras El mar trataba de localizar telefónicamente a Barbarita Roque, con quien aún no había logrado comunicarse desde el día que había salido de la casa.

Isabel lo había visto, antes que él la mirara, al no lograr comunicarse El mar, se volvió, encontrándose frente a la mirada de ella que con afabilidad le sonreía.

--- ¡Que miran mis ojos!--- Dijo él.

Ella sonrió de nuevo y le voceo:

--- Quiero que me escribas---Dijo.

---- ¿Qué?... Preguntó Elmar haciéndose el desentendido.

---- Que me escribas.--- Repitió ella esforzando la voz y aún sonriendo.

---- ¿Quién?.... ¿Yo?...--- Respondió uno de los prisioneros del grupo.

---- No, él.--- Dijo ella con el índice refiriéndose a El mar.

El mar, sonrió, Isabel le dio la dirección que él copió sobre un papel de toilette, con un pedacito de lápiz que le suministró uno de los prisioneros, que había logrado entrarlo de contrabando.

Desde ese día iniciaron un intercambio de correspondencias, resultando en que aquella chica y El mar tenían muchas cosas en común, los dos habían cursados estudios universitarios y tal coincidencia había contribuido a una muy buena comunicación e intercambio de ideas, que facilitó tolerar en paz, la estadía en la prisión.

Isabel Volqué, ciertamente era originaria de Tenerife, y había cursado estudios en el área de la contabilidad, tenía siete años residiendo en el Paraíso, era madre soltera con tres hijos que al caer en prisión, quedaron bajo el cuidado de su ex esposo, y padre de ellos, su tiempo en la prisión lo agotaba leyendo, bailando sola, caminando en la cancha, y cuando le quedaba espacio, veía televisión.

A principios la prisión le parecía un infierno, pero también pensaba que lo que no mataba fortalecía. Era dueña de una sorprendente sensibilidad, en sus siete años en el Paraíso, había sido prosperada y aparentaba menos edad que los 33 que tenía cumplido.

Pero además, era como una flor fertilizada para el amor, tierna, de silueta juvenil y sonrisa ingenua. Empresaria de bienes raíces, con considerable ganancias.

Cinco siete de estatura, trigueña clara, pelo castaño, ojos cibios, labios trémulos, con una sonrisa que mostraba la bondad de su alma.

El lunes amaneció claro y radiante, era un 27 de abril, cuando la primavera cedía el paso al verano, las copas de los arboles se habían reverdecidos, y a lo lejos emergían como faraones las hileras de edificios abandonados.

Las calles parecían desiertas y el viento primaveral golpeaba el rostro de los pocos transeúntes que salían a esperar el autobús para llegar a sus respectivos lugares de trabajo.

Los escombros, aquellos restos de basuras se amontonaban con sigilos, las esvásticas se deslizaban cavilando.

Detuvo sé un autobús frente a la prisión de véngalas de donde descendió una mujer, que se hacía acompañar de dos niños, cuando ella descendió, otros abordaron y el autobús

Partió, la mujer taciturna se encaminó hacia la recepción, atizada por los rayos del sol mañanero, se trataba de Barbarita Roque, que embardunada de incertidumbre se había adentrado a conocer el destino de El mar, al enterarse que lo habían hecho prisionero.

El mar, a través de otros prisioneros que habían logrado su libertad, le había notificado sobre el lugar donde él se encontraba, y una vez enterada había tratado de encontrarse frente a él, una semana antes ella había dejado los niños al cuidado de familiares a fin de indagar sobre los requerimientos para una visita, y debido a que las visitas eran concedidas según la letra alfabética el apellido del reo, a Elmar, no le correspondía ese día por lo que no le fue posible entrar.

Un nuevo intento la  había llevado nuevamente al lugar, en el día precisado para ser visitado, siendo intento fallido, tampoco pudo entrar, ese día se había  presentado acompañada de los  cuatro niños y en la visita sólo admitían dos, entonces la administración le ofreció una concepción especial para que entrara al otro día.

Realmente, al otro día no le correspondía visita a El mar, pero viendo los intentos fallidos que la Barbarita había realizados, aunque no le correspondiera, la dejarían entrar  si solamente llevaba dos de los cuatro niños, por lo que ella procedió tal y como la trabajadora social de véngala se lo había indicado.

El Paraíso era una nación eminentemente extremada, donde a pesar de la estructura del sistema, las personas solían estar más estresadas que alegres, cuando hacia frio la gente temblaba, cuando hacía calor, aquellas sudaban.

Se vivía en una democracia liberal, donde el hombre podía expresarse siempre y cuando no se excediera, y era tanta la confusión que no faltaban quienes confundieran la "magnesia con la gimnasia", y la "libertad con el libertinaje", pero muchas veces en las políticas judiciales o internacionales, solían proceder como tiranos.

Sobre todo cuando un pobre se veía envuelto en un caso de corte, regularmente los abogados asignados en vez de luchar para demostrar la inocencia de sus defendidos, Insistían para que estos se hicieran culpables, contribuyendo de esa forma a legalizar la violación de  los derechos humanos.

Para ese entonces algo igual estaba sucediendo con El mar, y otros tantos, que aunque este sostenía su inocencia, los emisarios de la corte aún careciendo de evidencias, tratando de doblegarlo lo retenían en prisión alegando que él había violado una supuesta orden de la corte, según sostenían los conspiradores de Yonkers.

# CAPITULO 11

Cuando Barbarita Roque se presentó en recepción, para visitar a El mar, la recibió una custodia adusta, osca y con rostro destellado:

--- ¿En qué, puedo servirla? --- Preguntó.

--- Vengo a visitar a El mar Valenilla.--- Respondió Barbarita.

--- ¿Quien es usted?.. – Insistió la custodia.

--- Soy su esposa… Bueno, no somos casados  pero yo soy su mujer y ellos son sus hijos.--- Dijo indicando a los niños que venían con ella.

Los niños tampoco se quedaron atrás, y  asintiendo a lo dicho por su madre, explayaron una enorme sonrisa.  ----

Deme una identificación.--- Le reclamó.

Barbarita introdujo su mano derecha en el bolcillo delantero de su pantalón, sustrajo una identificación y con una aureola de timidez se la extendió a la custodia.

La custodia la atrapó entre sus dedos, la escudriñó minuciosamente, mientras argumentaba:

¡Si usted fuera su mujer, traería su apellido!—Argumentó...

Barbarita no dio ninguna muestra de entusiasmo, pero le respondió:

--- Le dije que no soy legalmente casada con él, pero vivimos en unión libre, ellos son sus hijos y yo la mujer que le parí los hijos, ¿puede entenderlo? Respondió algo inmutada.

--- Si… Puedo entenderlo. Respondió la custodia resignada.

En ese instante por el lateral izquierdo, se desplazaba la trabajadora social, por la puerta que conducía al mostrador de la recepción, entonces le dijo a la custodia:

--- Esta bien, ella estuvo ayer aquí, lo de ella está arreglado, yo me encargo.--- Dijo.

La custodia se apartó, dejando el espacio libre, la trabajadora abrió la pantalla del computador y le dijo a la custodia:

--- Comunícate a la casa J-2, dile que el número 3 El mar Valenilla tiene visita.

La custodia le obedeció, mientras ella abría la puerta autorizando el paso a Barbarita con los niños.

La introdujo por un corredor, la condujo a una antesala donde la requisaron con minuciosidad, le entregaron una llave de una caja de seguridad, donde podría guardar sus pertenencias personales y las de los niños, tales como las chaquetas , el teléfono, las llaves de su casa y todo lo que estuviera prohibido introducir al salón de visita.

Concluido ese proceso, la introdujeron a un amplio salón, donde aguardaría que apareciera El mar, quien en ese momento atendía un llamado de la capellanía parroquial, para que se presentara a agotar un turno en el teléfono, con la intensión de constatar a Barbarita, ignorando que ella aguardaba por él en el salón de visita.

El mar en  la capellanía hizo uso de su turno, trató de comunicarse sin que nadie contestara, optando finalmente por extender el turno para otra ocasión, regresó a su localidad, donde lo esperaba otra autorización para volver a salir.

En esa segunda ocasión, iría al salón de visita, donde aunque él lo ignorara, lo esperaban ansiosos Barbarita y los niños.

Cuando tocó a la puerta para entrar al salón lo recibió un oficial de custodia, que lo sometió a un minucioso registro, cediéndole el paso no sin antes incautarle unos números telefónicos de un canal de televisión, que llevaba encima con la intención de ponerlo en

Posesión de algún visitante, para que notificara a la prensa de su detención si no lo absorbían en el tiempo estipulado, sin embargo, al ser decomisado todo se le fue al traste.

Al entrar, sintió que su vista se nublaba, mientras recorría el salón en un esfuerzo óptico, a fin de redescubrir quien lo fue a visitar, él lo ignoraba, debido a que ese día carecía de visita.

Elucubró en el amplio salón, tratando de ubicar un rostro conocido, hasta que a la derecha en un apartado rincón, percibió a los niños sentados y apartados del grosor de la populación de visitantes, y al lado de ellos Barbarita Roque.

Una sola mirada bastó para saber que ella sufría, sus ojos humedecidos lo decían, lo que produjo en El mar una tierna emoción, que de la misma manera hicieron fluir lágrimas nostálgicas que rodaron por su mejilla.

Un fuerte abrazo acompañado de un beso apasionado, selló la gloria del encuentro, habían pasado tres semanas desde la última vez que ellos se habían visto, y ese momento de reencuentro, con el abrazo de su atracción, confirmó la cordura de su amor.

Y descubrió que cuando la ausencia del corazón anhela y reclama, es cuando realmente se ama.

Durante la víspera, dos semanas antes de que lo encarcelaran, ella le había confesado:

--- Cuando tú te vas, tu ausencia me produce dolor en el corazón.

Entonces El mar sabía del dolor que Barbarita Roque, había estado experimentando, sola y con cuatro niños, cuando realmente ella desde que se encontraron había empezado a depender emocionalmente de él.

Elmar besó a los niños lo abrazo a lo largo de la hora de visita, mientras él y Barbarita, se tomaban de las manos, se daban besitos y miraditas, como enamorados que recién se conocían, los niños también, se sentían felices.

Barbarita le contó cuán deprimida se había sentido con su ausencia, y cómo esto la había afectado hasta para cumplir con sus responsabilidades cotidianas, él la consoló y le dijo:

--- No te preocupes, si Dios lo quiere, pronto estaremos juntos, te amo, voy a casarme contigo.--- Le dijo aún de pies.

Ella le apretó las manos y burlando las miradas belicosas de los oficiales de la custodia, besó sus labios.

Uno de ellos se percató, caminó en dirección a ellos e interrumpiendo le preguntó:

--- ¿Su visita comienza ahora… o terminó?..Cuestionó el Custodia.

El mar le respondió en la lengua que él le habló:

--- Estoy empezando ahora.--- Dijo...

--- Entonces siéntense.--- Ordenó el custodia.

Barbarita y El mar, le obedecieron en silencio, el custodia volvió a su observatorio, y ellos sentados seguían conversando y hasta que transcurrido el tiempo, otro oficial apareció a informarles que la visita había concluido.

Llegado ese momento todos se entristecieron y hasta los niños explayaron los labios con bembitas mostrando su dolor ante la despedida, volvieron a besarse, y a fundirse en un profundo abrazo. Barbarita, no quiso dar las espaldas por lo que se fue alejando en retroceso, y antes que su silueta se perdiera tras la puerta le dijo:

--- Mi amor, no dejes de cuidarte.

Y El mar le replicó:

--- Gracias, tú también, hasta pronto.--- Le dijo.

Barbarita, había sido perdida de vista, El mar, dejó de percibirla cuando cruzó la puerta, mientras ella ya en la antesala, sustrajo de la caja que le habían asignado todas sus pertenencias, y abandonó véngala con los niños, la hembra colgaba de su cuello adherida a su pecho dentro de un cargador que llamaban "canguro", y el barón tomado de las manos, hasta que apareció el autobús que los retornaría a la proximidad de la ciudad a donde residían.

El mar, volvió a su dormitorio, esa noche soñó que lo habían invitado a una fiesta, que él y dos amigos se hacían acompañar de Barbarita, y que el encontró otro amigo de infancia, pero que este último andaba pandeado, de forma tan extraña que parecía un homosexual, y El mar lo miraba fijamente, elucubrando el cambio perpetuado en aquel, cuyas pasiones secretas habían acelerado la ambivalencia de su espíritu y el latir de su corazón.

y entonces vio, cómo los primeros amigos que le hicieron compañía, le jugaban una broma a Barbarita que le había causado enojo pero que al mismo tiempo ella se negaba a admitir una cercanía con aquellos a quien percibió como criaturas perversas que embadurnada de malicias trataban de confundirla, causándole un nerviosismo que la indujo a una torpe conjetura, donde ella se retraía de su belicosa y tradicional idiosincrasia, de pronto se encontró invadida de una euforia donde se percató que estar en paz, era su felicidad.

El mar, despertó auto-interrogándose, y auto-cuestionándose decía:

 --- No sé por qué sueño eso, ¿qué querrán decirme?, será que tendré problema con Barbarita?...

Al otro día era viernes, había recibido cartas de Robert e Isabel Volqué, eran dos de los  amigos con quien interactuaba, los había conocidos en Véngala y sin mayor obstrucción, compartieron su amistad, hasta que decidieron cartearse, y era una forma de suavizar el tiempo que estaban llamados a agotar dentro de la prisión.

Las cartas llegaban cada tres o cuatro días, solamente se carteaba con ellos, pero casi todos los días intentaba hablar con Barbarita por teléfono, a quién consolaba con palabras de aliento y esperanza, y cuando no lograba hablarle, le dejaba un mensaje grabado,

diciéndole el día y la hora que intentaría constatarla de nuevo, y ella esperaba la llamada, eso era cuando llamaba de la capellanía.

Como El mar no siempre tenía acceso al teléfono, el ingeniaba como comunicarse y para ello, levantaba el auricular, cuando el operador decía:

---- Diga su nombre por favor.--- El mar aprovechaba, y en lugar de decir su nombre, como ella conocía su voz, él le dejaba el mensaje de su interés, así, aunque él no podía escucharla, ella lo escuchaba a él y la llamada salía gratis sin que el servicio de la prisión le cobrara los minutos.

Los días avanzaban vertiginosamente, los prisioneros uniformados de un color anaranjado, al salir a la explanada, vistos de lejos daban la impresión de ser un cultivo de zanahorias.

Los día se agotaban, yendo de la explanada al gimnasio, de la parroquia a la clínica, o los que se interesaban en asistir a la biblioteca de leyes, a investigar sobre su caso, si aún no habían sido sentenciados, asistían en las dos primeras semanas de su estadía en véngala.

El mar, había logrado alcanzar una gran popularidad entre la poblalación de la prisión, al grado que empezaron a motearlo con el nombre del presidente del reino y donde quiera que se movía lo voceaban.

Algo sorprendente había empezado a suceder, y era que en la cárcel muy poca gente era amigable, y casi nadie compartía sus propiedades, en cambio con El mar, era todo lo contrario, debido a que aquellos que en un principios lo provocaron, y quisieron causarle dificultades, habían comenzado a donarle útiles necesario para la estadía y sobrevivencia en la prisión, que oscilaban desde alimentos, y chancletas para el baño, hasta detergentes, lápices y papeles que él consumía, para sus registros.

Su cubículo vivía atiborrado de miembros de la populación, que a veces iban a dejarle cuatro y cinco platos adicionales de los alimentos que se servían en véngala, y otras veces se acercaban para invitarlos a jugar, en otras ocasiones recibía cartas de los que le escribían pidiéndole consejos que El mar, solía ofrecer de la siguiente manera:

--- ¡Hola!, recibí tu magistral carta, y aprovecho para responderte, ojala y el juez, el día de tu corte, te entregue esperanza y disposición positiva, a fin de que puedas abandonar esta prisión de oprobio y desaliento, de manera que el equilibrio y la paz, se manifieste en ti y tu familia.

Si en tu estadía te tocara una casa tranquila, dale gracias al Dios de tu ser, hay que evitar que ningún apagado dañe tu tiempo y tu paz. Hablas con

Dios y exprésale tu inquietud, pídele que te perdones, perdonas a todo aquel a quien tenga que perdonar, y perdonaste a ti mismo.

Cuidaste, que también yo me cuido, gracias y hasta pronto.

Ese estilo particularizado de El mar, relacionarse con quienes buscaban sus orientaciones, habían empezados a generar celos entre algunos de los que se autodestruían por ignorancia, sin embargo eran más los que los querían que quienes los despreciaban.

Había logrado influir en sectores de la populación tanto que consideraron trasladarlo a otro dormitorio.

El mar soñaba con frecuencia y en esa ocasión había soñado que el presidente del reino del paraíso había ido al condado de la ciudad donde él residía a pedirle un informe sobre cuáles eran las necesidades de su comunidad, por lo que  él, y el presidente habían hecho un recorrido juntos, entrando a un restaurante donde habían compartido una cena, pero al presidente lo veían como a un artista, pero luego cayeron en cuenta de que realmente se trataba del presidente de la nación, quien tomaba notas del informe que le suministraba El mar, y una vez, cumplido el cometido, el presidente se había despedido de  él con un apretón de manos, y en ese momento, había despertado.

Con El mar sucedía algo extraño, porque sus sueños no eran simples alucinaciones del cansancio, eran revelaciones, en una ocasión en que él, en una acción de servicio comunitario, recogía y transportaba a su destino personas que encontraba en las calles, el ángel que siempre le hablaba, le habló advirtiéndole que él había nacido con el propósito de servir al señor, pero que no siendo lo que estaba haciendo, lo que estaba llamando a Realizar, significaba que en su libre albedrio había empezado a desviarse, y que era mejor que retomara el camino que lo conduciría donde debía llegar.

'El no había entendido qué pretendían decirle, entonces primero se le dañó el carro, y no conforme lo reparó y siguió insistiendo en el mismo camino, un tiempecito después los esbirros de la ciudad lo chocaron y aún reportando el carro como pérdida, volvió a repararlo y siguió en sus andanzas.

Había pretendido recaudar fondos pidiendo donaciones, y un sábado en la noche encontró una pareja de desamparado que temían dormir en la calle, porque se le estaba expirando la hora de ingresar al refugio, ellos le rogaron a él que lo transportara, él le explicó que sólo transportaba a personas que interactuaban en el proyecto donde él se desenvolvía y que no era prudente que él montara desconocidos sin autorización.

Los desconocidos insistieron al grado de que lo convencieron, y el optó por llevarlos, pero le puso dos condiciones, que consistían en que para tal propósito ellos debían aportar una donación para echar gasolina, y además, tendrían que montarse uno adelante y el otro atrás, los desconocidos aceptaron, cuando se aproximaban al lugar a donde iban el hombre comenzó a pretextar para justificar no echar gasolina, decía:

--- este vehículo esta defectuoso, tú estás por lo tanto poniendo nuestras vidas en peligro, te voy a llamar a los gendarmes.

El mar sabiendo la indisposición comunicativa que él tenia con los esbirros, trató que ellos bajaran del vehículo por la buena, el hombre se negó, y él entendió que aquel estaba tratando de crear un conflicto.

La mujer salió pero el hombre permanecía a dentro, negándose a salir, entonces El mar avanzó dos bloques adelante y se detuvo, volvió a pedirle al hombre que se bajara, pero él seguía negándose, la mujer que se había bajado se comunicó con los esbirros y éstos que andaban en los alrededores lo encontraron parado insistiendo en que el desconocido abandonara su vehículo.

Ante la presencia de los esbirros el hombre no tuvo más opción que desmontarse del vehículo, expuso a su manera el por qué de la situación, a El mar no lo dejaron hablar, el pensó que le escribirían una contravención, de acuerdo con lo que disponía la ley para una circunstancia de esa naturaleza, pero en su lugar, le fabricaron un caso por supuestamente conducir temerariamente, le incautaron el carro como supuesta evidencia y lo llevaron frente a un juez del Paraíso, el juez lo soltó elogiando el nivel educativo que este había logrado alcanzar, y agregó:

---lo vamos a soltar por su esfuerzo académico, Pondremos una nueva fecha para esclarecer la circunstancia en que se generó el conflicto.

Lo dejaron ir, y aunque el fiscal había dispuesto que le devolvieran el vehículo, los esbirros se mantuvieron pretextando, hasta que surgió el conflicto con Celeste Capellán, que había llevado a El mar a Véngala.

Una vez encerrado en Véngala a sabiendas de que debía ser llevado a la ciudad para esclarecer lo que había sucedido anteriormente con el accidente automovilístico, no lo hicieron, entonces él debía esperar abandonar las rejas, para verificar lo que había sucedido en la ciudad.

# CAPITULO 12

El mar confirmó  que Dios vivía en  él, sentía que el espíritu se movía en sus hombros, o  sobre el cuero cabelludo de su cráneo, y quedó más convencido con las revelaciones suscitadas en las semanas precedentes, donde las arboledas se estremecían y las jaurías se interponían, como los salmos le coincidían.

El vio cómo la cólera y la soberbia se habían impregnado del alma de los jueces que entre delirio de martirio lo habían enviado a aquella innecesaria prisión, pero el juez Thomas creyó escuchar una expresión que lo confundió y le asusto el corazón:

--- Dijo el señor que en esta tierra anda un barón, a quien ustedes nunca jamás aún con su poder terrenal, lo podrán mancillar, y agregó  mi espíritu no concibe ni acepta tanta maldad, el movimiento vendrá, la sociedad se levantará, y los soberbios se arrepentirán.

El Juez Thomas se retorció en su asiento, acarició su pelo rubio, se sacó los lentes y en una acción autómata le limpio los cristales, se levantó, se encaminó a la oficina del juez Morgan y le dijo:

---Algo raro me está sucediendo, yo no quiero pensar que estoy empezando a sufrir de esquizofrenia, pero me siento asediado por una voz que me habla de un prisionero.--- Dijo.

 ---- ¿Un prisionero? …. ¿cuál prisionero? --- Indagó Morgan.

---- Se trata de El mar Valenilla. --- Respondió.

---- Es el mismo que yo solté y a quien tú volviste a encarcelar, debe ser la conciencia.---Bromeo Morgan.

--- ¿Conciencia?.. ¿Acaso los jueces tenemos conciencia?--- Replicó Thomas.

--- Yo sí, mis años me han ayudado a aprender discernimiento, tú eres joven aún y te dejas guiar por la soberbia y la apariencia, yo lo solté porque lo creo inocente, para justificarte le agregué unos programas que no le correspondían, y aún así, volviste a apresarlo, ¿qué te traes con eso?-- Expresó Morgan.

--- El es sumamente testarudo, y no podemos permitir que un extraño venga a imponernos condiciones.---Aclaró Thomas.

--- No es un extraño, hace 19 años que inmigró y sabemos quién es.--- Replicó Morgan.

---- Cuando yo lo mandé al programa el dijo que yo lo iba a mandar preso a él, y que Dios me iba a apresar a mí, y no te puedo negar Morgan, que estoy algo preocupado... sé que no ha habido suficiente evidencia como para apresarlo, pero es mejor deber dinero que favores, y ahora he comenzado a escuchar voces y las voces se refieren a él, no quiero pensar que estoy enloqueciendo. --- Dijo Thomas con cierta desilusión.

--- A ese costo, es mejor no pagar los favores, bueno, vamos a ver qué puede hacerse.--- Enfatizó Morgan.

El verano repuntaba en su esencia climática, el sol se filtraba por el tragaluz, y en su dormitorio Danny Raquila, sobre su cama acomodaba el cuerpo, tratando de encontrar la posición más cómoda para el descanso, había sido sentenciado a un mes de prisión debido a que se endeudó  con la oficina de manutención, después  de siete años de haber sufrido un accidente de construcción, había tratado de alcanzar su jubilación sin éxito.

Había pasado un mes sin que pudiera pagar la manutención de los hijos de su primer matrimonio y por eso había ido a parar a la cárcel.

Ahora él, entre lamento y replica, exponía su frustración y su enemistad con Dios. Por más de 15 años el estuvo congregado, y era tanta la debilidad de su espíritu, que tal vez Dios quiso probarlo para fortalecerlo, en cambio el no podía asimilar aquella barbaridad como él lo entendía, y era tanta su depresión que cuanta veces hablaba de su caso, se embadurnaba en sus lagrimas.

Su nueva esposa estaba próxima a dar a luz, y no quería que su hijo naciera estando él en la cárcel, cuando El mar lo vio por primera vez, y le pareció que necesitaba ser tratado, debido a que él no podía controlar su desesperada angustia.

El mar se vio precisado a hablarle dándole aliento de esperanza, y haciéndole saber que era mejor que él se controlara, ya que no quedaría encerrado por mucho tiempo, y que su esposa lo necesitaba sano sobre todo cuando estaba próximo a darle un nuevo hijo.

Todo eso se había dado después que él se auto introdujera.

--- ¡Hola!, ¿eres caribeño --- Cuestionó, Danny.

--- Si,que tal, ¿como lo sabes? Respondió El mar...

--- He trabajado con paisanos tuyos, y ustedes son muy diferentes a los demás. --- Dijo.

---- ¿Oh? si, ¿en qué sentido?--- Cuestionó Elmar.

---- Son simpáticos, alegres trabajadores, y sobre todos muy dinámicos.--- Agregó Danny.

---- Gracias por lo que a mí me corresponda… Cuál es su nombre?--- Preguntó Elmar sonriendo.

--- - Danny, me llaman Danny Raquila, ¿Y, a ti?--- Cuestionó, Danny.

---- Yo soy, el que yo soy.--- Respondió El mar, extendiéndole las manos.

---- Como así,.. ¿Así, nada más?--- Replicó Danny.

---- Así, El mar Valenilla. --- Respondió El mar enfatizando el nombre, mientras Danny estrechaba su mano.

A partir de ese día se inició una gran amistad entre ellos, y a través de él conoció a Gary Wess, anglo, originario de el paraíso, y a quien Danny Raquila le contaba sus penas antes de la llegada de El mar, pudiendo decirse que era como su paño de lagrimas.

En  efecto en el poco tiempo  en que se relacionaron, debido a que el 15 de abril cuando El mar regresaba a la corte, cumplía Danny su sentencia, y se veía muy animado porque tendría la oportunidad de reencontrarse con su esposa recién parida, y sobre todo, conocer a su  hijo recién nacido.

Sin embargo, él no dejaba de culpar a Dios de sus dificultades, ignorando que se culpaba él, y se le oía decir:

---- No me hablen de Dios que yo soy ateo. Dios no me ayudó cuando más lo necesitaba. —Decía.

El mar en su afán de consolarlo en su delirio le decía:

---- Ni aún en los momentos de más terrible angustia debe usted, dudar de usted, dudar de Dios es blasfemar contra usted, porque esa fuerza espiritual que rige el destino del hombre está dentro de nosotros.

Dándose siempre lo que tiene que darse aún cuando pretendamos evitarlo, es bueno precisar que antes de nacer, nosotros escogemos el camino que vamos a transitar, esa fuerza que mora en usted le permite accionar en función de ese libre albedrio, pero si de veras fuera usted ateo aún así traería--- Le decía Elmar en una perorata inacabable en lo profundo de su alma, la intensión de arrodillarse y decir gracias a Dios que soy ateo.--- Le decía El mar.

Entonces, Danny sonreía, tratando de aclarar su confusión, motivado por aquel discurso un poco más calmado le dijo:

--- El mar, yo te admiro, eres un maestro, me produce paz, cuando salgas vas a tener que ir a mi casa para que te quedes aunque sea por dos días, mi esposa estará contenta, es lamentable que no llegaste antes, ya sólo me quedan tres días pero quedamos en eso desde que salgas llámame, te estaré esperando. Le dijo Danny, reafirmándole la invitación.

 ---Gracias, siempre que pueda contribuir a su paz, cuente conmigo. Respondió El mar.

Danny estaba muy agradecido, y en los días sucesivos, El mar lo ayudó a llenar algunas formas de requerimiento que ayudarían a Danny después de su libertad, a conseguir ayuda económica, seguro médico para el tratamiento de su espalda, y alguna carta donde se le solicitaba la jubilación que tantas veces le habían negado por considerarlo joven, aunque él carecía de estabilidad y fuerza, para seguir ese tipo de trabajo que realizaba en el área de la construcción.

Llegado el día, se despidieron muy efusivamente, El mar regresaría a la corte y él salía de libertad, sin embargo, debido a que el juez reenvió el caso de El mar, para el cinco de Mayo, El mar tuvo que regresar nuevamente, y a su regreso ya Danny había partido, parece ser que en el trayecto se extraviaron los teléfonos y no volvieron a verse, sin embargo aún después de ser libres uno y otro se recordaban.

# CAPITULO 13

Al otro día, temprano en la mañana, se apareció Gary frente a El mar, como un indicio reiterativo de su amistad, llevó con él un libro que le entregaría para qué intensificara su lectura el aún estaba recostado al ser movilizado por aquel, El mar se incorporó con un esfuerzo solemne, se froto los parpados, permaneció sentado, pensativo un instante, hasta percatarse que estaba vivo.

---- ¡Oh! ¿cómo estás Gary, estamos madrugando?

 ---- Así es El mar, eso parece pero ya van a ser las diez, por eso decidí traerte este libro para que lo leas, yo acabo de terminarlo y pensé que a ti te interesarías.--- Dijo Gary.

El mar se apoderó del libro, exploró sus páginas y dijo:

---- La Rebelión de las Masas, de Ortega y Gasset, bien me interesa, lo voy a leer, gracias Gary, siéntate.---- Dijo El mar.

---- Gracias, El mar, tengo que llegar a la librería, volveré más tarde.--- Afirmó Gary.

---- Muy bien, te espero.--- Asintió El mar.

Gary Wess, asintió con ademanes densos y tristes, sin embargo no dejó de esbozar su más pulcra sonrisa.

Bajo  sus cejas pobladas yacían sus ojos que eran de un azul silencioso, su fisonomía en sí lo mostraban con figura apacible y de atención lánguida, no era tan comunicativo, pero El mar había despertado en  él, una adorable simpatía inducida por el carisma persuasivo de él, desde que Danny Raquila lo introdujo en aquel insondable atardecer de Junio, su

Relación se expandió a tal grado que él no escatimó esfuerzo en su intercambio de amistad solidaria.

Llegando Gary a ofrecerle los servicios de su esposa, por si El mar necesitaba que ella se comunicara con Barbarita, a fin de ayudarla con los niños cuando ella fuera a visitarlo, por lo que ella iría en su vehículo conduciéndola a Véngala y facilitándole la visita.

Y así a través de los días fueron haciéndose más y mejores amigos, y siempre que El mar necesitó papeles o lápices, para escribir sus novelitas, o contestar algunas de las cartas recibidas, allí estaba  él suministrándole estas facilidades, ya que  él tenia mayor oportunidad de conseguirla, porque estaba asistiendo a la escuela.

Así que todos los puñados de lápices que El mar había usado para sus escritos, el se los suministraba, además cuando se agotaban las puntas, el los llevaba a la escuela y le sacaba nuevamente  retornándoselo con un puñados de hojas para que siguiera escribiendo.

Gary Wess, había concluido un máster en administración de negocios, pero se había dedicado al trabajo en una compañía de manufactura, y el día de su arresto, regresaba conduciendo con algunos tragos engullidos, y cuando lo mandaron a detenerse, le hicieron la prueba de alcohol, y resultó positivo, por  lo que lo habían referido a pulgar seis ininterrumpidos meses de prisión, y ahora esperaba que el juez lo dejara en libertad, o le asignara un programa.

A pesar de su atención lánguida, el siempre estuvo dispuesto a colaborar con los de más, un día se había encontrado con El mar en la librería de leyes de uno de los bloques, y El mar, necesitaba colectar una información legal para fundamentar la defensa de su caso, pero ya se había agotado el tiempo que le dieron, entonces Gary le dijo:

---- Note preocupes, llevaste la revista al dormitorio, después la devuelve.--- Dijo.

Cuando quiso accionar para sacarla otro de los prisioneros que había estado esforzado en saber lo que hablaban, y que estaba a cargo de la biblioteca, se interpuso:

--- Lo siento, este es mi trabajo y ustedes no pueden sacar esta revista de aquí.--- Afirmó.

---- ¿Ni siquiera dejando una identificación?--- Cuestionó El mar.

---- No.--- Dijo el encargado secamente.

Para evitar ser reportados no insistieron, pero sustrajeron la página de publicidad de la revista legal, con el objetivo de hacer contacto y comprarla.

Todas estas pautas solidarias, habían acrecentado su amistad y siempre Gary trataba de aportar a El mar, parte de la ración adquirida, y él solía corresponder, otorgándole en reciprocidad una navaja o una manzana, de las que recibían en el desayuno, que a veces solía guardar, y se le acumulaban.

Aunque El mar  nunca compraba "comisaria" que así se le llamaba a las provisiones que adicional a la alimentación diaria, solían comprar los reos que tenían dinero en sus cuentas, a los suplidores de la prisión, ya fuera porque la familia le pusiera, o porque trabajaran dentro,  él siempre tenía su despensa  atiborrada.

El mar  pensaba que Dios lo proveía, o que hacía que los que tenían le dieran o negociaran con él, por eso la ración de pollo que recibía los domingos, debido a que él no era carnívoro, en la vendía por unos dos dólares con cincuenta centavos, que equivalía a cinco sopas, y cada sopa estaba valorada a cincuenta centavos de dólar, lo que quería decir que cada transacción se ejecutaba a través del proceso de trueques, que era la moneda de intercambio, ya que no podían manejar dinero en efectivo, aunque lo tuvieran acumulado.

Como deberían saber en ese entonces en las prisiones de los estados del Reino y específicamente en el Paraíso, solían abrirle automáticamente una cuenta  a los prisioneros  con el dinero que aquellos portaran en el bolcillo,  al momento de ingresar a la prisión, donde se le depositaban los regalos en dinero que  los familiares y amigos de estos quisieran dejarle cuando iban de visitas.

Algunos la mantenían con el dinero que le enviaban los familiares, y otros a través de lo que producían trabajando en los distintos renglones de" Véngala", algunos trabajaban en la lavandería, otros en la cocina, en la biblioteca, o limpiando el piso, o en el vestidor donde se conservaban las ropas que vestían los prisioneros, a la hora de haber sido ingresados.

Pero también había quienes trabajaban por cuenta propia vendiendo protección a los internos, por eso de que algunos se sentían más seguros protegidos por otros reclusos, que bajo el cuidado de los gendarmes.

Otros trabajaban  haciendo flores o dibujos, crucifijos de hilos y telas, pretendiendo espantar a sus propios demonios, o cortando el pelo como barberos, pagados por Véngala, pero incentivados por la populación.

O como El mar, que escribía novelitas por paginas, y rentaba la lectura de cada cinco páginas manuscritas, por un sobre de sopa, el equivalente a cincuenta centavos de dólar, y además  también escribía y vendía poesías y cartas románticas para las novias y las amantes de los prisioneros, a cinco sopa cada copia, por eso de que al estar separados por los barrotes a algunos prisioneros se le hacía difícil conservar la fidelidad de sus amores desde la prisión, y buscaban persuadir las amantes con los versos de El mar

Cada día su popularidad se incrementaba, al grado que hasta aquellos que a su llegada lo habían recibido con hostilidades, habían cambiado de mente, y  empezaron a respetarlo, y El mar veía el cambio de actitud positiva que aquellos mostraban hacia él, sobre todo cuando logró que un prisionero embadurnado de tristeza, volviera a sonreír.

Todo sucedió con la llegada de Jeremías Arietas, oriundo del corazón del barrio, antes de su ingreso a véngala se había enamorado perdidamente de Chari Moncada, una joven de la vecindad, que también estuvo entusiasmada con él, pero que era bien vista por el Topo, un chiquindolo de no muy gratos atributos, pero que corría una pandilla de facinerosos en el sector, y que creía que con un poco de insistencia, las mujeres podrían caer como fruto de buen gusto, en los brazos de un enamorado consagrado.

Con una cierta picardía acompañada de un sarcasmo desmedido, puso sus ojos en Chari, y se propuso sostener plásticas ulteriores con esta, y pretendió hacerla confidente de sus confidencias, así cuando ella se encaminaba a la escuela, viéndose precisada a pasar frente al bloque donde el distribuía sus estupefacientes, por un instante de contemplación, el Topo se paralizaba de emoción, pero volviendo en sí, la hostigaba, la piropeaba,

Buscando siempre la forma de que ella se fijara en él, y aunque Chari no le hacía caso, tampoco faltaron días, en que ella para no parecer brusca, le fingiera  una sonrisita discretita, pero tras la sonrisa, llegaba la agilización de sus pasos para abandonar la escena.

¿Quién diría que un amor no correspondido? ¡pudiera generar tan infortunada situación!, pues ante el evidente rechazo, el Topo con su espíritu en convalecencia, azuzado por su tiempo de ocio, fraguó una costosa trivialidad, y un día valiéndose de una de sus clientas, le pagó para que amenazara a Chari, advirtiéndole que si no se alejaba de Jeremías iba a tener dificultades, y Chari confundida, pensó que Jeremías, la estaba traicionando con ella, y triste y llorosa, huyó en una aureola de polvo inmóvil.

El Topo había dado su primer paso, la trampa estaba montada, entonces saliendo de donde se ocultaba para supervisar el trabajo sucio de Úrsula Glas, se encaminó  hasta ella,  besó  su  mejilla y dijo:

---- La intimidad de tu brillo reverberan mi esperanza, buen trabajo Úrsula, tú ves este paquete de billetes… son mil dólares que serán tuyos cuando complete el trabajo, con esto que pasó  hoy, seguro que Chari se alejará de Jeremías, esperemos hasta mañana para ver como lo vamos a hacer.--- Propuso.

Úrsula parecía minuciosamente informada, el Topo la sintió sonreír, y también le sonrió. Ella habló después de un breve silencio:

--- ¿Qué pretendes para mañana?--- Cuestionó ella.

---- No te preocupes, yo te dejares saber.----Extendiendo el brazo con la mano que sostenía el dinero agregó:

----- Tomas estos doscientos dólares, te espero mañana temprano… Ah, llévate esta piedrita para que te agasaje.--- Dijo, extendiendo el bracito corto y regordete, sosteniendo entre los dedos una bolsita de cocaína que ella atrapó diligentemente.

---- Muy bien Topo, "por la plata baila el mono" en el circo de la vida, se hará como tu digas, te miro, te veo, chao cacao. —Le dijo Úrsula con alegría fingida, mientras depositaba un beso en su mejilla, zigzagueando entre el ruido de los carros, cruzó al otro lado de la avenida y se marchó.

El Topo la vio alejarse sin arrepentimiento, al final de la calle se perdía su silueta, el sonreía consciente de los riesgos.

Junio deambulaba en la atmosfera y se confundía en el tiempo, los rayos del sol se filtraban aletargados por la atmosfera, una llovizna fina humedecía el pavimento.

Del cuello del Topo se desprendía un medallón gigante, mostrando el rostro esculpido en oro de un ídolo de oriente, y sobre su playera negra escrita en letras blancas sobresalía un eslogan que decía:

"Mejor muerto que pobre".

Al otro día era viernes, todavía el asfalto permanecía humedecido por la lluvia de la noche anterior. El Topo apareció en el bloque más temprano que nunca, el había planeado todo con malicia.

Eran las siete y treinta y cinco, en diez minutos más el esperaba la presencia de Chari en el camino, y justamente pasado el tiempo esperado, rumbo a la escuela que estaba en los alrededores, se encaminaba ella, a las siete y cuarenta y cinco, el Topo, que hablaba con dos de sus subordinados en ese momento, le había ordenado retirarse disimuladamente:

--- Agua, agua, despabílense, ahí viene lo que espero.--- Dijo, al tiempo que aquellos desaparecían, gorjeó antes de bloquearle el paso a Chari, diciéndole con todo el esplendor de su propósito:

---- ¡ Hola, diva, que bueno verte de nuevo!, quiero que tengas presente, que entre tanto aspirantes, yo soy el que te convienes, conmigo no te vas a faltar nada, y si una estrella puedo bajarte del cielo, no dudaré en extender el brazo para alcanzártela.--- Expresó con un exorbitante parafraseo.

Aquella enormidad sonó a sus oídos como una copla de notas diáfanas, sin embargo entre sonreída y tímida recurrió a la diplomacia:

---- Gracias… ¿Me das permiso que voy para la escuela y se me puede hacer tarde?--- Respondió con disimulo.

---- Claro reina mía, lo que tú ordenes, mi bella.--- le respondió el Topo con exagerada simpatía, al tiempo que desbloqueaba la senda  por donde transitaba Chari, la cual seguía su camino mientras el Topo la miraba alejarse con una expresión de morbo.

Cinco minutos más tarde aparecía Úrsula, traída por una cierta cadencia en su caminar, con la intención de darle seguimiento a la propuesta del Topo, ella lo saludó, mientras él procedía a instruirla en las pautas finales:

--- Escucha bien Úrsula, estoy esperando que llegue alguien que viene a recoger algo, a las nueve, a esa hora como siempre Jeremías, pasará por aquí para ir a su trabajo, cuando el venga yo le daré una cosita a alguien que lo está esperando, cuando eso suceda ve donde el jara…

---- ¿El qué?---Interrumpió Úrsula.

---- Con el gendarme de la esquina, con el oficial, y dile que tu vistes a alguien venderle drogas, a la que yo le entregaré las bolsitas nada más, disimuladamente quedaste mirando y luego, actúas.--- Le dijo, con todo el esplendor de su maldad.

Y como el demonio nunca anda sólo, resultó que como lo planeó. Así se dio ese día Jeremías andaba deprimido, cabizbajo y casi arrastrando los pies, debido a que no había podido comunicarse con Chari, porque la maldad fraguada había incidido para que ella se escondiera, sin que el supiera el motivo.

 En la ingenuidad de su inocencia, el jamás se imaginó que el Topo mago de la malicia que le hacía creer una falsa amistad, estaba detrás de esta conspiración con la clara intensión de arruinarle la vida.

Todo había empezado en el invierno anterior cuando un vereta deportivo que guiaba el Topo, después de una fuerte nevada, se  había negado a encender, viéndose Jeremías por su fama de buen mecánico, precisado a acudir a un llamado que le había hecho llegar el Topo, y desde ese entonces él siguió realizando los servicios mecánicos que el Topo  ameritara.

Todo fue muy bien hasta que el Topo se enteró que Chari, la chica a quien él solía cortejar, ignorando su condición, era la novia de jeremías, lo que resultó un duro golpe que él se había negado a aceptar debido a que el Topo sentía por Chari, una especie de amor platónico, mucho antes de que se decidiera a declarársele.

Fue entonces cuando el no pudo controlar algo así como, un ataque de envidia al conocer la noticia, por lo que no se cuidó de comentar donde sus compinches lo escucharan:

---- Chari es mucha mujer para ese "mecanicucho" lleno de grasa.

# CAPITULO 14

Entonces el Topo juró   no descansar hasta conquistarla, el había oído decir que la imaginación intuitiva era el secreto de los genios, y desde ese momento empezó a fraguar cual sería la mejor forma para salirse con la de él.

Primero prescindió de los servicios de mecánica que Jeremías le ofrecía, porque pensó que si aquel descubría que el tenia sentimiento por su novia, podría matarlo cortándole los frenos del carro, aprovechando uno de esos días en que él lo solicitara para una reparación o revisión del carro, y precisamente en esa mañana estaba determinado a consumar su macabra intención.

Cuando Jeremías se aproximaba donde él se encontraba antes que el mecánico se percatara el Topo se aproximó a él le hecho el brazo por el cuello, y con la mayor precaución le colocó dos bolsitas de cocaína que sostenía entre los dedos pulgar y anular, al tiempo que con astucia mal intencionado lo palmoteaba en las espaldas, burlonamente, con una camaradería de soberbia y cinismo, mientras Úrsula seguía las instrucciones recibidas.

Una mujer previamente constatada por el topo se le aproximó recibiendo otra bolsa igual a las que el Topo había puesto en el bolsillo de jeremías, y atrapándola entre sus dedos huesudos caminó tras el mecánico, y al llegar a la intersección donde hacia servicio el oficial, se aproximó a Jeremías con la intensión de ser vista por el policía mientras hablaba con él, y viendo que lograba su objetivo, vio que Úrsula en su servicio encubierto, como lo habían planeado, se acercaba  al oficial y le susurraba con una doble intensión:

---- como pudo ver, oficial a usted no lo respetan, acaban de hacer una transacción de drogas en sus ojos y usted ni cuenta se dio, mírelo donde van.--- Comentó, como una serpiente que inducia al pecado, motivando la movilización del oficial.

---- E, ustedes dos, párense ahí--- Dijo esforzando la voz...

La mujer con cierta perspicacia evitando ser vista por el gendarme en su acción, lanzó  sobre el asfalto la bolsa de cocaína que llevaba, y como Jeremías ignoraba la trama montada, se sentía sorprendido e incrédulo ante lo que estaba aconteciendo.

El oficial usó la radio y en un momento la calle se encontraban atiborrada de esbirros, habían llegado cinco patrulleros que no encontraron oposición al momento de arrestar a Jeremías y a la mujer, la cual fue llevada a la gendarmería y despachada, debido a que el oficial no se percató cuando ella había arrojado la evidencia al asfalto, y como se trataba de una mujer, al no haber evidencia era preferible dejarla ir, y así lo hicieron.

En cambio Jeremías, a quien le habían encontrado las dos bolsas que le había colocado el Topo, en el bolcillo, al no poder demostrar lo contrario al ser tomado  infraganti, había sido retenido.

De ese modo se iniciaba el despertar de Jeremías, y había empezado a percatarse de que "la confianza era el camino más corto para cometer un error", y que de "buenas intenciones estaban llenos los caminos del infierno", y de malicias y espinas los que dañaban su vida.

Úrsula sabia que él era inocente y también los esbirros, que aún comprobando su identidad, enterándose el tipo de persona que era porque le habían hecho una prueba de drogas y lo habían encontrado limpio, lo habían retenido hasta esclarecer la situación. Jeremías pensaba que "errar era humano, que lo que no era humano era echar la culpa de los errores sobre los hombros de los demás". Y por mucho tiempo se mantuvo creyendo que la maldad era una herramienta demoniaca para desactivar al ser humano.

Por su parte el Topo había quedado con el campo libre, Chari había notado la ausencia de Jeremías, y aunque había decidido ir a buscarlo al lugar de trabajo, no encontró respuestas debido a que él no había tenido la oportunidad de avisar a nadie de su retención, entonces como Jeremías vivía con sus primos, trató de indagar con ellos, pero tampoco logró enterarse de nada, porque también ellos ignoraban lo acontecido.

Chari se sentía destrozada, e incluso llegó a culparse por la desaparición de Jeremías, pero también pensó que él la había abandonado por Úrsula, y era que ella se auto cuestionaba y no entendía cómo si ella lo amaba, él se había marchado en silencio y sin despedirse.

El topo en cambio continuaba en su plan. Siempre que ella se dirigía a la escuela, él insistía en conquistarla y en ayudarla a olvidar a Jeremías, y un día bloqueándole el paso le dijo:

--- No es preciso que derrames más lágrimas por alguien que partió sin decirte adiós, no sufras más, lanzaste al rio, el muerto al hoyo y el vivo al bollo, han pasado dos semanas sin que él te hayas buscado. Dijo con toda la entereza de su soberbia.

Chari, sintió ruborizarse, no le parecía posible lo que acababa de decir el Topo, entonces cuestionó con cierta curiosidad:

--- cómo sabes tú, que hacen dos semanas?--- Cuestionó ella intrigada.

Sin embargo, el Topo que estaba listo para su respuesta, asumió una postura evasiva y recurrió a la poesía:

--- Mi alma desespera en ausencia de tu amor, y yo aguardo por ti cariño, yo aguardo por ti, que como una gaviota alce el vuelo y venga volando a mí, eso es lo que yo quiero de ti. Pero además te diré, que hace dos semanas accidentalmente escuché, que alguien te pedía que te alejara de él.--- Le respondió.

---- ¿Qué sabes tú de eso?... Porque cuando ella me dijo eso, yo no vi ningún testigo en los alrededores. Dijo ella aún más intrigada.

--- Mi amor, las paredes tienen oídos, y un pajarito me lo dijo.--- Arguyó el Topo con cierto sarcasmo.

---- No me llames tu amor, que no soy tu amor. --- Respondió Chari bruscamente.

----Desde que te conocí tú has sido mi amor platónico, Pero podrías llegar a ser mi amor real… claro, si tú quieres, un clavo saca otro clavo, y no hay que morir en vano.--- Dijo el Topo dejando a Chari confundida y aturdida.

 -- No quiero que me hables. Replicó Chari con brusquedad.

--- Así es como me gustan, brava para domarla.--- Respondió el Topo siempre con su sarcasmo.

Chari guardó silencio, y el Topo vio que se le humedecieron los ojos, lo que aprovechó para un re-ataque:

---- Jeremías, no vale tus lagrimas, tal vez se fue con otra, pero no importa, tú sabes que yo te quiero bien y puedes contar conmigo.--- Externó el Topo con sorprendente ternura.

Chari guardó silencio, lo que él aprovechó para tocarla, la tomó por los hombros, la llevó a su regazo: y acarició su pelo

--- No quiero ir a la escuela.--- Externó Chari, ahogada en llanto, casi gorjeando, atorada por las lagrimas.

--- Quedaste para que comas conmigo, yo estudiaré contigo.--- Insistió el Topo.

El creía tener la destreza suficiente, para desahogarse  frente al deseo opresor , sin darle pista alguna que la indujeran a personalizar la riña, el sabia el truco de la manipulación, y se apoyaba  en el poder de la argucia, haciendo parecer culpable al inocente, cuando en realidad la culpa era de él.

Desde ese día y para entonces, el Topo había empezado a salir con Chari, ignorando ella, la verdad de lo acontecido.

Habían pasados dos meses desde la terrible maniobra que había fraguado el Topo, y  que había llevado a Jeremías a la cárcel, y a  Chari a refugiarse en sus brazos, hasta un día en

Que ella cortó clases y sorpresivamente sin avisar se apareció donde el Topo vivía, y lo encontró "foyando", o mejor dicho revolcándose, con otra de las admiradoras que él solía frecuentar, y entonces ella optó por despertar al instante, no sin antes sufrir una terrible decepción:

--- ¿Por qué me haces esto?--- Cuestionó Chari boquiabierta.

--- No te irrites mi amor, ella me da lo que tú me niegas, pero quedaste quieta que aún así, tu eres la catedral y las de más las parroquias. Dijo con una carcajada sardónica.

La Chica que lo acompañaba, sonrió con incredulidad, mientras Chari echó a correr asediada por el llanto, sin detenerse hasta llegar a los confines de su casa, donde reflexionó sobre lo acontecido esa mañana, como encontró la casa sola, optó por acostarse y durmió hasta altas horas de la madrugada.

Eran las dos de la mañana del otro día cuando se incorporó, sé sentía descansada y aprovechó para repasar sus notas, a sabiendas que al otro día se iniciaban los exámenes generales en la escuela preparatoria, y aunque ella se sentía preparada, necesitaba retroalimentar sus conocimientos, se sentía con suficiente energía para tal fin, ya que había descansado sin que fuera molestada por su madre, que al regresar de su  trabajo la había encontrado profundamente dormida.

Ese día parecía que sería de éxito, amaneció martes con un sol brillante, y sus calificaciones serian interesantes, pero de regreso a la casa alcanzó a escuchar una escena con sonido, donde Úrsula discutía acaloradamente con el Topo, y cuya discusión giraba en torno a un reclamo que ella le extendía:

---- Oyes, Topo, quiero que me entregues los ochocientos dólares restantes, de los mil que me ofreciste por mi injusta participación en la conspiración contra el mecánico Jeremías.--- Dijo con la intensión de generar respuestas.

---- Ha, jajá, ja, y ¿tu creías que yo te ibas a pagar mil dólares por algo planeado y ejecutado por mi ?... ¿serás que estás loca?, confórmate con los doscientos y el agasajo, no hay más dinero para ti.--- Le afirmó con cierto radicalismo.

---- Muy bien, si tú no me pagas voy a comenzar contándole toda la verdad a Chari, y después veremos cómo te vas después que ella sepa que Jeremías nunca la engañó, y que está en la cárcel por tu culpa.--- Le advirtió Úrsula con intensión.

Chari que había seguido de cerca la conversación sin que ellos lo notaran, irrumpió intempestivamente:

---- Nada tienes que contarme, lo escuché todo.-- Dijo.

El Topo, desacostumbrado a recibir sorpresa, tuvo que hacer un esfuerzo para fingir el desplante, y con la más estruendosa ironía extendiendo los brazos trató de distraerla.

---- Oh mi amor, te habías echado de menos, te estabas esperando, te me has perdido, ¿que pasa contigo? Dijo tratando de atraerla hacia él.

Sin embargo, Chari con una reacción casi violenta, extendió su mano abierta y con la palma bloqueo el desplazamiento.

---- Basta ya, cínico, no te me acerques. Le dijo  encorajada y tratando de abrirse paso para alejarse a prisa.

El Topo quiso detenerla:

---- Mi amor, no me dejes, no le hagas caso a esta te cata--- Dijo refiriéndose, a Úrsula y todavía no había terminado de expresarse cuando recibió una bofetada en la mejilla izquierda que ella le había propinado.

---- Respétame enano, más te cata será tu abuela sucio, cretino". ---Le dijo buscando provocarlo.

En ese momento uno de sus secuaces se le acerco diciéndole casi al oído.

---- Esfúmate, vienen los gendarmes. ---Dijo.

El Topo sonrojado movilizó el semblante e intempestivamente como si huyera hizo mutis por la senda contraria a donde le advirtieron que venían los gendarmes.

Cuando los oficiales llegaron todos se habían marchados.

# CAPITULO 15

Entre la población de prisioneros solía generarse algo que bien podría nombrarse mala hora, porque aunque algunos de ellos parecían normales y serenos, no siempre inspiraban las mejores motivaciones como para fiarse de ellos, ya que si así era, llegado un determinado momento solían sufrir un revés que revelaba su autentica personalidad, dejando brotar las envidias los delirios, los egoísmos, las frustraciones e iras entre otras barbaridades y adjetivaciones.

Había ocurrido algo  que venía a justificar las expresiones de fricciones y tensiones generadas entre afro sajones e hispanos, que acorralados entre paredes, buscaban mostrar su poderío tratando el más fuerte y descarado de someter a los que parecían más débiles, así cuando alguien exhibía algo con un cierto valor de intercambio y otro lo quería, primero lo pedían por la buena, y si quien lo poseía era débil y se negaba a entregarlo, pero no ocultaba su miedo, entonces quien lo quería lo tomaba a la fuerza.

Charlie Colombo había recibido sus artículos de comisaria, provisiones que habían generados inquietud, Y David inducido por el hambre o la curiosidad había exigido que Charlie Colombo lo compartiera con él, pero a pesar de que el negro David era un habilidoso boxeador, Charlie Colombo se negó a compartirlo firmando su desasosiego, debido a que a partir de ese día el negro David se dedicó a infundirle terror.

Amenazándolo con despojarlo de todo, y hasta agredirlo, en un momento de descuido.

Ya la populación lo distinguía, debido a su descaro, no tenía temor en crear tentación, y solía pasársela de cubículo en cubículo promoviendo basura, por lo que asiduamente se le escuchó decir:

---- ¿Quieres hueler? ---..Decía.

Todos solían mirarlo como a un payaso hasta el encontronazo con

Charlie Colombo, que inducido por el miedo se había dejado intimidar reclamando un traslado de emergencia a

Otro dormitorio, temiendo ser golpeado y despojado, o atacado mientras durmiera,

en el dormitorio J-2, solían agruparse por comunidades, los blancos buscaban a los blancos, los afroamericanos a los afro, y los hispanos a los hispanos.

Era una forma de auto-protegerse unificándose en sus distintas versiones, el caso era que esporádicamente cuando los prisioneros llevaban mucho tiempo juntos en una misma residencia, acababan haciéndose amigos y cada uno buscaba estar cerca del grupo que ejerciera una cierta influencia, para evitar ser abusados por los más fuertes.

Habían pasados dos días después del traslado de Charlie Colombo cuando llegó alguien que al percatarse que en el dormitorio donde había sido llevado tendría que convivir con uno de sus enemigos, se negó a quedarse en el mismo lugar insistió en que por su seguridad debía ser trasladado, sin que lograra influir en la administración para que su traslado se concretara.

Entonces se sintió poseído, se apoderó del teléfono que usaba el custodia de turno para hacer los reportes y comenzó a golpearlo contra la pared, hasta que logró llamar la atención de quienes no le oían, y se hizo trasladar de aquel lugar, primero fue castigado en la caja, acusado de intento de destruir propiedades menores del estado, y después para otro dormitorio como él lo deseaba.

Él prefería estar sólo y no en la populación, sabia que cuando se estaba en la populación, se ignoraba en qué momento se iba a ser atacado, o cuando se tendría que asumir una postura de defensa.

Nunca estuvo él lejos de la verdad porque precisamente cuando incursionaron a buscarlo, los tortugas, brigada antimotines de Véngala, llegaron de sorpresa virando y arrastrando todo lo que encontraban a sus pasos, los prisioneros boca abajo con las manos enlazadas sobre la nuca, era estrategia de ellos negándose a ser reconocidos por los prisioneros para evitar venganza, si algunos de los maltratados se encontraba con ellos alguna vez, fuera de la prisión.

El sintió la presión sobre sus espaldas, cuando dos de las tortugas lo alzaron por los hombros, en represalia por intentar quebrar el teléfono que usaban los custodias.

Seria conducido a la caja, la celda solitaria, y con inquieta serenidad se resignó a esperar su veredicto, él prefería una extensión de tiempo a que hicieran un cadáver de su cuerpo. No faltaron quienes vaticinaran la condena:

----"Le construyeron un nuevo cargo, lo acusan de conspirar para destruir propiedades del gobierno". – Comentaban en grupo.

Todos sabían y nadie ignoraba que la cárcel era  otro mundo donde la violencia acechaba, sin que nadie supiera a donde brotaría, ni a quien afectaría, porque allí se ignoraba

Cuando un criminal surgiría a ajusticiar a los criminales.

Quien tuviera una sentencia menor debía simularla, difundirla era un desafío que inducia a los celos, y a la violencia, que provocaba la extensión del tiempo dentro de la prisión.

Algunos odiaban a los oficiales que los arrestaban y a los jueces que los sentenciaban, deseando tenerlos entre sus manos para desahogar sus iras, y cuando solían hablar de ellos, los nombraban en tono despectivo.

A veces cuando querían molestar a alguien, se entraban en el cubículo de esa persona y comenzaban a insultar con los más crudos improperios al custodia de turno, dando espacio para que este anotara el número del cubículo de donde provenían los insultos, para que sancionaran al residente de ese espacio.

El cubículo de  El mar, frecuentemente era visitado por un considerable grupo de prisioneros que iban a solicitar servicios de cartas, novelitas o poemas, y en su tiempo libre también solían invitarlo a jugar barajas, domino, parché o ajedrez, y entre ellos también se contaban algunos de los que a su llegada, habían tratado de manipularlo o infundirle terror, sin alcanzar nada de lo pretendido debido a que él era condescendiente y tolerante, pero firme e inquebrantable al momento de tomar una decisión.

Esporádicamente para evitar riña entre la población, los custodia solían organizar el horario para ver televisión, específicamente en el dormitorio J-2, los hispanos la veían de diez a dos de la tarde, el resto del tiempo estaba asignado a los afroamericano y los anglosajones, y los que no eran muy dados a ver televisión solían invertir su tiempo libre en leer o jugar.

En la tarde del sábado, El mar y Gary, se habían reunido, a discutir un  tema literario y una hora después cuando Gary se sintió agotado se incorporó para retirase, pero como El mar no había tenido tiempo de limpiar su espacio, se había dispuesto a barrerlo y mapearlo y  cuando creía que tendría un tiempo para descansar, se apareció Jeremías a plantearle un negocio, cuya oferta le resultó tentativa, por lo que cuando llamaron al gimnasio, El mar y  él optaron  por quedarse a fin de discutir la oferta:

¿Cómo estás maestro? --- Saludó Jeremías con voz solicita.

El mar que concluía sus labores, acomodó el mapo en la cubeta de agua turbia, entonces respondió con efusividad:

-----Yo muy bien gracias, ¿y tú?_- Dijo mientras le extendía la mano.

---- Le voy a pagar para que escriba algo que convenza a mi novia de que regrese conmigo.--- Le dijo como si hubiera seleccionado la oración expresada.

---- Y ¿Qué fue lo que aconteció?---- cuestionó Elmar

---- Antes de caer preso se suscito un mal entendido que no me dio tiempo a aclarar, y aquí se me ha hecho difícil, no me salen las llamadas. --- Le aclaró.

---- Estas bien, ¿qué es lo que quieres?--- Cuestionó El mar.

---- Una carta  con un poema… ¿cuantos sale eso, cinco dólares? --- Preguntó y afirmó Jeremías.

---- Si, creo que es buena la oferta.--- Asintió El mar.

Después de ponerse de acuerdo en el verdadero propósito de la misiva y cómo le gustaría el poema, recurrió al siguiente texto:

"Alejado de ti, me siento en la cruz, como crucificado oscuro y sin luz.

aún no sé, como causé ese dolor, que le sembró la duda a tu corazón.

Tras la sombra moro, distante y sin ti, quiero tu presencia para ser feliz.

Si, por mi volvieras, sabría que eres tú, la silueta de tu cuerpo me aporta la luz.

Tu amor impulsivo, me sirve de abrigo, quiero tu presencia para estar contigo".

Después la dirigió a Chari, explicándole con lujos de detalles, lo acontecido, la firmó y la echó al correo.

No fue difícil para Chari entender los detalles, era el medio día del sábado veinte de junio, y por esas circunstancias de la vida por la letra del apellido de Jeremías, la visita asignada seria el otro día, y ella, tal y como Barbarita lo había hecho con El mar, así se vio Chari inducida a hacerlo con Jeremías.

El domingo, Chari se levantó temprano y se presentó a Véngala, donde logró encontrar a Jeremías, al principio una aureola de confusión y desconfianza lo envolvía pero a medidas que avanzaba el día, volvió a asaltarlos la alegría, se lo había contado todo, se perdonaron jurándose amor eterno, Jeremias aprovechó para pedirle a Chari que solicitara a El mar en su visita, y así lo hizo.

Cuando Elmar entró al salón Jeremias lo introdujo con Chari y le explicó que El mar había sido el autor de la carta y el poema que la habían motivado a esclarecer su confusión, Chari agradeció a El mar confirmándole la fuerza de sus versos, confesándole

Que el destino había conspirado para que los hechos se generaran de la forma que se dieron, y cuando ya estaban próximo a despedirse Chari le dijo a Jeremías:

---- Amor, cuando salgan llévalo a casa para que esté en la fiesta -- .Dijo, refiriéndose a El mar.

---- Claro cariño, el estará allí.---- Respondió Jeremías Sonriendo.

---- Gracias señor, por contribuir a que todo se aclarara.---- Externó Chari.

---- Gracias a ustedes, por permitirme participar, son jóvenes con derecho a ser felices.--- Respondió El mar.

---- Jeremías me dijo que ustedes hacen estudios bíblico.--- Expresó Chari.

----Si, lo hacemos en la parroquia de la prisión, pero lo continuamos en el dormitorio.--- Afirmó El mar.

---- Yo la veo como una forma de matar el tiempo...Dijo Jeremías.

---- No leas la biblia para matar el tiempo, no vayan a crearte un caso de asesino, Jajá, Ja, Ja,.. Es una broma. De todos modos hay que leerla como la palabra del Dios que creo los cielos y la tierra.--- Dijo El mar.

--- Parece un pastor. --- Dijo Chari.

---- Más bien yo diría un profeta --- Afirmó Jeremías, con complicidad.

---- Gracias, lo importante es tener la capacidad de amar y perdonar, cuando pienso decirle a mi enemigo te amo, y me acuerdo de las maldades que me hizo, entonces digo amo a Dios, que es lo mismo que perdonarme y amarme a mí mismo, para perdonar y amar a mi enemigo.--- Enfatizó El mar.

---- Todo suena hermoso, pero yo no sé si pueda perdonar al Topo, el autor de todas las maldades, que casi nos llevan a la ruptura.----- Afirmó Chari con cierta tristeza.

---- No te preocupes mi amor, lo que va viene, y la vida se encarga de todo.--- Afirmó Jeremías con firmeza.

Su animada conversación había sido interrumpida por la custodia que se le acercó para decirles:

---- Tiempo, se acabó la visita. Dijo secamente.

Chari con los ojos humedecidos abrazó y beso con ternura a Jeremías:

---- Hasta pronto mi amor., yo regreso el miércoles, todo va a estar bien, el abogado me dijo que el juez está revisando tu caso, y que posiblemente el jueves te dejen ir.--- Afirmó

Chari.--- Volviéndose a El mar, agregó:

--- Señor, gracias por todo y no olvide que en nosotros tiene una nueva familia.--- Afirmó.

---- Gracias a ustedes por considerarme de su familia, los veré como tal.--- Dijo, mientras besaba su mano.

Chari, se sintió asaltada por la emoción, y se retiró sin poder evitar que las lágrimas inundaran sus ojos. El mar y Jeremías volvieron a la casa dormitorio J- 2.

Esa tarde el cubículo de El mar volvía a estar atiborrado, la populación se había noticiado que él había convencido a Chari la novia de Jeremías para que lo perdonara, volviera con él y fuera a visitarlo, debido a que antes de esa carta poema, Jeremías se mantenía bajo la incertidumbre de una desesperante depresión., ahora después de lo

Acontecido, la clientela de El mar, se había incrementado, ya que por la condición de prisioneros se sentían abandonados, pero las cartas poemas de El mar, con un pago de

Cinco sopas por derecho de autor, equivalente a dos dólares con cincuenta centavos, contribuían a incentivar sus esperanzas.

La voz se había propagado sobre las hazañas que él venía produciendo con su pluma, y los nuevos prisioneros también habían empezado a consultarlo, para escuchar sus consejos y sugerencias, y le encargaban cartas, poemas y novelitas, que después que ellos leían, se las enviaban a sus madres, esposas, novias y amigas.

El mar gozaba de una gran consideración entre los prisioneros, porque cuando alguno de ellos tenía muchos visitantes, los demás le guardaban cierto respeto y mantenían una distancia a la hora que quisieran propasarse, debido a que ellos solían entender el mensaje de que el individuo no estaba sólo, entonces empezaban a considerarlo a la altura de un líder.

# CAPITULO 16

En esos días un nuevo visitantes de nombre Lázaro Osorio, había empezado a frecuentar a El mar, y podría decirse que se hicieron unos y otros colaboradores de la causa, debido a que él empezó a ilustrar las cartas y los poemas que El mar escribía., fue a la prisión con un archivo de diez y seis convicciones y varias sentencias, por eso de intentar despojar por la fuerza a los ricos de sus dineros, y por andar violando la vigilancia y traspasando sin permiso las casas de los millonarios.

Era delgado con cinco once de estatura, ojos grandes nariz aguilucha, y siempre dispuesto a golpear al que lo amenazara, y junto a él, estaban unos que habían caído por delitos menores como Bernardo, que andaba borracho caminando las calles abrazando una cerveza.

También había otro llamado Arturo que se había detenido frente a una tienda de calzado y por esas coincidencias de la vida saludó a un conocido que en ese momento salía de la tienda y había sustraído unos zapatos que portaba dentro de una mochila que colgaba de sus espaldas, habiéndose percatado la seguridad del hurto, saliendo tras él, sorprendiéndolo infraganti, creyendo que Arturo era cómplice de aquel, y sin poder demostrar lo contrario y sin que el facineroso lo negara, fueron ambos entregado al ministerio público.

Ahora todos purgaban condena, o esperaban ser sentenciados, o aguardaban ser exonerados.

El liderazgo de El mar se había incrementado tal que hasta los oficiales, habían empezado a motearlo con el nombre del presidente del reino en ese entonces.

Más tarde habían llamado a los servicios religiosos, y al momento de recoger el pase para ir a la capilla, la oficial Williams que cubría el turno de ese día dijo:

---- El mar y Gary, espero que oren por mí. —Dijo con una cierta convicción.

----official Williams por su fe ya esta salva, oraremos por usted.--- Respondió El mar.

---- Gracias.--- Agregó la oficial Williams.

Otro prisionero que en ese momento se duchaba, asomó la cabeza y voceó:

---- Oren por mí también.

---- El se llama Kent.--- Dijo la oficial Williams.

---- Si, lo sé, gracias. --- Respondió El mar, al salir.

Gary se encaminó al gimnasio, mientras El mar, seguido de Arturo, Lázaro y Jeremías se dirigía a la capilla.

En el camino un oficial que parecía de muy buen humor le extendió un saludo:

--- Adiós presidente. Le dijo.

El mar asintió con un movimiento de cabeza y siguió caminando hasta la parroquia y al llegar se fue acomodando en la primera fila por la comisión de protocolo, escogida para tal fin.

Esa tarde la predicación había rozado el corazón de los participantes en el servicio, del órgano emanó una música de alabanza seguida de una canción de adoración, donde la concurrida participación no pudo controlar el llanto, y entre ellos estaba El mar, que también sintió que los ojos le lloraban sin poder evitar que dos lagrimas inundaran la piel de su rostro, mientras Lázaro le aplicaba palmadas de consuelo.

El pastor oró al señor pidiéndole misericordia por los prisioneros que en los próximos días habrían de presentarse en corte, principalmente a aquellos que no eran delincuentes comunes, sino que como Elmar, habían llegado allí por esa circunstancia del destino.

Al llegar a la casa empezó a comentarse que el espíritu santo había ministrado sobre El mar, mientras él se sentaba frente a la mesa de aluminio a concluir un poema que le habían encargado, uno a quien le decían María por su pelo alargado y su carita de niña.

María le tiraba bolas de papel embollado, tratando de provocarlo, con el objetivo de sacarlo de concentración, por lo que Lázaro que vigilaba se vio inducido a amonestarlo:

--- Oyes tú, dejas de bromear ¿acaso no ves que El mar está ocupado, y no está para juego?---- Dijo.

Elmar que aún se mantenía de espaldas sin percatarse de lo que estaba sucediendo se volteó y con una calma enmarcada, lo indicó con el índice y le dijo:

---- Detentes Maria, no sigas, te estás dejando ministrar por los demonios y eso no es bueno.

En ese momento María que estaba a unos cuantos metros, seguido por otros se aproximó al cubículo de El mar, sintiéndose  este algo invadido, se levantó y ya de pies pidió con la mayor cortesía:

---- ¿Acaso no entienden que estoy ocupado?, por favor, quiero que desalojen mi espacio, ahora.--- Exigió.

---- ¿Por qué?--- Insistió María.

---- No seas problemático, ya te dijes que estoy ocupado y tengo que concluir lo que estoy haciendo. —Reafirmó El mar.

Al escuchar nuevamente la suplica de El mar, María y sus adeptos se alejaron en silencio.

En la noche El mar se había dormido tarde, y soñó en secuencia, primero que estaba en un museo con un grupo de niños, y después que transitaba por una de las calles del paraíso acompañado de su niña, y que ésta llevaba las manos embadurnadas de blanco, y que había llegado a un espacio llano y extenso donde una ducha derramaba un chorro de agua, habiendo el pedido permiso bajo el pretexto de lavar las manos de la niña, le habían permitido hacerlo.

Al entrar al lugar en vez de ocuparse de la niña caminó adentrándose un poco más hacia una plaza donde había muchas mercaderías, que incluían carteras y sombreros, y siguió caminando llegando a un apartamento con dos habitaciones donde una de ella tenía las cañerías dañadas, dando lugar a que el piso se inundara de materia fecal.

Luego se acomodó para seguir soñando, pero fue despertado por gritos desaforados que emitían los prisioneros de las camas número 37 y 38, quienes había iniciados una aguda discusión.

--- Dejas de moverte, y déjame dormir, "cabrón".--- Gritó con todo esplendor de un verdulero el número 37. ---

No seas pendenciero y estate quieto "pedazo de pendejo".-Le respondió también el número 38.

--- Vete al baño sucio y no haga eso sobre mí., te voy a llamar al custodia, tú verás que si sigues vamos a tener problemas, sátiro...---Sátiro, cualquiera…. Replicó el 37 mientras era interrumpido.

---- Espeeerateeeee, ah ---concluyó el 38

Sucedió que el número 38 que ocupaba la segunda planta de la cama, se había imbuido en un acto pecaminoso fornicando con su cuerpo.

El escándalo había despertado a los de más, y el oficial que había seguido en silencio el acontecimiento, acto seguido se comunicó con el sargento que no escatimó esfuerzo en ordenar que lo "empacaran", como decían en el argot de la prisión, para referirse a que lo mudaran de casa, sin embargo tal acción lo había conducido a ser aislado, encerrado en Una celda solitaria.

Era la víspera del tercer día en que El mar debía comparecer a corte, y donde se esperaba que le fuera concedida la libertad, y ese día de víspera, había sido convocado a la clínica del sistema carcelario donde habían empezado a tratarlo de una diabetes que le habían anunciado cinco años antes y a la que él nunca le había prestado ninguna atención, pero sabiendo que en tres días iría a corte, el médico de véngala lo convocó para suministrarle información sobre cómo debía sobrellevarse frente a la inminente enfermedad.

Le puncharon el dedo para medirle los niveles de azúcar, ese día la tenía en 139, por lo que le suministraron una píldora para tal fin, le dieron un número de teléfono para que llamara para dar seguimiento al tratamiento, en caso de que el juez lo dejara ir.

De todos modo El mar pensaba que Dios lo tenía vivo con un propósito, el no creía en las enfermedades y pensaba que el contaba con los mecanismos internos para auto sanarse, y solía creer que muchas de las enfermedades, eran fabricadas en los laboratorios del reino, y disueltas para mantener activo el sistema de salud, y poder expandir el comercio de drogas y medicamentos, siempre llamado a fortalecer las finanzas de los inversionistas.

Más tarde, después de un juego de barajas con Lázaro, habían hecho un llamado para un estudio bíblico, donde se prestó a asistir en compañía de Arturo, y donde también se había vuelto a encontrar con Robert, y juntos a la pastora de esa tarde, después que habían alabado al señor, oraron clamando con fe el éxito por los que serían llevado nuevamente a corte al otro día.

La oración se había enarbolado con tanta fe, que El mar dijo sentir nuevamente la presencia del espíritu porque experimentó un movimiento en el cuero cabelludo, al tiempo que vio su piel sonrojarse con puntitos de carne de gallina.

# CAPITULO 17

Al otro día fue Marte y lo habían levantado temprano en la mañana, eran las cuatro cuando la custodia de ese día se aproximó a su cama a recordarle que debía prepararse para su día de corte. Después de ducharse lo llevaron a la medicación, y de ahí a la recepción, donde cambiarían los uniformes de prisión por ropas que vestirían para ir a la Calle.

Antes de su partida había llegado a recogerlo  un agente de inmigración con el pretexto de deportarlo al continente Europeo, por lo que El mar se vio precisado a demostrarle que aunque él no era naturalizado del reino, el pertenecía al continente Americano no al Europeo, lo había sometido a un régimen de interrogación, que El mar pudo responder con sapiencia, demostrando que él había sido legal en el país desde el primer día de su llegada  al paraíso y que de ahí hasta el momento que afrontaba habían pasados 17 años con su estatus.

El agente de Inmigración antes la explicita exposición marcó el teléfono y notificó a su superior, que se estaba dando una gran confusión con El mar debido a que él no era de origen Europeo, si no un caribeño de América.

Unos minutos después de la verificación que más bien parecía un simulacro de manipulación, abordaron la transportación y se dirigieron a la corte donde todos los prisioneros que acudieron, habían sido llamados para ver al juez, en cambio El mar, esperanzado seguía esperando, de pronto, apareció su abogado, lo miró largamente en silencio, se veía nervioso, y parecía que hablaría con franqueza.

Confuso y enigmático caminó de un lado a otro, hasta que un pensamiento iluminó su mente, y más bien cuando El mar lo oyó, le pareció como una oración con ritma:

---- Tú vas a salir hoy, y el juicio lo haremos el primero de julio.--- Dijo.

--- Esta bien, sigo esperando.--- Arguyó El mar.

El abogado Dino J, parecía tener asunto urgente que atender, y optó por volver a la sala de audiencias, se desplazo por la vereda que ya antes había transitado, y con cierto sigilo avanzó en el camino.

Había asumido una enigmática expresión que lo tenía perturbado en algo, entonces dijo como si quisiera ser escuchado:

--- Te mentí El mar Valenilla, hoy no vas a salir de aquí. Dijo mientras su silueta se perdía tras el armazón de cemento.

Tal y como Dino J, lo había comentado sucedió, ese día, lo habían dejado sin llamarlo frente al juez, lo devolvieron a véngala sin ninguna explicación, pero después el se enteró que habían remitido su caso para una semana después.

En horas de la noche llamaron al servicio religioso pero como El mar había ido a un nuevo dormitorio, aún él no estaba autorizado para asistir del bloque F 251 a la Capellanía porque aún no estaba en el listado de ese bloque, le estaba siendo algo más difícil movilizarse.

En ese nuevo dormitorio todos tenían un poco más de privacidad, pues las habitaciones estaban separadas; tenían un toilette y un lava manos adentro, además, allí disponían de más tiempo para pensar más idóneamente.

El mar se adelantó donde el custodia y pidió una forma para solicitar una cita con el trabajador social a fin de comentarle la problemática que estaba afrontado con el abogado que no lo había llamado frente al juez. Y otra para el capellán para que lo incluyera en el listado del servicio católico, no porque le interesara en demasía la religión, si no, porque en esa vuelta el conseguía usar gratis el teléfono para llamar a Barbarita Roque.

Con la intensión de salir, El mar asistía a todos los servicios religiosos, y en una ocasión una custodia que quiso cuestionar su idiosincrasia le sugirió atender una de la rama de los

Servicios, y trató de hacerle entender que si él atendia el servicio católico, no debía atender el evangélico, a lo que él le especificó:

---- Para mi Dios es uno, no hay razón para desviar la religión, yo estoy encarcelado y yo no veo nada malo en que yo hable de Dios desde las distintas concepciones en que él se le expresa a los creyentes, lo correcto es que la religión una a los hombres, no que los dividas .Dios es un todo para todos, y no es un candidato político, así, que por favor señor

Si no es mucho pedir, inclúyame en el listado de todos los servicios de la iglesia, si no es mucho pedir, gracias.--- Externó.

Al otro día fue miércoles y como de costumbre se despertó temprano, su nueva habitación tenia vista a la planicie donde  a la hora del receso solían juntarse algunos  prisioneros, y desde la ventana se  podía contemplar las luces mortecinas de los automóviles que solían desplazarse por aquella dirección, el pasto salpicado del roció nocturno, el verdor de los prados y las clorofiladas arboledas; circundadas del verdor de las gramas, que vistas desde cierta distancia, sé percibían  serenas como las tranquilas aguas de un lago veraniego.

El trinar de las aves sugería la impresión de un parque nacional.

El mar seguía contemplando absorto desde el ventanal, viendo escapar los minutos en la lejanía panorámica que desaparecían en la visibilidad de aquella extraña presencia.

Algo extraño había sucedido que lo inducia a actuar vertiginosamente, con acciones imprevistas, dejando escapar un brillo panorámico desde sus  pupilas.

Un trepidante movimiento produjo un silbido que competía con el aire, entonces llegó a él un recuerdo de lo acontecido en corte mientras esperaba ser conducido a donde el juez.

Resultó que alguien que venía de regreso de la sala de audiencia, en un arranque de provocación se dirigió directamente a El mar, a pedirle que se levantara para él sentarse, él lo miró en silencio y le dijo:

--- ¿Por qué tú haces esto, acaso fueron estos asientos comprados por ti para que los de más tengamos que levantarnos para que tú te sientes?---- Cuestionó.

---- No, pero yo estaba ahí antes de ser llamado para ver al juez.--- Replicó aquél.

---- Está bien, yo voy a ceder el asiento porque no quiero echarme más problemas de los que tengo, pero es necesario que empieces a desarrollar tus niveles de conciencia, porque

Tal vez a ti no te gustarías estar en mi lugar y que yo llegara y te pidieras que te levantes para yo sentarme ¿Verdad?--- Afirmó.

El negro seguía replicando entre los dientes:

---- Dámelo y no discutamos.---- Replicó el negro.

El mar se incorporó cediéndole el asiento

---- Tú tienes la razón, no hay que discutir. Afirmó elmar.

---- Si, porque nosotros vamos a regresar juntos a véngala dijo.

Al escuchar la confesión El mar se auto cuestionó  y masculló como si pensara en voz alta:

--- ¿Véngala, cómo sabe él  que vamos a regresar juntos a Véngala, seria que lo enviaron a provocarme para justificar mi encarcelamiento?...

Guardaron silencio y como lo había dicho el negro unos minutos después, aparecieron los custodias y volvieron a esposarlos, para volver a Véngala.

Durante el viaje el negro se había retractado asumiendo una actitud sumisa, humilde, y finalmente regresaron hablando amigablemente.

El mar siguió reflexionando los motivos de ¿por qué?  El juez no lo había llamado para volver a discutir las condiciones de su libertad el sabia que muchos hombres en el paraíso solían ocupar posiciones públicas, y muchas veces resultaban peores que algunos delincuentes comunes, porque solían mostrarse tiranos acostumbrados a la hipocresía, al engaño, a la explotación, y se barnizaban de limitados conocimientos que infatuados por la ignorancia, exhibían como trofeos de orgullo y vanidad.

En ocasiones  laceraban  con sus decisiones a aquellos que alejados de las opulencias, solían tenderse donde fueran sorprendidos por la noche, desperezándose al otro día temprano en la mañana, esa minoría golpeada por las circunstancia competitiva que solía ofertar el paraíso, pero que muchas veces no siempre lograban hacerse autosuficiente en la evolutiva sobrevivencia, entre la oferta y la demanda.

Eran aproximadamente las tres de la tarde cuando él hacia esas reflexiones, el día se había desarrollado en aparente tranquilidad, y pensó que Barbarita Roque, se presentaría a visitarlo, pero no fue así.

Ese día descubrió que la azúcar se había equilibrado cuando el medidor la mostró en 109, desde que empezaron a medirla era la más equilibrada de todas las medidas que las pruebas habían reportados.

De pronto, los custodias implementaron la acción del día, bloquearon las escaleras que conducían al primer piso, y cerraron las puertas de las habitaciones.

Sucedió que un prisionero había sufrido un infarto cayendo en uno de los pasillos del primer piso y los custodias acudieron a recogerlo para trasladarlo al hospital.

Media hora después que todo había pasado cuando desbloquearon el acceso a las distintas secciones, El mar se dirigió al comedor, y encontró que en la sección de televisión alguien comentaba sobre las acciones abusivas del grupo tortuga, o gato negro, como lo nominaban en el argot carcelario, refiriéndose a los oficiales especializados en desbaratar motines o riñas entre prisioneros, por lo que se comentaba que cuando ellos aparecían en escenas se presentaban enmascarados y con una camarita que soló grababa lo que hacían los prisioneros, no lo que ellos le hacían a aquellos.

Además también se decía que poseían un testar en el antebrazo, que cuando ellos lo activaban producían fuerte descarga eléctrica al cuerpo de los prisioneros que ellos tocaban, y cuyas descarga podían provocar infarto cardiaco en sus víctimas que luego ellos atribuían a daños sufridos en las peleas que sostenían los prisioneros, por eso no les

Gustaba ser vistos a la cara por los prisioneros porque temían ser reconocido a la hora de golpear a alguno involucrado en una pelea en la cárcel.

Después Elmar regresó a la habitación en donde procedió a revisar la prensa del día, para ese entonces se hablaba de una epidemia porcina que estaba azotando al mundo, sumándose  a esta inquietud la problemática de la crisis económica que también era una preocupación general.

En eso apareció el custodia sacándolo de su instante de reflexión , preguntó le aquel si él había recibido la bandeja ., dejando entender que alguien se había apoderado de su ración dietética, sin que los custodias se percataran, entonces El mar le pidió que le hicieran llegar una bandeja de las que existieran debido a que era peor acostarse con hambre.

El custodia tomando en consideración la sugerencia llamó a la cocina, y unos minutos más tarde le habían subido una bandeja de espaguetis con albóndiga y ensalada de lechugas, zanahorias y granos verdes.

Más tardes dos hambrientos que carecían de comida tomaban precaución para tratar de hacerse de alguna raciones, mientras uno de los acaudalados que habían recibidos su suministro de comisaria, se extasiaba viendo televisión distraído por la programación.

Ellos habían planeado sustraerle algo de lo que él había recibido, y para ello uno se quedó vigilando los movimientos del potentado, mientras que otro sustraía la cantidad ameritada que luego compartirían entre ellos.

Cuando el dueño se percató era muy tarde, protestó, insultó, pero nadie dijo nada, porque hasta los que vieron guardaron silencio.

 De nada sirvió la persuasión de la custodia que como un "cliché" publicitario repitió la expresión:

---- "Si ves algo di algo"

El mar se retiró temprano a sus habitaciones y mientras dormitaba vio en una visión que las rejas de la prisión se abrían de par en par, entonces pensó que pronto Dios, lo pondría en libertad, y aguardó el día en la fe.

Aprovechó el silencio de la noche, después escribió cartas para Isabel

Volqué, y para Robert Mazara.

Uno de los prisioneros de la habitación contigua le llevó una naranja y al rato apareció el custodia a cerrar la puerta de las habitaciones, que aunque solían hacerse a control remoto el revisaba para estar seguro que ningún reo la dejaría abierta.

Al otro día era jueves, algunos prisioneros comentaban sobre los logros alcanzados por el nuevo presidente electo en ese entonces en la nación, que al parecer de la opinión pública, en poco tiempo había desarrollado los renglones de la economía y la creación de fuentes de empleos, y se decía que había firmado una ley que favorecía a los inmigrantes indocumentados, ya que algunos de ellos en el pasado cumplían su tiempo de prisión y muchas veces por ser indocumentados, antes de deportarlo lo dejaban encerrados uno y dos años adicionales cumpliendo condena ilegal e innecesaria.

Durante ese tiempo estas víctimas veían sé sometidos a grandes sufrimientos sicológico, a pesar de que al mismo tiempo, estos  prisioneros resultaban ser una gran fuente de ingreso para la gerencia carcelaria, debido a que el estado se veía precisado a desembolsar  para el sustento de  éstos a quienes querían retener.

Muchas veces esos prisioneros solían sentirse utilizados, porque aún siendo inocentes, lo retenían más del tiempo que ameritaban las leyes, lo que significaba una fragante violación  a los derechos humanos, que muy pocos tenían el valor de denunciar.

# CAPITULO 18

Precisamente en el Paraíso, el gobierno no siempre tomaba las decisiones directamente, sino que se valía de agencias y corporaciones, donde las responsabilidades de las

Acciones no siempre tenía un rostro visible, por eso se facilitaban las conspiraciones que casi siempre surgía de grupúsculos integrados por personas de mentalidades aberradas e Inconscientes.

Desde el primer momento que llevaron a El mar a corte y lo regresaron a la prisión sin ver al juez y sin darle ningún tipo de explicación, el pensó que tras la acción había una malicia, que conducía a una injusticia  y por ende a la violación de sus derechos humanos.

El notó  que algunos detalles habían comenzado a cambiar , la carta que le envió a Isabel había sido devuelta, lo estaban obstaculizando hasta para ir a la iglesia, había perdido la comunicación con Barbarita Roque, porque siempre que intentaba marcar al número donde siempre marcaba, la operadora había empezado a notificarle que ese número era invalido.

Lo mismo cuando intentaba llamar a la oficina de servicio legales para investigar sobre Dino J, el abogado que le había asignado la corte, y tampoco lograba obtener información adecuada, o le decían que ese abogado no pertenecía a esa oficina, o que no sabían quién era, hasta que El mar en una ocasión buscando desahogarse le dijo a la recepcionista que había respondido el teléfono:

---- Basta ya, están violando mis derechos, me tienen encerrado por nada, desde que tenga la primera oportunidad me veré precisado a denunciar este crimen.--- Dijo El mar casi alarmado.

---- Está bien respondió ella--- No puedo comentar su caso, y nosotros actualmente no lo estamos representando, lo sentimos.- respondéosle ella con cierta ceremonia.

---- Si esas son las instrucciones que le dieron, está bien no tengo objeción, ustedes están libres mientras yo estoy preso.---- Dijo mientras colgaba el auricular.

Llovía a cantaros, la lluvia azotaba la arboleda e inundaba las gramas ablandando la tierra de manera que ésta quedara adherida a los zapatos como residuo de fango.

A la hora del almuerzo se presentó inesperadamente el alcaide de la prisión en compañía del capitán Rick y un sargento, que quisieron supervisar el área habitada por los prisioneros, incautando en su recorrido todas las pertenencias adicionales a las preestablecidas.

Portaban dos grandes bolsas plásticas transparentes donde hacían las colectas que irían directas a la basura.

Obviamente, en esa ocasión ellos tomaron la medida para percatarse que ningún prisionero asomara su nariz, mientras buscaban y revisaran.

Además también buscaban percatarse de que los prisioneros no tuvieran en su posesión  drogas, o armas que pudieran ser usadas en algunas de las peleas que solían generarse en aquel lugar.

Precisamente El mar, solía preguntarse  ¿cómo podían los prisioneros conseguir drogas y armas blancas en la prisión? Entonces uno de los internos diligentemente le contesto:

---- Los mismos carceleros la entran y a veces las distribuyen a través de muchas formas.-

--- Dijo tan convencido que parecía un cura sermoneando.

----- Y, ¿qué ganan ellos con eso?.... Cuestionó El mar con una ingenuidad que parecía otro.

---- Maestro, yo ni siquiera tengo que explicarle, usted es hombre inteligente, usted seguramente se ha percatado de que en la cárcel se hacen trueques, un favor se paga con otro favor, cuando ellos hacen eso pretenden preservar el control del poder, mientras más

Tiempo estamos en la prisión, más dinero reciben por nosotros.--- Dijo con una sonrisa llena de picardía, y antes de que El mar volviera a cuestionarlo agregó:

----- Ayer vi que uno de los barberos la distribuía, y tengo que irme porque ese es un tema comprometedor, cuídese maestro.---- Agregó y se encaminó hacia el sur, a lo largo del pasillo.

El mar divisó a través de la ventanilla de cristal que el sol aparecía en lontananza y pensó ---- ¡que hermosa y romántica se ve la tarde!

Se dirigió a su habitación, se sentó en la mesa de noche y como muchas veces antes lo había hecho, volvió a visualizar el panorama esplendoroso desde su ventana, pensó en Barbarita y recitó los versos de un poema mientras plasmaba las ideas sobre una página en blanco:

"Mi querida Barbarita, bella y graciosa vidita.

Rosa hermosa y primorosa.

Esperanza para amarte ostentosa flor del sol.

Corazón de mi pasión, radiante y glorioso amor.

Ternura de corazón. Yo brillo con tu esplendor.

Te abono como a mi flor".

Luego se puso de pies, se encaminó al baño y se duchó, y al salir del baño se fue al salón de televisión donde se proyectaba la película titulada "los diez mandamientos", aquella cinta inspiracional lo indujo a la reflexión.

Retiró sé El mar a su habitación y a través de la oración habló con Dios, como pensando en voz alta como un Moisés que ameritaba de algunas respuestas, monologando un estribillo expresó:

---- Señor, yo se que para ti nada es verdad ni mentira, que todo se enmarca en función del cristal con que se mira, y también se que en tú y para tú propósito, lo que parece mal tú lo haces bien, y sin la intensión de blasfemar, tal vez por tu condición de Dios, no siempre se te puedes entender.

cómo es señor que tú despreciando el pecado y aún respetando el libre albedrio, permitas que los malvados se excedan en su maldad?

¿Por qué, son tan incomprendidos aquellos que son justos, y cuál es la razón de que el rico sea cada vez más rico, y los pobres más pobres?

¿Por qué no hay un equilibrio de racionalización de las riquezas ?--- Decía, al tiempo que agregaba--- ¿Por qué los jueces terrenales suelen jugar a Dios absorbiendo al culpable y condenando a los inocentes? ¿Acaso carecen de visión?

Perdona mi blasfemia si es que al cuestionarte he cometido alguna, pero nadie tiene respuesta en esta tierra para un espíritu hambriento y con sed de justicia, ¿por qué los abogados presionan a los pobres a que se hagan culpables aunque sean inocentes?

¿Por qué un alto porcentaje de los politiqueros de la tierra en el nombre de su ambición personal, saquean al erario público y destruyen a la sociedad?, acaso requiere la evolución de la involución. ¿Como es señor que tú careciendo de límite para frenar a los potentados del poder terrenal permite que ellos hagan mal uso de la cuota que traen asignada? --- Cuestionó El mar de tal forma, que parecía que experimentaba un trance donde él, ya no podía impedir la exacerbación de aquel espíritu sediento de justicia.

Resultó que esa noche recibió la clarificación de sus interrogantes, cuyas respuestas dejaban en claro que el conocimiento era lo que salvaba, y que la ignorancia seguiría siendo madre de todos los males, especificando lo bueno que sería si el hombre aprendiera a identificar el equilibrio de la justicia y la verdad, y el límite de la mentira y la maldad.

Habíale revelado Dios, que no habiendo límite para el tiempo en el ejercicio de la eternidad, el encontraría las respuesta en el proceso de su expansión, porque nada era antes ni después, todo estaba estipulado y definido, lo que tenía que saberse se sabía cuando el velo de la ignorancia se rompía.

El mar recordó que por eso el Cristo decía "conoceréis la verdad y la verdad os libertara".

Y pensó en la historia de la humanidad y en las leyes de Drakón, porque la salvación siempre se ha grabado en el alma y se ha manifestado en el corazón.

Siempre lo que ha ido ha venido, y cuando se siembra en la viña del bien, se cosecha buenos frutos.

Además, también el recordó que quien a espada mató a espada murió, porque el equilibrio de la justicia consistía en "no hacer al prójimo lo que no quería que le hicieran a uno".

Al concluir la reflexión donde alcanzó  la revelación, lo cuestiono Dios:

---- ¿Entiendes ahora por qué no todos en este plano están aún preparado para conocer la verdad?---- Le dijo--- y aquella voz grave y melodiosa le provocó un sueño profundo.

Al otro día despertó más tarde que nunca, estaba poseído de una gran paz en su corazón, cumplió las asignaciones del día y más tarde regresó  a la habitación, al mirar por la ventana descubrió que en la explanada del frente jugaban los residentes de J-2, vio  a Gary caminar, mientras Arturo Bernardo y los de más, jugaban " balompiés" , en cambio Lázaro Osorio y  el Topo conversaban sentados  bajo la frondosa sombra de un árbol.

El Topo, recientemente había sido capturado en una redada donde Úrsula, aquella joven generacional a quien por mucho tiempo el trataba en las calles, luego de tanto correteo, resultó ser una agente encubierta de la gendarmería del paraíso.

Había jugado un papel preponderante para el esclarecimiento del caso de Jeremías, quien al otro día de la captura del Topo, seria dejado en libertad.

Esa misma tarde el bloque donde se estaba alojando El mar en Véngala, había sido sacado a la explanada donde aún permanecían los residentes de J-2, desde que entraron a la explanada, El mar inició un ejercicio de calentamiento, una especie de caminata prolongada, con la que trataba de mantenerse en forma, mientras se ejercitaba, descubrió la presencia del negro David que aún habitaba en J-2 y que por haber estado trabajando afuera disfrutaba coincidencialmente de su receso.

Compartía una anegada conversación con otro miembro de su congregación, desde el mismo instante en que descubrió la presencia de Elmar celebró alegremente haberlo visto:

--- ¡El mar!..... Ese es mi amigo--- vociferó con orgullo.

El mar que se había percatado de su alegría se aproximó sereno a él, y le extendió la mano con efusividad:

----- ¿Cómo estas David, qué haces aquí?--- Cuestionó.

---- ¡Oh, mi amigo! Vacacionando en véngala.--- Dijo en broma intencional.

---- Uh, éste es el único lugar donde sólo por la fuerza puedo estar, aquí nunca más me gustaría vacacionar.---- Dijo El mar con determinación.

----- SSSSShh, ja, ja, baja la voz que no quiero que me prolonguen la estadía.----- Dijo el negro David, con un gesto de camaradería, dando a entender que se había ausentado del trabajo y andaba clandestino.

El mar aprovechó para enviar un mensaje a la populación de J-2, principalmente a Gary, de pronto sintió la necesidad de usar el urinario, las vejigas le pedían remplazar líquido,

Sin embargo desde la explanada no era tan fácil acezar al baño, y si lo hacía frente a los demás corría el riesgo de ser escrito.

El negro David le dio la solución:

---- El mar, mi gran amigo, yo se que eres bastante escrupuloso, pero en tiempo de ciclones y terremotos hay que dejar la etiqueta, así que fájate a hacer puchadas para distraer al custodia, que tú tienes una emergencia que tienes que resolver, así que tú sabes lo que tienes que hacer, y no te digo más porque ahora me voy. --- Dijo el negro David, extendiéndole la mano como al principio y retirándose ante el llamado de un oficial.

El mar se acostó boca abajo sobre la grama, bajó su cremallera y fingió como que hacia puchada. De esa acción hizo satisfacción a la intención, hasta saciar esa fisiológica necesidad, sin que los custodias se percataran.

Una hora después regresaron al bloque, y a las dos y media fueron encerrados en sus respectivas habitaciones, era la hora de la siesta.

El mar volvió a soñar con Barbarita, ella no se veía, pero mientras el comía con David y otro desconocido en una mesa de madera rustica ubicada bajo un árbol frondoso, se escuchaba la voz de ella salir de una casa de madera pintada de blanco con ribetes verde claro:

----- ¿Acaso es esto un restaurant?---- Se le oía decir entre otras expresiones no muy claramente precisadas, mientras David y El mar se miraban degustando unos vasos de arroz con leche.

Despertó justamente cuando lo llamaron para la prueba de diabetes, esa tarde la tenía en ciento ocho, próximo al equilibrio, porque el autentico control oscilaba entre 72 y 105.

Regresó de la clínica y consumió la dieta asignada, que en esa ocasión se trataba de un sándwich de pescado con pan integral, y arroz blanco con cascara de habichuelas nuevas y un puré de manzana.

Mientras comía el noticiero de la tarde informó sobre las bancarrotas y el desbalance de la economía, y sobre un arresto practicado por el buró de investigaciones a un policía corrupto que obligaba a una adicta al crack a vender drogas para él apoderarse del dinero.

En la noche El mar había vuelto a soñar, pero esa vez soñó que estaba en un restaurante donde compraba alimentos para su niño Mark, y en otro cuadro se veía yendo con Barbarita a un supermercado a buscar una ropa que él había dejado guardada, había tomado unos trajes envueltos en plásticos transparentes, llevaron lo a la casa donde residían, y descubrió que ambos bolcillos de atrás de uno de los pantalones, había dinero, en el bolcillo derecho veinte dólares, y en el izquierdo un billete de  cinco.

El quiso analizar el significado y pensó que el señor le estaba revelando que después de cinco años volvería a relacionarse nuevamente con Mark, y que recibiría un dinero adeudado después de veinte años.

Había llegado el día en que Jeremías sería liberado desde la misma cárcel de Véngala, y en la sala de estar se encontraba Chari esperando por él.

El día estaba abrumado y las nieblas cubrían las copas de los arboles, los vestigios de los rayos solares se habían esfumados, en la distancia la visibilidad desaparecía.

Una puerta de la antesala se abrió y allí en el umbral estaba Jeremías acompañado de una custodia sin uniforme ue provocó el recelo de Chari la cuál se incorporó pesadamente de su asiento, contemplando con incredulidad a Jeremías al lado de la nueva custodia lo miró fijamente a los ojos, e hizo un gesto un algo confuso, y por un momento pensó que Jeremías quería burlarse de ella, buscó una explicación en la profundidad de sus pupilas.

Entonces Úrsula Irrigan, siendo mujer consciente de lo que había causado, se adelantó a esclarecer lo que parecía obvio:

---- Cálmate niña, te veo sonrojada pero no es lo que tú piensas ni es lo que parece.--- Le dijo.---- Súbitamente procedió--- Yo soy oficial de policía que prestó servicio encubierto, y las cosas se dieron de una manera que me vi precisada a seguir con el plan, si retrocedía además de poner sus vidas en peligro podía caerse la operación, de manera que le debo una disculpa a ambos, pero además quiero decirles que sus sacrificios y cooperación, serán compensados y reconocidos, hay una indemnización que les servirá para sus planes

Futuros, como yo era la oficial asignada a esa misión, y dadas las circunstancias en que se generó todo, era mi deber venir a disculparme.---- Dijo.

Chari sonrió por primera vez, Úrsula parecía no entender el rápido cambio operado en Chari, pero de todos modos la abrazó:

----- Perdóname.---- Le dijo mientras besaba su mejilla--- Sacó su tarjeta de detective y se la entregó mientras inquiría---- Aquí tienes a tu hombre, cualquier cosa llámame, sin embargo pronto serán constatado para el reconocimiento.

------ Gracias.---- Masculló Chari.

Úrsula expresó su asentimiento mediante un movimiento de cabeza, y se regresó por la misma puerta por donde había salido anteriormente junto a Jeremías.

Chari seguía extasiada viéndola alejarse hasta que desapareció en el umbral, se volvió a Jeremías rodeando con sus brazos el cuello de su amado y exclamó:

---- ¡Lo tengo, sí que lo tengo! ---- Repitió entusiasmada, lo besó nuevamente, entrelazó su brazo en el de él, y salieron al parqueo.

Chari y Jeremías eran una pareja modelo, jóvenes, entusiastas y cargados de optimismo, se habían conocido el día de una fuerte tormenta cuando ella guiando el automóvil de la familia había quedado varada por la inundación en la proximidad de la estación de servicio donde Jeremías Trabajaba, ella siguiendo el consejo de un conductor que le había dado el número para que le enviaran una grúa o un mecánico, había marcado de emergencia desde su celular, y Jeremías respondió a la llamada, y asistió a su rescate; sin embargo, ella no imaginaba que aquel encuentro marcaria su vida para siempre.

Aquella vez se sintió tan protegida y tan agradecida que no pudo fingir su interés, algo que no le fue indiferente a Jeremías y llegado el momento ,tres semanas después cuando ella volvió a solicitarlo,  él mismo rompió el silencio, y se declaró  como lo haría un beato o un clerigo ensotanado:

----- Perdone la confianza señorita ojalá y no me considere torpe, no soy una persona de mucho hablar, con todo mi respeto, no quisiera ofenderla, ni me gustaría perderla como clienta, pero siempre que la veo se me asusta el corazón.---- Le dijo entre temblores y anhelo.

----- Uyy, que galante, eso que es tímido, ¿y si no lo fuera?---- Respondió ella.

---- Yo, simplemente le estoy declarando mis sentimientos, no es para que se burle.--- Le dijo Jeremías con cierta suspicacias.

---- No mi amor, no me estoy burlando, desde ese primer día llamaste a mi atención, no me ha sido indiferente, me alegro que hayas dado el primer paso, para que después no ande diciendo que yo fui la que te me declaré.---- Argumentó Chari con determinación.

---- Señorita, si usted llega a quererme, voy a hacerle un altar para adorarla--- Agregó tímidamente Jeremías.

---- No tienes que hacer eso, porque no soy una santa…. Adorando a Dios me ama a mí, además, llámame por mi nombre y tutéame porque cuando me tratas de señorita y usted, pienso que te estás dirigiendo a la directora del colegio jardín infantil… ven abrázame fuerte mi amor, sellemos y confirmemos nuestro compromiso---- Inquirió.

Jeremías la atrajo a su regazo, e ipsofacto se acariciaron, y se besaron apasionadamente;

fue sábado en la tarde, sentado frente a una glorieta en un parque del Paraíso, donde ellos entre besos y abrazos habían consumado su amor.

Un árbol frondoso y rameado cobijaba sus cabezas y en el lateral derecho de la calle se elevaba un hermoso edificio gótico construido en mármol, donde se alojaba uno de los tantos templos religiosos del Paraíso.

Desde ese día, ellos fueron como tórtolos habido de un nido de cariño, ella era oriunda del Paraíso, y él un inmigrante de aquellos que asiduamente atraía esa tierra de oportunidades.

Aunque ella no había tenido la oportunidad de conocer a los familiares de Jeremías que Vivian al otro lado de la frontera en los alrededores del pacifico, en la tierra de los meros meros, y entendiendo que muy pocos conocen su destino, ella sintió que ése desconocido, era el amor de su vida, y no dudó hacer posible esa felicidad que le denunció el corazón.

Cuando verificaron el reloj, descubrieron que iban a ser las diez de la noche, Jeremías andaba en un carro que un cliente le había dejado para un chequeo, se encaminaron hacia donde estaba parqueado el vehículo, en los alrededores de donde se habían sentado, primero la llevó a ella a su casa, luego parqueó  el carro en la gasolinera, y caminó dos cuadras hacia su casa.

# CAPITULO 19

El domingo fue destellante, los rayos del sol de mayo se imponían, en horas de la tarde algo había sucedido en  F—2 que habían vuelto a cerrar las puertas que daba acceso a las habitaciones, y la puerta del comedor, y ciertamente un terrible y nauseabundo olor, estaba circulando por el pasillo. Alguien había logrado burlar  la vigilancia, entrando un cigarrillo de marihuana , que había fumado despreocupadamente, y debido a ese tipo de incidente, se habían tomados las medidas más rigurosas respecto a mantener un mejor control de las visitas, ya  que algunos visitantes se tomaban el riesgo de introducir, para algunos prisioneros,  sustancias controladas.

Regularmente la mencionada acción solía ser puesta en práctica por algunas mujeres que llevándola en la boca, tendían a besar al destinatario traspasándola a  la boca de ellos.

En algunas ocasiones, lograban burlar la vigilancia, pero en otras veces cuando eran descubiertos,  el prisionero se la tragaba y los custodias le terminaban la visita, y lo llevaban colgando a una clínica, donde lo amarraban con camisa de fuerza sobre una cama con un orificio adherido a los glúteos.

Todo sucedía de forma que le suministraban un laxante especializado para hacerlo defecar sobre un recipiente colocado bajo el orificio de la cama, a fin de lograr rescatar la sustancia ingerida por el  prisionero , que regularmente eran bolsitas  plásticas cuyo contenido era luego sometida sin daños algunos, a un riguroso  análisis.

Si se comprobaba que era una sustancia prohibida, le agregaban un nuevo cargo al prisionero, y le extendían la sentencia anterior, lo que significaba que purgaría más tiempo en la cárcel.

Para ese entonces la población penitenciaria  en el paraíso oscilaba en uno 62,577 reos y las mujeres que históricamente por su condición de sedentarias, habían estado al frente de las familias, ya fuera porque los esposos salieran a la guerra, o porque estuvieran en prisión purgando condena, para ese entonces algunas solteras o madres de familias, habían empezado a poblar las prisiones y la mayoría de las veces los hijos quedaban al cuidado de las agencias gubernamentales.

Las mujeres del Paraíso que en ese entonces permanecían encarceladas se clasificaban  de la siguiente forma:

Un veintiún por ciento eran latina, el cuarenta y seis por ciento afro, y el treinta y un por ciento eran blancas, algunas de ellas, y en su mayoría, eran por delitos violentos, lo que indicaba que el sistema de justicia del Paraíso, estaba generando duras consecuencias para los familiares de muchos de esos prisioneros que siendo inocentes, esporádicamente eran enviados  a prisión, buscando la manera de ablandarlo, con el objetivo de que cuando la corte le hiciera la propuesta de que se hicieran culpables, que el reo lo pensara dos veces antes de negarse a aceptarla.

Así, muchos conociendo lo difícil que era mantenerse en la cárcel por un delito que el prisionero no había cometido, preferían echarse la culpa para salir más rápido, y la ciudad y el estado con tal acción acababan ahorrando tiempo y dinero.

La mayoría de los funcionarios del paraíso poseían una mentalidad arbitraria, debido a que habían desarrollado una idiosincrasia histórica cultural, que lo hacía sentirse superior a los demás, el hecho de que su sociedad en los tiempos de su creación hubiera explotado el renglón de la esclavitud sometiendo a una minoría a la humillación de la explotación; había contribuido a cimentar en sus nuevas generaciones una mentalidad esclavista, que lo inducia a usar el racismo para la discriminación, y la violencia para la expansión y la consolidación en la búsqueda del poder.

Gran parte de la población, seguía dormida en sus laureles, y Vivian sumidos en el pasado de su historia, pretendiendo imponer lo que ellos creían que tenía que hacerse por encima de los sentimientos y la seguridad de los de más, negándose  a cambiar los valores y creencias de los ancestros de las plantaciones.

Para esta estirpe la democracia consistía en que la población debía tener la oportunidad de escoger por la buena lo que la clase gobernante  entendía que debía hacerse, porque si se negaban se arriesgaban a ser discretamente perseguidos, manipulados  y chantajeados, viéndose precisados a obedecer muchas veces por las malas.

Antes del Topo ingresar a la cárcel, ignoraba que sus días de delincuencia callejera estaban contados, ya Úrsula había rendido el informe de su gestión y sólo necesitaba confirmar el paradero de sus cómplices para definir la ubicación de él, y una vez definido el objetivo, Úrsula se le acercó  en aparente paz , enviando a la misma mujer que él había usado como señuelo en la captura de Jeremías, para que actuara como tal esta vez, introduciendo otro agente encubierto con el Topo, que acabó comprándole media libra de cocaína, que el Topo alegremente autorizó a vender.

---- Yo no te conozco, pero como ella te estás recomendando, yo voy a ver si te la consigo.--- Dijo.

Marcó el celular y habló a uno de sus cómplices: ---- Oye, bájate media libra, diles al pollo que te acompañes.

cuando él autorizó la venta por teléfono, el agente encubierto sacó un fajo de billetes y se lo extendió: ---- ¿Eso cubre el precio?---- Le preguntó el agente.

---- Espérate, espérate... No me pase ese dinero así, donde la gente lo esté viendo--- Le dijo el Topo con cierta suspicacias.

Agarró el manojo de billetes, se puso frente a la pared de uno de los edificios y contó el monto, al momento se volteó de frente y encaró al agente con una sonrisa.

---- Muy bien, me gustan los negocios con los blancos, ustedes sí, que saben pagar.--- expresó con un regocijo interno que el agente pudo apreciar.

Unos minutos después, aparecieron los dos hombres trayendo un paquete envuelto en sus manos, que extendieron al agente, tras un gesto de autorización que le había hecho el Topo.

El agente encubierto, atrapó en silencio el paquete, solo cuando se retiraba argumentó:

---- Muchas gracias, "todavía tu casa es mi casa".--- Dijo en un tono más sarcástico que jocoso.

Se retiró, y con él, la joven que lo había introducido al Topo, cuando parecía que se perdían en la esquina, aparecieron otros agentes voceando con alto parlantes:

---- No se muevan, somos policías y están rodeados.---- Advirtió uno de ellos.

Hubo un momento de confusión, los dos que habían entregado el paquete, empezaron a disparar.

Los demás lanzaron se boca abajo sobre las aceras, otros corrían por las calles a la defensiva y sin rumbo fijo, hubo un momento de gritos y confusión que facilitaron el escape de los dos hombres, sin embargo, cuando el Topo intentó esfumarse, sintió un cañón frio sobre sus sienes, cinco agentes en total lo tenían rodeado:

----- Estas arrestado, por posesión y venta de drogas, tiene derecho a guardar silencio, todo lo que digas puedes ser usado en tu contra, tiene derecho a un abogado, si no puedes pagarlo te será asignado.---- Le dijo uno de los que lo encañonaban, mientras otro le ponía las esposas.

Tres de ellos dejaron de apuntarle y empezaron a someterlo a un castigo de ablandamiento, y ya esposado le dieron patadas, trompadas, aterrizándolo sobre la acera, en una aureola de violencia, al tiempo que el Topo alegaba a gritos y de forma desafiante:

---- Deténganse delincuentes, si ya estoy arrestado ¿por qué, siguen pegándome?

 Se mantuvo vociferando hasta que uno de ellos lo silenció:

 ---- silencio enano--- Le exigió propinándole un golpe en la boca con la mano abierta que lo hizo sangrar.

El Topo estaba al borde de la rebelión, tal vez, si no hubiese estado esposado hubiese protagonizado un intercambio de puñetazos.

aún con la boca ensangrentada dijo:

---- Los animales agresivos, no entienden otro lenguaje que no sea violencia, hipócritas, persiguen a los que supuestamente son violentos, y son los primeros en provocar la violencia. ---- Exclamó.

---- Callas a ese piojo o le voy a dar un tiro.--- Dijo uno de los agentes irritado por el esfuerzo.

---- Callaste.---- Le exigió otro al tiempo que le entraba un pañuelo enrollado en la boca.

Lo arrastraron hacia una de las unidades de patrulla que aguardaba por ellos, e iniciaron la marcha.

El Topo era nativo del paraíso pero de padre Italiano y madre Puertorriqueña con quien precisamente había permanecido la mayor parte de su vida, se había identificado más con la cultura  de los latinos del Paraíso que con el sentir y el pensar de los europeos.

Había terminado la escuela superior pero se negó a seguir la universidad, pensó que en el ambiente donde se movía y con las ofertas que recibía, le vendría mejor hacer carrera en la delincuencia, sin embargo la misma vida le fue enseñando cuán equivocado estaba.

En poco tiempo el Topo se fue percatando que estaba fungiendo como la carnada del sándwich, por un lado estaba la policía y por el otro los narcos, a quienes sin dudas algunas tendría que responderles tal vez hasta con la vida, por el más mínimo error.

Fue de esa forma como había sido capturado y como había llegado a véngala a sustituir a jeremías.

Casualmente un día antes de su partida, Jeremías le había avisado a El mar de que al otro día se iría, dejándole la información de donde podría encontrarlo en caso que necesitara algo durante su estadía en prisión, o si se le ofrecía  constatarlo a la hora de su salida.

Una aureola de casualidades, o causalidades, se estaban generando y al otro día de la partida, justamente en el bloque F-2, en las proximidades del 220, hacía el Topo su acto de presencia, estaba allí, lo habían llevado a esperar su sentencia, o la oferta, debido a que el no quiso declararse culpable alegando que el no fue quien vendió la droga.

 Y como a él no le encontraron droga encima, no pudieron probarle la posesión ni la venta, había quedado peleando el caso desde adentro de la cárcel, ya que le habían hecho un caso de conspiración y complicidad.

Ese día se había encontrando con El mar en el comedor e introduciéndose él mismo preguntó  a El mar si podía sentarse en la mesa donde él se encontraba, pero para que no queden confundido, permítanme hacerle espacio para que sean ustedes los que participen directamente de esa conversación:

---- Mucho gusto, me llaman el Topo, gracias por permitirme compartir tu mesa.--- Dijo aquel con aire de jocosidad.

---- No te preocupes, la mesas son para el uso de todos… ¿Así que tu eres el famoso Topo?----cuestionó Elmar.

El Topo empuño su barbilla con su mano izquierda, y respondiendo con otra pregunta indagó  con suspicacia e interés:

---- Así, que Tú me conoces?...

---- Conocerte, como conocerte no, pero he oído hablar de ti.---- Contestó El mar.

---- Realmente, ¿a poco soy tan famoso? … Ja,ja,ja, --- Siguió cuestionando el Topo, mientras expresaba una carcajada.

==-- Parece que si.--- afirmó El mar.

----- Al grano, al grano…. Cuéntame ¿quién te habló de mí? --- Preguntó el Topo con insistencia y con inquieta actitud.

---- Nadie en particular pero me enteré, que alguien que recientemente se fue, estuvo aquí porque tu lo trampeaste. ----- Respondió El mar con una sorprendente convicción.

---- Para que te digo que no, si tú conoces la verdad, pero debo especificarte, de nada hay que lamentarse en la guerra y el amor todo lo imposible nace, el se quedó con la mujer que yo quería para algo bien intencionado, Jeremías es un buen chico, el era mi mecánico, pero es que el demonio te ministra cuando de por medio hay una mujer tan bonita… Bueno, si llegas a conocerla verás qué bonita es.----- Dijo con la impresión de nunca arrepentirse.

---- Estoy buscando la manera de entenderte.---- Dijo El mar guardando silencio, mientras el Topo se incorporaba:

---- Me siento satisfecho al conocerte, disfruta tu comida--- Dijo El Topo.

El mar se despidió estrechando su mano, pero sin decir nada, el Topo salió mientras él, lo vio alejarse.

En ese momento uno de los reos que esperaba que El mar se desocupara, y que parecía vigilar a que el Topo se ausentara, se aproximó a donde estaba él, a comentarle algo que daba la impresión que no podía guardar, debido a que la cárcel aceleraba la conciencia del hombre, activando su adrenalina de forma tal que nada le fuera indiferente.

No puedo negarle que ese comentario más que una necedad le cayó como un dardo que aceleró.

 El mar no era de los hombres amante de injusticia, él no la patrocinaba y parecía que los exponentes del paraíso habían hecho un negocio de todos los renglones de la existencia humana, resultó ser que aquel que quería hablarle, necesitaba desahogarse:

Dijo le  un estribillo que más bien parecía un chisme de pasillo, se trataba de un prisionero indocumentado, que había sido retenido más allá de su día de salida en flagrante violación de sus derechos, todo obedecía a que la ley de ese entonces ponderaba que si el departamento de inmigración estaba interesado en algún prisionero que hubiese cumplido su condena, si a las 72 horas no iban a recogerlo, la facilidad de corrección debía dejarlo ir, sin embargo algunos funcionarios promoviendo las fallas del sistema, un día, decían una cosa y al otro día hacían otra.

Ciertamente cuando a un prisionero se le decía o se le ofrecía algo, y no se le cumplía, ellos pasaban gran parte del tiempo estresado, buscando la manera de rebelarse, o buscando con quien desquitarse.

De esa forma dentro de la prisión solían generarse cosas que parecían terribles, por lo que los oficiales que fungían de custodias  muchas veces por temor a ser asesinados veían cosas que preferían callar, y sucedía que a veces los custodia  sabían quienes vendían o fumaban las drogas dentro de la prisión, y antes de ser el muerto preferían ser " la tumba", pensaban que el silencio debía ser " más elocuente que sus propias palabras".

Había un castigo más leve para los prisioneros que violaban las reglas de alojamiento, a ese castigo solían llamarle " Key Lock" , o cierre con llave, que consistía en encerrar al prisionero en su habitación de puerta electrónica, a control remoto , durante el tiempo que ameritara la infracción a las reglas de alojamiento, que podía ser de una a dos semanas

Sin acceso al comedor ni al teléfono, ni a la televisión, entre otros privilegios, y sin salir a la explanada, ni recibir visitas.

Regularmente esto solía generarse cuando realizaban una revisión rutinaria y encontraban unhierro o una navaja o alguna herramienta, o cuando peleaban entre los prisioneros, que además de escribirle una contravención o "Ticket", le incautaban el contrabando encontrado, y los peleadores eran encerrado en la caja, y otra veces en una habitación donde lo mantenían desnudos, de pies y con los brazos abiertos formando una aquí.

Ese día en hora de la tarde, recibió El mar la respuesta a la carta que con tanta insistencia había mandado a Isabel Volqué desde el buzón del  F-2, que por cierto ya había tenido varios intentos fallidos, porque por más de tres ocasiones se la habían devueltos.

Entonces fue cuando pensó confundir al colector de las cartas, abrevió del remitente, y aprovechando una visita a la clínica J-2, la envió desde el buzón de un bloque donde ya él no estaba, logrando que fuera entregada de esa manera; así, la táctica de sobrevivencia, había empezado a dar resultado.

En la respuesta de esa carta ella le confesaba lo que él se temía, ya estaban conspirando con sus correspondencias, ella le hizo saber que tres cartas que ella le había escrito y enviado, le habían sido devueltas, le reiteró su amistad incondicional, entre otros detalles, algo que a El mar le pareció agradable. Por lo que decidió esperar para darle respuesta a esa heroica misiva, porque ambos habían coincidido tocándole el mismo día para ir a la corte, además de esa carta había recibido otra del director de capellanía.

# CAPITULO 20

Stiff Blend, veterano de guerra de las fuerzas aérea del paraíso, se sentía satisfecho de haber volado alto regresando con vida desde tierra extranjera, su barba bermeja lo identificaban como un anglo de origen, también el tenia la referencia sobre El mar, ya Gary le había hablado de él, El mar se perfilaba como un líder del que todos se sentían atraído, el señor blend quiso también hablar con él, por eso cuando el otro acabó Stiff se le mostró .

El quería información del Caribe central, él quería saber más de la Republica porque él veía esa Isla como posible opción en su peregrinaje, entonces ellos habían coincidido en ese bloque movido por los hilos del destino.

----- ¿Cómo estás?... ¿Nos habíamos presentados?---- Dijo él a El mar en tono de cuestionamiento.

---- No había tenido el honor. Afirmó Elmar.

----- Mi nombre es Stiff Blend, ¿Eres caribeño?--- Preguntó.

---- Si, ¿Por qué?---- Correspondió El mar.

---- Quiero mudarme a tu país desde que salga de aquí.---- Afirmó Stiff.

----- Oh, es interesante, sólo hay un problema…. No soy el cónsul ni el embajador, si creíste que yo te daría visa. ---- Dijo El mar Bromeando.

----- Oh, no, no, no. Todo eso sé que no, Gary te mencionó.--- Dijo Stiff, buscando fundamentar el coloquio.

----- ¡Oh, sí! Ahora recuerdo, tú debes ser el mismo de quien Gary me habló, mucho gusto, yo soy El mar Valenilla, sé que la condición de la zona te vas a agradar---- Dijo con cierto fundamento mientras extendía su mano buscando saludarlo.

----- Si, soy yo.---- Respondió Stiff, extendiendo su mano y agregó ---- Grata satisfacción conocerte, hablaremos mañana porque ahora debo dirigirme a otro lado, hasta luego.--- Expresó.

Se despidieron, se apretaron las manos nuevamente.

El mar se levantó de aquella mesa de entrevista, se dirigió a la clínica de J-2, en su turno de espera vio pasar a María y Cruz, aquellos desde que lo vieron se detuvieron admirado, saludaron lo con abrazos y le preguntaron dónde lo habían trasladado le pidieron que le escribiera una carta, él le prometió que haría lo posible, pero que le estaban devolviendo las cartas.

María y Cruz lo escucharon en silencio, volvieron a abrazarlo y siguieron su camino hasta J--2, El mar los miró entrar.

Con el paso de los días  El mar y Stiff siguieron conversando, Stiff  le reveló  que su interés de ir al Caribe obedecía a un mandato Dios, que le había indicado que debía trasladarse al área, específicamente a la Isla de donde era originario El mar, esta información fue muy bien vista por El mar, quien le prometió facilitarle toda la ayuda que estuviera a su alcance, le había suministrado los números telefónicos y la dirección para que cuando saliera se comunicara con él a fin de concretizar la oferta.

Además, también habían coincidido en que ambos se encontraban en la cárcel por los erróneos testimonios de las madres de sus hijos, ya que estos habían intentados reclamar una  custodia que ellas a espuelas  y espadas habían tratado de evitar.

---- Dios está con nosotros, es tanto así que yo sin conocerte quería hablar contigo, el espíritu santo mora en nosotros, mira tus ojos, tienen el mismo color y el mismo brillo que los míos--- Dijo Stiff.

---- Así es, nada es casual, todo está definido, Dios nos traza el camino.--- Dijo El mar.

---- Exactamente así.--- agregó Stiff.

Al otro día se había calendarizado como el 13 de mayo, el día en que precisamente El mar volvería a la corte.

Todo está perfecto, estaremos en comunicación – Dijo El mar poniéndose en pie.

---- Está bien El mar, buena suerte mañana, esta noche voy a orar por ti.----- Expresó Stiff.

---- Gracias argullo Elmar y salió.

Una anacrónica visión en la estela de la humanidad, fue pauta para el gran despertar, esos tiempos remotos perdidos en las nieblas de los siglos, fueron vivencias que forjaron vida y abrieron camino.

Tanto dolor y sufrimiento habían condicionado el pensamiento de El mar, a los niveles de pensar de que las leyes del  Paraíso se habían tornado como un embudo, donde lo ancho era para los potentados y lo estrecho para la minoría necesitada, que de hecho, era la que más sufría.

Eran tantos los calificativos que muchos pensaban que aquel ambiente, era comparable a "una gota de orine de serpiente en un océano de excremento" o algo así como una escuela donde los "malvados hacían de terroristas", porque se había perdido la mística de la constitución mediante la cual se había fundado la nación.

La maldad empezaba a brillar como el oro en la boca de un dragón, algunos llegaron a pensar y comentaban, que se estaba fraguando una conspiración a fin de criminalizar a sectores de la minoría necesitada, para que una vez con las huellas dañadas, no pudieran hacerse ciudadanos, para de esa manera mantener el control político, manejando y manipulando a los sectores que tradicionalmente habían sido sometidos.

El 13 de mayo los prisioneros habían sido levantados a las cinco y media de la mañana, el recorrido de la prisión a la corte era una distancia de menos de una hora, sin embargo, El mar no había dormido en toda la noche, él pensaba que ese día podría reunirse con su familia.

Eran las once de la mañana cuando fueron trasladados a la corte de Yonkers, algo estaba sucediendo, ese día no apareció el abogado que le habían asignado el 5 de abril, precisamente se trataba de Dino J, aquel que interpretando el plan fraguado contra El mar, desde el primer momento, se había dedicado a un cruel hostigamiento, con el propósito  de que aquel se declarara culpable.

---- Culpable de ¿que?--- Decía El mar--- ¿La culpa forzada para justificar un falso caso?---- Agregó.

Por su parte Dino J insistía:

----- Señor Juez, yo le dije que si se hacía culpable, usted cerraría el caso y a él se le daría tiempo servido.---- Afirmó.

----- Señor Juez, ese abogado no conoce el caso para que ande haciendo esa propuesta deshonesta, ya veo que "más vale ser honrado que abogado"---Expresó El mar.

El Juez Morgan sonrió y le preguntó:

---- Si te dejamos ir, ¿tú vas a hacer el programa?

----- Por supuesto, absolutamente.---- Respondió El mar.

---- Vamos a dejarlo para el cinco de mayo---- Afirmó.

Suele la vida reafirmar las pruebas de la existencia, cuando un prisionero era llevado a corte sin que lo dejaran ver al juez, provocaban aquellos abusadores el deseo de que el abusado quisiera usar sus manos para implantar justicia.

El Paraíso encerraba su propia realidad, muchos Vivian su vida sin ningún percance, pero otros, se habían vuelto esclavos de sus circunstancias , el siglo 21 podía ser la mejor excusa para haber  superado el canibalismo en las sociedades modernas, sobre todo en aquellas  que propugnaban el ideal de la libertad, sin embargo una cosa era la que se decía y otra la que se practicaba.

Para ese entonces todavía algunos sectores sociales que no habían superados la tortura sicológica y la maldad condicionada, satisfaccián sus egos imponiendo la manipulación a través de métodos arbitrarios, la maldad seguía vigente, de hecho parecía que había cambiado la forma pero la esencia seguía siendo la misma.

El mar pensaba que muchos sectores sin ser Dios, se creían dueños del cielo y la tierra, y muchas veces sin razón, solían violar sus propias leyes para criminalizar por la fuerzas a personas de la minoría.

Entonces El mar solía sugerir que se resistieran con paciencia, ya que el cinismo con que ejecutaban sus acciones, era muestra clara de violación de derechos humanos, porque su idiosincrasia los había llevado a evolucionar en la violencia, pero aún así se vendían como pacíficos, reivindicadores, y amante de la paz.

No siempre era así, a veces se ensañaban; pero la hipocresía se estaba desvelando, los Psicosátrapas no podían seguir fingiendo su afán de poder, y su aparente odio a la humanidad era tan visible, que en los pasillos de los rascacielos solía comentarse los pormenores.

Dino J había sido motivado y promovido por Maycol K, para su sustitución en el trabajo sucio, que consistía simplemente, en lograr la culpabilidad de El mar.

Su conducta personal era un reflejo de su condicionamiento social, emanado de una sociedad temperamental, extravagante, superflua, cínica, y sobre todo y a pesar de su gloria tecnológica, y de sus avances científicos, muy supersticiosa, por lo que se prestaba aquella ceremonia contextual, para dar muestra de una lealtad infiel, auto condicionándose en su cuerpo enjuto de ojos azules y nariz aguilucha a la fragua de un plan de motivación, dirigido al ejercicio la práctica de una violencia psicológica propia de abusadores condicionados para la intimidación:

Había subido a la celda que fungía de antesala de espera antes de que se viera el juez en la corte de Yonkers.

---- ¿Como has estado?---- Cuestionó Dino J.

---- Muy bien gracias.----- Respondió El mar con cierta suspicacias.

Un rejuego de palabras se apoderó de Dino J en su afán de confundir y manipular a El mar, ignorando que aquel nunca se adhería a ninguna causa por fanatismo, y que siempre que accionaba lo hacía para aprender, él pensaba que la experimentación fortalecía el espíritu y las vivencias de cada experiencia expandía el alma, e ignorando lo que seguiría a tal acción, y asediado por sus propios miedos dijo:

-----Tu vas a salir hoy, ¿no vas a hacerte culpable? ….Cuestionó Dino J, buscando la manera de enterarse de las pretensiones de su cliente.

----- No.--- Respondió El mar secamente.

----- Tendremos un Juicio el primero de julio, si pierdes te van a dar dos años.--- Dijo Dino J.---- Buscando intimidar a El mar.

----- ¿Oh si? … No me importa cretino, soy inocente, además, tengo un testigo.--- Afirmó El mar sin perder su ecuanimidad.

Aquella expresión había sonado como un golpe inesperado a los oídos de Dino J, a quien se le habían brotado  los ojos a la altura de la nariz aguilucha que portaba.

---- ¿Testigo...Cómo se llama?---- Indagó Dino J con interés.

---- Barbarita Roque. Es la madre de mis otros hijos, ella andaba conmigo ese día en que Celeste Capellán me hizo la acusación, lo que quiere decir que si eso hubiese sido cierto, Barbarita lo hubiese escuchado y… Dino J interrumpió exasperado.

----- Pero, ¿ella fue contigo a la corte de familia, entonces?--- Indagó Dino.

----- Si, es lo que te estoy diciendo, yo la llevé como testigo porque Celeste Capellán trató de involucrarla a ella, alegando barbaridades con la anuencia de la frolinger, e involucrando También al niño Mark. De manera que volvieran a ponerme las visitas supervisadas, debido a que yo no quise aceptar tampoco las visitas supervisadas la Frolinger me amenazó con eso de que mi hijo me iba a odiar,  yo le respondí a ella que Mark sabia todo lo que podía pasar, previendo que ellos quisieran manipular el caso---- Le aclaró  El mar.

Elmar le narró con lujo de detalles lo que había sucedido incluyendo que él había llevado a Barbarita como testigo el 26 de septiembre del año anterior, en la fecha en que se había generado el conflicto, pero que ellos habían mudado el caso para el 3 de noviembre, la fecha cuando el juez

Thomas B lo había enviado a prisión bajo el alegato de dos Supuestos guarantes, le dijo que aunque él le había mostrado los papeles con las fechas de los días de corte, y que el juez había archivado como evidencia, aún así habían dictado prisión preventiva, entonces el abogado Dino J movido por la curiosidad cuestionó:

------ entonces ese día, ¿Barbarita andaba con los niños?--- Preguntó Dino J.

---- Sí, los niños se quedaron en el cuidado infantil en el tercer piso.---- Dijo El mar.

Dino J guardó  un silencio reflexivo y El mar le aclaró  que prejuiciado en el interés de incriminarlo a él, habían complotado creando falsas evidencias, girándole orden de protección  innecesarias con el objetivo de evidenciar el archivo, debido a que la indisposición que intentaron crear los esbirros de la ciudad, nada tenía que ver con la disputa de él y la Capellán en la corte de familia de Yonkers., cuando en realidad todo obedecía a la conspiración donde Celeste era como un  piloto de la estufa donde se encendería el fuego que justificara la planeada encarcelación de él, precisamente cuando ya ella había comentado en el edificio donde residían, que la corte tenía interés de criminalizarlo, pero que ella ignoraba el motivo.

Dino J no logró alcanzar a escuchar la última palabra cuando El mar lo vio alejarse desconcertado.

El mar siguió esperando con esperanza de ser llamado a la presencia del juez, sin embargo nada de eso sucedió.

Unos minutos más tarde apareció alguien que había sido llevado a mostrar causa, y llego tan condicionado que se dirigió directamente a disputarle el asiento a El mar, debido a que antes de irse a la sala de causa, él lo estaba ocupando.

Ese día el sol filtraba sus rayos sombreados en el firmamento, el calor empezaba a asediar los cuerpos de los presos, en la celda de enfrente, una hembra con más de nueve meses sin abrazar a un hombre, provocaba abiertamente a los que entraban y salían.

Los custodias retiraron al primer grupo que había visto al juez para retornarlo a la prisión, aquellos, volvían desanimados y sin respuesta de que serian soltados, El mar, se sentía más confiado, el pensó que lo que se quedaron serian exonerado para volver a casa, pero nada fue así, el se quedó esperando y tampoco lo llamaron.

En ese momento entró una secretaria que se mostró amigable, había ido a la celda para verificar la fecha de nacimiento de otro recluso que también espcraba scr visto por el juez.

---- A mi no me han llevado a ver al juez, ¿has visto al abogado Dino J?--- Le preguntó mientras le mostraba la tarjeta de negocio de aquel.

---Ese abogado no ha venido hoy.---- Dijo la secretaria leyendo la información de la tarjeta de presentación de Dino J.

----- ¿Cómo que no has venido; el estaba aquí, para dónde se fue?

----- No puedo responderte, yo no lo he visto.--- -Dijo la secretaria cortando la conversación con El mar, y llamando el nombre del prisionero a quien fue a cuestionar.

---- Es increíble, ya van dos veces que me traen a corte y no me dejan ver al juez--- Dijo y agregó --- Dino J trabaja en contra mía---- Replicó.

La secretaria guardó silencio, y salió.

Los asientos de la celda se encontraban ocupados, los prisioneros que comentaban entre sí, guardaron un silencio sepulcral, justamente cuando uno de las custodias dirigiéndose a Elmar cuestionó:

---- ¿Donde naciste?---Dijo.

----- ¿A qué viene la pregunta? Yo soy caribeño y a mucha honra, Yo nací en la República, pero que tiene eso que ver con lo que se está tratando, yo tengo veinte años viviendo en este país, pago mis impuestos y mis hijos nacieron aquí, entonces cuál es el problema, alguien tiene que influir para que los que traen postura de racistas cambien de mente, es tiempo de superar la mentalidad esclavista, ¿si soy inocente, por qué? Tienen que presionarme a que me haga culpable.--- Dijo.

El caso fue que hizo referencia a los tiempos de Kunta kinte y raíces, dando a entender la suposición de que esos tiempos habían sido superados, se auto cuestionó sobre ¿quien era criminal? Y se respondió:

---- No creo que un inocente sea criminal a menos que lo hagan aquellos que tienen el poder.---- Dijo.

Una oficial que acababa de salir de la oficina del Juez le dijo:

----- Déjame  saber ¿cuándo regresa a corte?--- Dijo.

---- Mire usted el calendario.----- Dijo El mar algo irritado.

---- El 15 de junio.---- Agregó ella después de revisar un listado que sostenía en las manos.

--- ¡Un mes después, qué descarados son! Qué  manipuladores y chantajistas, eso, es buscando la forma de desesperarme para forzarme a que me declare culpable siendo inocente, cuando se trata de un miembro de la minoría, ellos siempre están presto a desconocer los principios éticos.---- Dijo enfáticamente.

Los prisioneros lo veían atónito y en silencio, luego que todos habían sido llevados  a la presencia del juez menos El mar, fueron esposados y regresados a la cárcel.

# CAPITULO 21

Ese mismo día cuando llegaron a la prisión, ya El mar estaba asignado a otro dormitorio, lo mudaron a J-1, al lado de J-2, y J-3.

Al otro día cuando El mar trató de dejar el tradicional mensaje telefónico para Barbarita, descubrió que ella al responder le brotó un grito de desesperación y dolor, lloraba como una niña inconsolable, sus esperanzas habían desfallecidos.

Ella lo había estado esperando para el 13 de mayo y al notar que no apareció para esa fecha creyó que estaría mucho tiempo sin verlo.

Una jugada del destino cimentaba la posibilidad de que ella se decepcionara y perdiera la fe, el Departamento de servicio social aprovechó ese vacío para contra atacar, en esta ocasión usando la colaboración del ex marido, Esteve, aquel con quien ella había procreado los primeros hijos.

Ante aquel torrencial de lagrimas, El mar empezó a preocuparse, el corazón le decía que algo había sucedido o estaba por suceder, aquel llanto eran como un quebranto de dolor, una inquietud de conciencia.

Él conocía la sensibilidad de Barbarita, y pudo entender su dolor, así en los días sucesivos él trató a través de pequeños mensajes telefónicos grabados en el espacio donde el operador hablaba pidiendo que dijera su nombre, como ella conocía su voz, él en vez de decir su nombre, expresaba lo que él quería que ella escuchara.

Esa técnica la practicó  por mucho tiempo hasta que el operador se percató y lo bloqueó;  en lo adelante El mar se fue  resignando a ese vacío que provocaba la incomunicación, de todos él sabia que la medida de una casa, en nada tenía que ver con el tamaño de un hogar, él entendía que al principio significaba mucho para ella pero desconocía cuán grande seria el amor de ella hacia él, en la ausencia y la distancia.

Mientras compartieron su concubinato ella solía expresar unos que otros ataques de celos que se resolvían debajo de la sabana, hasta que ella misma entendió que si llevaba la vida en paz, nunca perdería la guerra. Ella también sabía que para El mar era alguien indescriptiblemente especial.

El mar buscaba la forma de darle sus meritos porque el sabia que de todas las madres de sus hijos, ella era la que estaba con él, y sabia que cuando el futuro era más corto que el pasado, los sueños sólo eran recuerdos.

Barbarita era alguien frágil que él debía proteger, entonces pensó en que la grandeza de un elefante estaba en la forma de entender a un ratón.

Uno, y otro estaban frente a la prueba más grande de sus vidas, pero la fortaleza de la fe lo dejaba entender que mientras más iluminadas estaban las estrellas en las noches más oscuras, y sin embargo sus luces simplemente acariciaban las pupilas del humano.

Barbarita era la columna que soportaba la apreciación de los niños, sobre todo cuando El mar se ausentaba por el motivo que fuera, él, realmente los extrañaba, sobre todo cuando recordaba sus besos, sus abrazos, sus gracias, pensaba en el universo y entendía que la sonrisa de un niño era como las huellas de Dios., y recibir sus besos era como besar el futuro y pensaba en la necesidad de ser paciente porque para él la paciencia era algo así como la melodía del tiempo.

Barbarita seguía preocupándolo, aquellos gritos de angustia que denunciaban dolor, habían vulnerabilizado la esencia de su ser, el no quería dar a torcer su brazos, pero aquel llanto de mujer sufrida le ablandó el corazón y lo llevó a flaquear, a pesar de que él no quería dejarse manipular ni corromper por el sistema, en esa ocasión, si en él estaba aliviar la pena de Barbarita, tendría que aceptar una culpabilidad que no tenia.

Auto- consolándose pensó en la crucificación de Jesús, en como él se había sacrificado en su inocencia para la salvación de los que en los tiempos de su generación creían en la verdad existente, y pensó que desde entonces para el modelo de existencia

limitada y asediada por la competitividad que se vivía en la tierra, casi siempre para salvarse uno, tendría que sacrificarse otro.

Ese estilo de pensar solía satisfacer al sistema que frecuentemente en su ignorancia , recurría a la religión para ablandar  a los rebeldes y confundir a los esclavos, sin embargo nada era bueno ni malo porque aquel libre albedrio tanto lo usaban los sabios, como las masas ignorantes.

El mar prosiguió en su reflexión y entendió que las lágrimas derretían la tristeza y sanaban el corazón.

El sentía que cuando los cuerpos se distanciaban, las almas se aproximaban.

Guardó silencio mientras esperaba que uno de los prisioneros llamara a su esposa, para que esta a su vez le llamara y le dijera a Barbarita que él esperaba por ella.

Toda esta ceremonia obedecía como ya habíamos dicho en un pasaje de esta historia, que para que un prisionero pudiera hablar por teléfono en ese entonces, era necesario tener una cuenta pre pagada adicional a la conexión telefónica, negocio que sólo beneficiaba a la compañía intermediaria, y a los administradores de las facilidades.

El creía estar percatado de que los cínicos y los mustios eran como las serpientes que se deslizaban con sigilo y en silencio evitando ser golpeada en la cabeza para jamás sucumbir.

Todo ese entendimiento fundamentaban su cautela, el era adepto de la causa feminista sin dejar de comprender que tras el silencio de los vivos se escondían  muchos castigos, y admitió que ciertamente los vientos estaban soplando sin pausa y continuamente.

EL mar no solía negar crédito a la soledad, que como mala consejera cuestionaba sus secuelas, entonces se alarmó con su voz:

---- ¿Qué calla una mujer que el hombre quisiera saber?... --- En epítetos filosóficos elucubró en su interior replanteándose respuestas, que hacían de su propia treta y

Soliloquiando en su voz, a la vejez como sabia definió, y a la juventud ingenua la nombro.

Aduciendo a los dichos de su padre recordó un estribillo que nombró: --- El amor es dolor y la inercia amistad, Barbarita me induce a ceder, no sin antes echarme a entender.

Los enemigos fortalecen al hombre, a la luz de la razón lo justifican, la sombra del corazón enardece la pasión, la madurez te induce a pensar y la juventud a actuar…. Eso, eso es lo que haré. ---- Dijo, concluyendo la acción del monólogo.

Después escribió una carta a Barbarita donde le sugería que presionara al abogado Dino J para que sometiera una moción que agilizara el proceso, y que visitara a sus parientes para que le solicitara un préstamo que cubriera el diez o el 20 por ciento de una fianza de cinco mil dólares para ver si salía antes de la fecha prevista.

Durante un prolongado periodo seguía sumido en una acalorada reflexión pensando que la pasión era corporal y el amor espiritual, considerando que era mejor salvar el alma que vivir en agonía. Aprovechó y pensando que si tenía tiempo para escribir poemas que salvaban las relaciones de los demás, aunque se los pagaran con sopas, ¿por qué no habría de sacarlo para salvar la de él? si la belleza se certificaba en el alma.

Empezó a escribir ligeramente sin saber que tema abordaría, hizo un párrafo al azahar:

"He guardado silencio del tormento y la tortura, de aquel verdugo infame, del corazón me brota un gran consuelo, que transmuta la fuerza del tirano". Luego leyó el papel y lo rompió.

Buscando concentrarse quiso hacer otro párrafo y escribió:

"No hay razón para estar triste, cuando el espíritu existe, vivir marca su esperanza y el alma graba la danza, simplemente sea feliz, para que se encuentre así.

Insatisfecho rompió nuevamente el papel y se dejo conducir por la estimulación.

Mi querida Barbarita, bella rosa y primorosa.

Tus besos sembraron el amor en mis labios.

Tus lágrimas veraniegas estamparon mi alma invernal.

Tu ser es melodía y tu alma poesía.

A través de tus ojos vi la luz.

La esfinge de tu rostro llenó mi soledad esperanza

Para amarte ostentosa flor del sol.

Corazón de mi pasión.

Radiante y glorioso amor, ternura de corazón,

Yo brillo con tu esplendor.

Me inspira tu maravilla

Barbarita flor querida.

Me enternece con primor, me exacerba tu pasión.

Tu cuerpo tu honor te abono como mi flor.

Te llevo en mi corazón.

Mi amor, sin hablar ni tocar nada sigue siendo igual,

Pero en lo particular, no te dejare de amar.

Porque ni con la distancia mi amor se podrá frenar.

Estos versos le parecieron adecuados, entonces se lo envió a Barbarita por correo en calidad de carta, y aprovechando la ocasión, escribió al abogado Dino J.

En su carta le hizo saber de su indignación por la táctica maliciosa asumida en su Propósito conspirativo, en los siguientes términos:

----- Señor Dino J, mi deseo es que siempre te vayas bien para que alguna vez en tu vida nunca tenga de que arrepentirte, pero no olvides  es mucho mejor " ser honrado que abogado" porque para ser honesto con otro es necesario ser honesto con uno mismo.

Tal vez porque estoy encarcelado crees que no puedo pedirte una explicación:

Quiero que me digas con detalles, qué fue lo que pasó, ¿por qué no te presentaste en corte los días 5 y 13 de mayo?... ¿por qué si yo tenía corte asignada, no me llevaron a ver al juez?

Después que concluyó aquella misiva belicosa, recordó que no siempre se podía decir todo lo que se pensaba, y que además era necesario pensar todo lo que se dijera.

Además, El mar en esa carta le advirtió la posibilidad de denunciarlo en el buró de quejas si él no adelantaba su día de corte, El mar se quejaría de que Dino J no lo estaba representando adecuadamente.

En horas de la noche asistieron a la Iglesia a un concierto de alabanza, las razas conjugadas en el contexto habían llenado aquel local con capacidad para 102 personas y restringida para un número mayor, allí sonaron los diversos instrumentos como piano, baterías tumbadora y los coros que integraban las voces de los prisioneros, que en ese momento experimentaban la más excelsa sensación de paz, esperanza y la armonía integral del todo definido en los cantos de alabanza a Jesús y a Jehová, y aunque tradicionalmente los murmullos superaban el sonido de la música, allí era todo lo contrario, el sonido sepultaba al rumor.

Eran las 9:30 cuando aún en trance se despidieron con abrazos y apretones de manos, se escuchaba las voces de los predicadores expresarse:

---- Buenas noches hermanos, vayan bien.

A esa hora los conflictivos que con frecuencia hacían de lobos, se habían tornados corderos, y todos parecían uno, por lo que "blancos, morenos, cobrizos, cruzados y serenos ", parecían no distinguirse en nada.

Por su parte El mar compitiendo con el ruido con la intención de ser escuchado dijo:

----Cuando tus enemigos recuerdan tus defectos, Dios no olvida tus virtudes, qué grandioso resultó el encuentro de hoy.--- Expresó.

---- Así es El mar, nos sentimos en victoria.---- Le respondió Lázaro Osorio.

Se retiraron animadamente y durmieron con la mayor armonía.

El lunes amaneció sereno hasta que un estruendo despertó al dormitorio, un simulacro de fuego hizo poner de pie a los aún adormecidos prisioneros que huían despavoridos atropellándose en pánico histriónico, para luego entender que nada sucedía, fue un simple simulacro de las autoridades de la prisión, buscando percatarse de cuál sería la reacción en masas si algo sucedía.

Aquellos irritados por la sorpresa regresaban mascullando improperios de mercado, al descubrir que todo fue una treta mal planeada.

Un poco después de haberse aseados, tomaron el desayuno y al concluir entró  la comisión de distribución, se trataba de las personas  que cada semana se presentaban a los dormitorios a sustituir los uniformes sucios por los limpios, sin embargo en esa ocasión no habían ido a distribuir, si no a incautar las piezas que estuvieran de más, porque según sus reglamentos, ningún prisionero estaba supuesto a tener más de dos uniformes, por eso a la hora de la requisa le era incautado todo lo que estuviera en exceso.

Esa mañana lo habían agrupado a todos en el salón donde se veía la televisión, mientras los custodios alzaban, viraban y doblaban los colchones.

Uno de la comitiva había preguntado a El mar por su cama, percatándose éste después de la búsqueda, que lo de él seguía intacto, no lo habían sometido a la pesquisa, por lo que se sintió confundido con tanta distinción.

Después de concluida la labores de revisión, llamaron a los que habían enviado requerimientos para ver al médico, entre los que también estaba El mar.

Cuando fue  a la clínica lo recibió una enfermera a quien le expuso la necesidad de que le hicieran análisis de sangre, para conocer a ciencia cierta, cuál era el auténtico diagnostico de su salud, debido a que lo habían tratado sin indagar la procedencia de sus malestares, esporádicamente él había sentido algunos dolores estomacales, y en otra ocasión en las espaldas, sin embargo la enfermera le especificó que soló el doctor podría autorizar los análisis, él no se quedó tranquilo e intentó hablar con el doctor, pero el doctor le había hecho saber que aún estaba atendiendo a otros pacientes.

Uno de los custodias que estaba al tanto de la conversación se aproximó y le dijo:

---- Sal y vete El mar, que tú nada más quiere vivir interrogando, haciendo preguntas.--- Dijo con cierto sarcasmo.

El mar mirándolo en silencio le sonrió y salió.

Él sabía que no le era indiferente a ninguno de esos oficiale asignado a la vigilancia del lugar dónde él permanecía junto a los de más prisioneros, sobre todo porque los oficiales de alto rango desde un sargento hasta un capitán, solían pasearse alegremente por el cubículo donde él se alojaba, tratando de percatarse de todo lo que pudiera ocurrir.

El mar nunca olvidaba que perdonar opaca la venganza, y que la compasión vencía a la cólera, solía pensar frecuentemente en Barbarita y sus niños, y aunque ciertamente se encontraban distantes, el estaba invadido por una tierna paz interna.

Él entendía que el pasado de una mujer era la simiente de su presente, cuando se robaba un beso se hurtaba el corazón, a él le preocupaba que en una situación de esa naturaleza Barbarita se apartara del teléfono o lo mantuviera apagado, y decía:

---- Lo siento por ella pero quien está encerrado soy yo, ella es la que tiene que hacerme saber cómo esta todo allá afuera, porque yo sé cómo está aquí adentro, que bendito sea Dios ---Expresó y guardó silencio.

Optó por no desesperarse, y dejar que Dios tomara la rienda de su destino.

Esa noche durmió con más intensidad, el otro día fue similar a los otros, con una marcada diferencia, esa noche había soñado que visitaba a alguien relacionado con el cuidado de Barbarita y los niños, pero daba la impresión que él había visto a esa persona en otra ocasión él vio en esa persona el rostro de un famoso actor, y luego a seguida percibió a una mujer que acercándose a él, le ofrecía facilidades que lo motivara a relacionarse en acciones eróticas, mostrándole el torso en una esplendorosa desnudez, invadidos de tres hermosos senos, distribuidos en los laterales izquierdo, en el centro y en el lado derecho.

Aquellas tres floretas levantadas en la amplia expresión de una Venus, inducían a maravillarse, entonces ella tristemente alarmada se quejó:

----- A mí nadie me quiere, sólo me desnudan y se acuestan.---- Expresó. Ella se desnudo, El mar, se deleitó, la tomó entre sus brazos, la acarició tiernamente en silencio, la beso y antes de que se consumara el acto copular, despertó.

Unos minutos después un oficial que estaba de custodia en J-1, se aproximó y le preguntó acerca de una aplicación que él había enviado solicitando los papeles legales de la corte.

Estaban pretextando, no querían entregarle la documentación que él había requerido, fue cuando la custodia le dijo en el siguiente término:

----Hablas con tu abogado, no tenemos nada oficial sobre tu caso, tú no está sentenciado.

----le había indicado el custodia.

----- He tratado de hacerlo, pero él no acepta llamada por cobrar.--- respondió El mar.

----- Entonces escríbele a la capellanía para que te permitan sacar una llamada.--- Le sugirió el custodia.

---- Está bien, lo seguiré intentando, pero si no hay papeles algunos, ¿por qué se me tiene encerrado? hasta cuando entenderán que están violando la ley en mi contra. Afirmó El mar.

----- Yo no sé, nosotros somos la casa, no influimos en las determinaciones de la corte, insiste con el abogado. —Afirmó.

El custodia se alejo de donde estaba El mar, yéndose al escritorio que ocupaba, rebuscó   en la gaveta hasta encontrar una forma de carta pre-redactada, se encaminó   nuevamente hasta el cubículo donde aún permanecía El mar, y le entregó   la forma para que éste le escribiera al capellán solicitando de las facilidades que la iglesia otorgaba, para tratar de comunicarse con el abogado Dino j, y además, aprovechara para llamar a Barbarita, con quién una vez más había perdido la comunicación.

Después, algunos prisioneros se acercaron a él tratando de obtener alguna explicación que por cierto giraba en torno al por qué  él se había negado a aceptar el tiempo servido que le habían ofrecido a cambio de una culpabilidad voluntaria, antes que sus verdugos abusando del poder que ostentaban, lo hicieran por la fuerza.

Aquellas hordas salvajes trataban de encontrar la razón que motivara el que él accediera a sus caprichos, entonces le decían:

---- << Echándote la culpa no estaría en la cárcel, y estaría al lado de tú familia>>.

El mar pensó que aquellos se expresaban como si hubieran sido mandados, y le explicó  que Jesús había muerto por todos para así expiar las culpas, del género humano, pero que su espíritu no le había permitido siendo él inocente, aceptar la carga que un grupo de mal intencionados trataban de imponerle, para después manipular la causa de la realidad, " haciendo más costosa la medicina que la enfermedad.

Para satisfacer la curiosidad de aquellos, les explicó con detalles lo que había sucedido, para que ellos aunque no fueran jueces, expandieran sus niveles de conciencia, frente a un acontecimiento real.

---- Quiero que entiendan que la podredumbre está en lo fácil, lo fácil es como la marca de la bestia que prevé ser implantada tras la manipulación y el chantaje, para facilitar la disposición de aquellos que deberán marcarse.

Es como lo barato que frecuentemente le suele salir caro, cuando ustedes aceptan una culpabilidad o " Please guilty", si son inocente le están expresando al sistema que quieren delinquir, y el sistema puede usar esa disposición que parece la salida más fácil, para algo peor.

Si yo no tuviera la razón, yo no peleara pero como tengo mi razón, tarde o temprano por más tercos que sean los amos del paraíso, acabaran reconociendo que la tengo, por encima de todas las posibles arbitrariedades, esta es una sociedad de derecho. Aunque los poderes sean sustentados por delincuentes, si alguien alega su razón, para desactivar esa razón, ellos tienen que demostrar con prueba que quien alega la razón carece de ella.--- Les dijo con entereza.

Aquellos lo escuchaban boquiabiertos, la disertación de El mar era como una cátedra de la que fluía el aprendizaje. Los pobladores de véngala, parecían un pueblo indefenso, pero de mucho valor, era como un pueblo taciturno que esperaba romper sus cadenas.

---- Estoy de acuerdo con usted, si usted no es culpable siga peleando su caso.---- Dijo uno que se había armado de valor.

---- Me satisface que esté pensando así, en el caso mío, ellos no me han demostrado lo contrario, de lo que yo alego.---- Concluyó.

---- Bueno, si es así, hay mucha posibilidad de que gane el caso.---- dijo uno de pelo bermejo y  piel amarillosa.

Aquella voz había llamado la atención de El mar, sentando la certeza de que antes de ese momento ya el la había escuchado, giró parsimoniosamente y descubrió a una figura jocosa que mostraba una sonrisa donde exhibía unos dientes de conejo.

---- ¡Topo! ¿Que haces aquí? --- Cuestionó El mar, un poco sorprendido.

---- Acaban de mudarme, eso quiere decir que vamos a estar un ratito todos juntos.--- Respondió este con expresión jocosa.

---- Eso es lo que parece.---- Replicó  El mar.

---- Para mí es una gratitud el volver a encontrarte para compartir casa.--- Dijo

---- Está claro que uno ignora su destino, bienvenido a nuestro dormitorio. --- Dijo El mar.

Aquella expresión no pudo serle indiferente al Topo, que reía a carcajadas.

---- Tuvo buena esa.---- Dijo.

---- Está bien Topo, te veo luego, ahora voy a la biblioteca de leyes.--- Dijo El mar retirándose.

---- Estudia mucho, para que me orientes.---- Externó el Topo casi voceando.

--- Trataremos. ----- aseveró El mar, mientras se adentraba a cruzar la puerta de salida, seguido por Orlando, quien parecía su escolta.

Orlando había caído innumerables veces por el delito de posesión de estupefacientes, y se le había ofrecido a El mar para escribir en la computadora el manuscrito de la carta que Aquel planeaba enviarle a Dino J, sin embargo, al llegar, Orlando desconocía el teclado y la puntuación de una máquina que se mantenía en la librería para que fuera usada por los presos, tan obsoleta como su fabricante.

Uno de aquellos que habían sido asignado a la dependencia, también se había dispuesto para asistirlo en su digno propósito, entonces él le escribió que fuera a verlo y que cambiara la fecha de la corte, y la dejó en la librería con una autorización para dos fotocopias, y en la noche apareció un oficial distribuyendo la papelería, dándole a El mar el recibo de quien había copiado la carta, y a aquel, el recibo de El mar, que al percatarse se empeñó  en reportarlo al oficial de turno, quien le había prometido corregir dicha equivocación, debido a que operaciones de esa naturaleza, eran descontadas de la cuenta del prisionero, y para evitar que le descontaran a uno lo que había gastado otro, era necesario que todo estuviera esclarecido.

La tranquilidad había empezado a ser amenazada, ese día El mar se había levantado temprano, había orado al señor y antes del desayuno fue convocado a la clínica donde chequearían los niveles de azúcar de su sangre, luego la enfermera le había suministrado una porción de agua para que ingiriera unas de las píldoras del tratamiento, otorgándole luego una medicación adicional que lo indujeron a servirse otra ración de agua de un garrafón de un plástico azulado, que el ignora raba que estuviera asignado al consumo de los oficiales, y Charlie carroso custodia de la clínica que en días anteriores lo había desafiado, al verlo servirse, acercándose con la fuerza de su autoridad le dijo:

----- ¿Qué haces Elmar, no te das cuenta que esa agua no es para ustedes?... Dame tu tarjeta de identificación.--- Exigió.--- Lo siento, yo no sabía que esa agua estaba prohibida para nosotros, sin embargo yo la he tomado por autorización de la enfermera, lo siento.--- Aclaró El mar.

------ Basura, esa agua es para los oficiales.--- Argumentó.

----- le estoy diciendo mis razones, lo siento.---- Reafirmó El mar.

----- Dame tu tarjeta de identificación.---- Insistió Charlie Carroso.

El mar lo miró en silencio, sin decir nada, reflexionó brevemente sobre lo que estaba aconteciendo mientras alegaba:

----- no sé, ¿qué usted quiere conmigo?---- Indagó.

---- Dale la identificación y vete.----- Alegó otro de los custodia que seguía la conversación sin intervenir.

El mar le extendió la tarjeta con fotografía y salió, los demás prisioneros hacían una línea esperando su turno para tomar sus medicamentos.

Cuando El mar llegó al dormitorio se quejó  con el oficial de custodia asignado al servicio de esa tarde, requiriéndole una forma con la intención de reportar el abuso del oficial Charlie Carroso.

El oficial de servicio rebuscó lentamente la forma ganando tiempo hasta poder hablar con el oficial Carroso.

-----El mar, creí que esa forma la teníamos aquí, pero no hay, déjame ir a ver si la consigo en el otro dormitorio.--- Dijo mientras se encaminaba a la salida.

El mar intentaba evitar que el oficial Charlie Carroso le escribiera una contravención sin razón, el estaba hastiado de pagar por alegados crímenes siendo inocente.

Cinco minutos después que el custodia Salió en busca de la forma regresó acompañado de Carroso y cuatro oficiales más que voceaban a El mar.

----- El mar, ven aquí. ---- Gritó uno de ellos.

El mar que en ese preciso momento se estaba recostando se incorporó en seguida encaminándose al escritorio de la custodia.

---- Escuché que me llamaban, ¿de qué se trata?---- Cuestionó   El mar.

---- Supe que tú anda preguntando mi nombre y buscando una forma para hacerme un reporte, si tú me reporta yo te escribo un ticket.----- Afirmó el oficial Carroso.

---- yo no tengo nada contra usted, aunque me anda persiguiendo desde ayer, el poder es para ayudar, no para dañar, ¿qué es lo que usted pretende extender mi tiempo aquí?--- Cuestionó.

---- El mar, yo tampoco tengo nada contra ti, pero se anda diciendo que tú eres muy paciente y yo quise medir tu tolerancia. --- Afirmó el Oficial carroso con descaro.

--- No tenemos que discutir, usted es el jefe, y como jefe no molesta, desde su trinchera puede hacer lo que quiera, al fin o al cabo lo amo como a un ser humano. —Dijo.

---- ¿Lo amo?.---- Masculló   Charlie Carroso.

Ante aquella expresión de comprensión, el oficial carroso dejo escapar una sonrisa de viejo zorro, que lo ayudó a eliminar la tensión que marcaba una línea arrugada en su rostro.

Carroso sintiéndose un teniente optó por retirarse, seguido de los cuatro oficiales que lo acompañaban.

Unos minutos después apareció el custodia de J-1 con la tarjeta de identificación de El mar en su mano.

---- Aquí tienes--- Dijo, extendiéndola a El mar---- Lo que hubo fue un mal entendido Aclaró.

----- ¿Escribió el ticket?---- Cuestionó El mar.

---- No, ya te dijes que lo que hubo fue un mal entendido.---- Dijo el custodia retirándose a su escritorio.

# CAPITULO 22

Así era la cara del Paraíso, una frecuente y constante lucha donde el más fuerte solía explorar el talón de Aquiles del que parecía más indefenso, afín de imponerle sus condiciones sin perder el control de la inminente manipulación. Era el contexto donde el pez grande trataba de tragarse al más pequeño, donde los que nada tenían, seguía siendo abusados y manipulados por los dueños de todo, donde la gente no sabia cuando amaba y se sentían divididos, porque al carecer de un sólido capital tenía que aceptar que los económicamente opulentos, dictaran las reglas del juego.

Esas minorías privilegiadas que hacían de sirviente solventados de los potentados, se movían con sigilo, celando esos cuantiosos beneficios redituado del ejercicio del poder.

El sistema exhibía en las decisiones de sus sirvientes esa visión corporativa del neofascismo y el neoliberalismo, que los inducia a abominar con el mayor desprecio de su ser, aquellas envestidas maliciosas, aquel estado de adormecimiento apabullante en sus pobladores a donde el hijo no siempre reconocía al padre, donde los intereses dividían las familias.

El Paraíso se había constituido sobre una fuerte base financiera, apabullante, parafernalia que percibía y controlaba la propaganda y los niveles de conciencia social, cuidándose de no caer en el totalitarismo que a la postre acabaría generando un despertar colectivo en forma de indignación, cuya soberbia alguna vez induciría a la rebelión.

Por lo que ahora sus ideólogos se habían centrado en ubicar a donde se ocultaban los violentos, aquellos que en un momento determinado de agrura pudieran dar su vida en el martirio de una causa de salvación ficticia.

Todo esto era un motivo de gran preocupación para los dueños del dinero que ya habían pensado en una forma de control general, en el microchip del tamaño de un grano de Arroz como documento de identidad, en esa marca de la bestia que tanto temían los religiosos, y a donde seria infaliblemente conducida la humanidad. Esto haría cumplir la profecía de apocalipsis14:9.

El descaro, la inmoralidad y la deshumanización era la carta de identidad en la industria de la criminalización, dirigida especialmente a esa minoría hambrienta y deseosa de lucro, cuya ambición le permitía ceder al juego como zombi o títeres movido por un hilo.

De esta forma se aprovechaban aquellos emisarios buscando la manera de fabricarle un pasado tenebroso a esa masa ignorante, manipulándola, creándole trampa incriminatoria, dañándole las huellas de forma tal que estos no pudieran avanzar más allá de donde los que controlaban el poder le permitieran llegar.

Se esmeraban en manipular la historia de sus víctimas imponiendo la carga de sus errores en sus hojas de vida como algo que no podía cambiar, como una cadena de esclavitud que no debía romperse, impidiéndole así avanzar en posiciones de poder y hegemonía, manteniéndolos estatizados, en el mismo lugar dependiendo simplemente de esa soberana voluntad que habían tratado de expandir por el mundo.

Todo eso sucedía cuando la población política y demográficamente hablando, crecía exorbitantemente en su número poblacional.

Los sectores hegemónicos insistían en que cualquiera que se encontrara envuelto en alguna acusación, debía hacerse culpable voluntariamente, para ellos seguir vendiéndose antes los ojo del mundo y su opinión pública, como los magos de la democracia, como el modelo esencial, como el paraíso terrenal.

La realidad era otra, en los primeros años del siglo XX1 se había desatado una terrible cacería de brujas contra los inmigrantes que cada día se reproducían como enjambres de abejas.

El Paraíso era algo así como un panal que atraía en grandes cantidades considerables porciones de pobladores del mundo, sin embargo muchos nativos del paraíso habían confundido el rumbo de su brújula, muchos de los que ingresaban a las prisiones que para ese entonces se hacían llamar << facilidades de correcciones>> muchas veces salían peores que como habían entrados.

Durante su estadía en Véngala El mar se había percatado de los métodos maliciosos que implementaban los prisioneros en su afán de sobrevivir en un ambiente hostil, muchos de ellos con adicciones a la cocaína o a la mariguana " cannabis", esta última algunos de los prisioneros solían consumirla con mayor frecuencia, principalmente en los dormitorios solían combinarse para en un descuido de los custodias, aproximarse a las rejillas del aire acondicionado que era la forma de dispersar el mal olor, y mientras uno vigilaba al vigilante, los de mas lo iban inhalando pasándosela de mano en mano, y cuando concluían su ronda el que vigilaba era sustituido hasta agotar su turno de inhalar, y así solían formarse grupos de a tres y de a seis para ejercer sus "felices" tentación de inhalación.

Algo extrañamente sorprendente le había sucedido a El mar, que en la medida que avanzaba el día había ido a la explanada y a su regreso logró establecer comunicación con Edward el hermano de Robert, quien le informo que aquel había sido llevado a otro lugar y aunque no le dijo a donde, le aseguró que buscaría la forma de constatar a Barbarita Roque, para que él volviera a llamarlo para informarle sobre ella.

Una hora después de aquella conversación, El mar había sido llamado para una sorpresiva visita, se trataba de ella, Barbarita había vuelto a visitarlo, le había llevado los niños.

Le contó sobre las diligencia que a favor de él había realizado, que no estaba tomando el teléfono porque lo había perdido, después de una hora de charla se despidieron.

El mar regresó al dormitorio y después fue a la iglesia donde por largo tiempo elucubró entre los asistentes, tratando de identificar a Robert en alguno de ellos, sin lograr ver a nadie que pudiera ser él.

De entre la populación surgió un prisionero que confidencialmente le preguntó que si él era el amigo de Robert, que ya Robert le había hablado de él, que él, lo conocía por referencia, pero que quería conocerlo en persona, que Robert hablaba de él con orgullo como una persona a quien se podía ponderar porque siempre tenía la respuesta adecuada para las distintas circunstancias, por lo que él estaba interesados en plantearle algunas preguntas.

Esa tarde a la iglesia llegó un cantautor que había sensibilizado las almas de los feligreses, había entonado diversos temas de música de adoración y alabanza, recién se concluía el servicio cuando una voz tras de él exclamó:

----- ¿Como estas señor, soy Álvaro Montoya, usted debe ser El mar Valenilla?--- Dijo El mar al escuchar su nombre se ladeó para identificar el cuerpo que portaba la voz:

----- ¿Como sabe mi nombre?---- Preguntó El mar.

----- Soy amigo de Robert y él me ha hablado mucho y muy bien sobre usted, me gustaría consultarlo, sé que puedes darme algunos consejos y me gustaría que usted me confirme.

El mar se percató que su fama corría, sonreído le dijo:

----- Muy bien, anota mi dirección y escríbeme a J-1 # 16 en el Penn Dijo y agregó:

--- ¿Qué a pasado? con Robert?

---- A Robert se lo llevó inmigración. Respondió Montoya.

---- Ah, ahora entiendo porque me están devolviendo las cartas que le he enviado.---- Expresó El mar.

----- Si señor, debe ser por eso…. Ahora todo está bien, ya tengo su dirección y voy a escribirle. —Expresó Álvaro Montoya.

----- Si, hazlo, te responderé todas las interrogantes.--- Respondió El mar.

Álvaro Montoya salió y El mar entró a la oficina del Diácono, mendigaba una autorización para llamar a Barbarita.

# CAPITULO 23

Había transcurrido una semana desde los pormenores acontecidos, la presencia de un hombre con cierto grado de distinción había alterado la tranquilidad de los residentes de Véngala, y hasta se comentaba que aquel extraño personaje podría estar infiltrado.

Él era el profesor Makrowki, un científico del viejo mundo, que se había negado a hacer experimentos con humano, el había descubierto una fórmula que aplicada a los animales producía y prolongaba la catalepsia por un mes, los gobernantes del reino se noticiaron y asignaron las gestiones al paraíso, el profesor makrowki y su fórmula, se habían contemplado como un objetivo de control y expansión, tenían planes con él.

El profesor Makrowki, había rechazado en más de una ocasión la propuesta emanada de los representantes del reino, su negativa lo mantenía encarcelado tomando el riesgo de pasarse un año tras las rejas debido que su mascota a la que solía llamar " baby dog" había cometido una herejía causando grandes laceraciones en manos piernas y en las proximidades de los escrotos a un agente especial del paraíso que teniendo la misión de vigilar la residencia del profesor makrowki, movido por la curiosidad quiso acercarse más allá de lo debido traspasando la residencia sin una orden para hacerlo, quedando fuera de control al ser descubierto y cachado infraganti por "baby dog".

Aunque el incidente no causó  la muerte de aquel curioso agente, lo había dejado en muy malas condiciones, lo que provocó  la separación del profesor y su mascota, yendo el primero a la cárcel y el segundo a " canino home", u hogar de perros, donde sería sometido a exámenes especializados hasta percatarse que no era poseedor de ningún indicio de rabia, de todos modos cuando "baby dog" había sido llevado a " canino home", el personal de servicio comentaba entre sí como si hubiesen atrapado a un criminal peligroso, se le escuchó  a alguien preguntar:

---- ¿"Que hace ese enano aquí"?

Recibiendo por respuesta de su interlocutora la siguiente expresión:

----- El pequeño es un bravo, acaba de morder mortalmente a un agente especial del gobierno, dicen que lo dejó en muy mal estado en los alrededores de su cremallera.--- Expresó.

---- ¡Oh! si es así, hasta la esposa andará enojada.--- Dijo como bromeando.

----- Pues no, error, frio, frio, no hay por qué preocuparse, dicen que es un marica.--- Aclaró el interlocutor.

----- A trabajar.---- Se oyó la voz del supervisor y todos se dispersaron volviendo a sus labores, el interlocutor y "baby dog" entraron por el interior de una puerta y la conversación se quedó estancada.

Ahora se estaba aprovechando la circunstancia para hacerle entender al profesor Makrowki que en el Paraíso no se rogaba, allí se exigía y a la hora que se solicitaban los servicios de alguien la única excusa que se aceptaba era " estoy dispuesto", así lo había establecido  el reino.

Algo adverso podría generar dificultades, ya anteriormente habían tratado de declararlo como elemento de alta peligrosidad, precisamente por el mutismo creado a su alrededor.

Mr. Makrowki era un hombre callado, de muy poco hablar, con pocos amigos, cuando se encerraba en sus lecturas profundas, se auto-aislaba de los demás, él tenía su mundo particular y trataba de desarrollarlo a su estilo, sin imposición y con su auto-libertad.

Era un hombre blanco, de pelo canoso que le colgaba por encima de sus hombros cubriéndole todo el cuello.

Tenía una edad aproximada a los 65 años, pero sus condiciones de salud le favorecían al grado que aparentaba unos 55, hacía un mes que había ingresado a la prisión, y aunque aún no estaba sentenciado, nadie dudaba que las mordidas propinadas por "baby dog", le serian cobradas a él, sin embargo, las autoridades del paraíso tenían otros planes, sabían Que él había desarrollado una fórmula que podía provocar la catalepsia y prolongarla por Un mes conservando el cuerpo del objetivo sometido a la prueba, intacto por el tiempo que estuviera expuesto a la condición de esa circunstancia.

Él aguardaba en véngala la decisión de una alta instancia, debido a que había recibido una visita de un enviado del gobierno, donde le proponían aplicar la formula por primera vez en un ser un humano, para verificar los resultados que él había alcanzado en perros y gatos, el no le respondió pero le dieron tiempo para pensarlo.

El emisario gubernamental regresaría y el tenia que tener una respuesta para ese entonces, aunque el profesor Makrowki en ese mes de estadía en la prisión, no había logrado hacer amigos, el carisma de El mar lo atraía, él pensaba que de todos los prisioneros, El mar era uno de los que más confianza le inspiraba, de todos modos era su vecino más cercano debido a que el habitaba el cubículo 14 y El mar el 15, habían pasados una semana observándose uno y otro, se miraban de soslayo sin decirse nada, el primer día de la segunda semana el profesor Makrowki que siempre observaba a El mar escribiendo, se aproximó a la puerta de su cubículo y rompiendo el hielo le Preguntó :

---- ¿Muy ocupado señor?

Cuando El mar escuchó que se dirigía a él, cesó de lo que estaba haciendo se incorporó y extendiendo su mano le dijo:

--- ¿Cómo esta señor? Hay tiempo para charlar. Dijo El mar

--- Gracias.---- Respondió Makrowki.

El mar acomodó la mesita de aluminio e improvisándola como asiento le dijo:

----- Siéntese por favor.

Makrowki se mostró gentil también, le extendió la mano y correspondiendo a la invitación se sentó.

----- Mucho gusto señor Makrowko…Intentaba saludar El mar.

---- Makrowki, mi familia es rusa pero yo crecí en Austria. —Corrigió el profesor interrumpiendo.

---- gracias señor Makrow…. Ki, ¿lo dije bien?---Cuestionó El mar.

---- En absoluto, es asunto de práctica.---- Afirmó Makrowki

---- Muy bien señor, hace una semana que lo estoy observando, pero como siempre lo veía callado pensé que no hablaba.----- Dijo El mar.

----- Si hablo… como puedes ver, debido a que el ambiente me has parecido hostil, he tenido que observar un poco antes de empezar a relacionarme.---Afirmó el Profesor.

---- Eso está muy bien, yo también estudio pormenorizadamente la idiosincrasia contextual.----- Respondió El mar mientras se sentaba en la cama.

Mientras estuvieron reunidos tocaron diversos tópicos, por lo que una cierta inclinación confidencial se generó en mutua direcciones, intercambiaron motivo y circunstancias, makrowki se confesó con El mar y él correspondió a tal grado que al concluir la conversación ambos se habían contados sus realidades, y las razones que lo habían conducido a la prisión.

----- Entonces ahora están tratando de que experimente con un ser humano, y aunque mis experimentos con perros y gatos no me han fracasado, aún no estoy seguro si con un humano resultaría igual, pero aún así ellos me están presionando, dicen que van suministrar todo lo necesario hasta que yo pueda alcanzar y verificar los resultados, y sin mayores prerrogativas, estoy pensando acceder.---- Dijo Makrowki.

---- No habiendo otra alternativa, hágase de cuenta que lo hará por la patria grande, la ciencia y su estómago, aquí hay que sobrevivir, además, así podrá verificar los resultados,

Y si tiene éxito, será honrado como científico del reino en el paraíso, y que todo sea para bien y expansión de la ciencia.---- Expresó El mar.

En ese instante la custodia que se había aproximado a ellos dijo:

----- Míster Makrowki, tiene visita.---- Dijo interrumpiendo la animada conversación.

---- En breve, me encamino hacia allá.--- asintió mientras se volvía  a El mar:

----- El mar, ha sido grato hablar contigo, tal vez es el hombre.--- Afirmó mientras recibía un apretón de mano de El mar:

----Buena suerte profesor.--- Dijo El mar.

El profesor se encamino, corrió al escritorio donde lo esperaba el custodia que al verlo llegar le extendió una tarjeta roja donde había registrado los datos del profesor y que le serviría como autorización antes los retenes mientras transitara a lo largo de los pasillos que habría de recorrer antes de llegar al salón de  las visitas.

En ese momento el emisario gubernamental aguardaba por él, como el profesor Makrowki se lo había comentado a El mar, había ido a buscar una respuesta, y ciertamente el profesor se vio precisado a ceder a lo que ellos inquirían, y él le dejo entender que al otro día irían por él para como hombre libre trasladarlo al Caribe central, para que en su misión iniciara su primer gran experimento en Isla Dorada.

El Caribe central y los países originarios del continente específicamente Isla Dorada había empezado a convertirse en una amenaza para los principios e ideales del reino.

Aquellos habían empezado a resurgir con ideales socialistas, y el reino y el Paraíso que por más de un siglo se abastecían de materia prima y manos de obras baratas, empezaron a ver, peligrar sus intereses, por lo que habían decidido fraguar un plan para evitar el repunte de una ideología adversa en la zona.

Para ello se pusieron en comunicación con un abogado de la oposición a quien  llamaban Roger Vitine, quien grabaría unas evidencias que involucrarían directamente al presidente de Isla Dorada, de forma tal que la presión de la opinión pública, lo forzara a renunciar, por lo que se había acordado que el abogado Vitine se sometería a la prueba

Cataléptica y a una cirugía de cambio de rostro e identidad, a cambio de un fardo de millones que le moverían la vida en otra dirección.

Allí en las profundidades de una alfombrada habitación, donde se destacaban las paredes embadurnadas de pintura azul celeste, se hacían los preparativos, los arreglos y los ajustes para la grabación del polémico video, que jamás haya grabado artista alguno; para tal fin se maquilló al artista como si fuera a grabar su última telenovela, donde millones de espectadores suspirarían, y en aquel instante la presencia de Royer Vitine, era algo esencial.

Abogado de profesión y ex ministro de asuntos legales de la cancillería de Isla Dorada.

El camarógrafo se había cuadrado mientras ajustaba la cámara, lo  miró a través del visor en ángulos diferentes para determinar su lado de mayor sensibilidad para la toma video gráfica, mientras le preguntaba:

----- ¿Listo para grabar?

Antes que Royer Vitine le respondiera, aclaró cuidadosamente su garganta y respondió:

------ Preparado.----

una vez afirmada la disposición el camarógrafo enfocó desde un plano general a un encuadre medio, y echó a andar la cámara con el dedo anular de su mano derecha.

Aunque soló un selecto grupo había sido convocado para presenciar la grabación, la sala se veía atiborrada, era el pleno ejecutivo del partido liberal de la gobernación, Royer Vitine, había comenzado su función.

---- Conciudadanos de Isla Dorada, señores invitados especiales del Caribe central, antes de hoy me había dirigido a ustedes para notificarle sobre el peligro que representaba para la región el ascenso al poder de la llamada cultura socialista, que últimamente los sectores implicados han estado usando para confundir y granjearse el apoyo de la

Población, que ignorando las consecuencias y ciega por la curiosidad, ha decidido en su albedrio democrático, ponerse en manos de ellos.

Sin embargo, ya comienza a verse el fruto de mis denuncias, y es precisamente ahora, cuando me siento amenazado de muerte por esos sátrapas que integran el poder ejecutivo en nuestra amada Isla Dorada, cuando siento la necesidad de esta ceremoniosa despedida, por si algo llegara a acontecerme.

Si señores, si algo llegara a acontecerme yo quiero responsabilizar públicamente, al presidente Ezequiel Conrado y a su camarada esposa y primera dama, y junto a ellos al flamante secretario de la presidencia, ministro Frankely Buendía.---- Dijo mientras era interrumpido por una ráfaga de aplausos que ensordecían el ambiente, guardó un breve silencio antes de usara las palmas de las manos para apaciguar a sus correligionarios, cuando hicieron silencio agregó:

Pues como bien me escucharon les reitero, si algo llegara a sucederme no olviden que ya he sido objeto de una emboscada emanada de grupúsculos gubernamentales, al servicio del poder ejecutivo, los dejo con esta inquietud, no por pesimismo, sino, para que nos mantengamos despiertos y que de ninguna forma puedan confundirnos, muchas gracias, hasta pronto conciudadanos.--- Expresó.

Al concluir nuevamente sonaron los aplausos, los que estaban en primera fila se apersonaron a reverenciar y a apretar sus manos, Royer Vitine era un ente persuasivo, dueño de un verbo encendido capaz de enloquecer y manipular las conductas multitudinarias induciéndola al desastre de la inconsciencia de las masas enceguecidas.

---- Muy bien---- Gritó el embajador del reino, que por cierto era originario del paraíso---Lo felicito, ha hecho un buen trabajo, ahora quiero presentarle al profesor Makrowki, el es el científico que ha desarrollado la fórmula del éxito, la cual usted seguirá al pie de la letra.---- Expresó deleitado el embajador Johnson.

El profesor Makrowki y el abogado Roger Vitine se saludaron, y empezaron a abandonar la habitación donde se había grabado el video.

Pasaron por una amplia sala amueblada con cuadros pintorescos que se descolgaban de las paredes, se encaminaron a la calle y abordaron una furgoneta negra y blindada que aguardaba por ellos, partieron a las afueras de la ciudad por una zona montañosa y llegaron a una hacienda que más bien parecía un establo o algo así como un criadero de caballos, la furgoneta fue parqueada al lado de un carro gris y dos Yipetas de color negro, del interior de la furgoneta salieron tres hombres entre los que se encontraban el profesor Makrowki, el abogado Royer Vitine y el emisario del gobierno.

La furgoneta se regresó por el mismo camino por donde había llegado, conducida por un rubio que guardaba sus ojos a todas horas, tras unos lentes oscuros; a su lado iba mr. Johnson, embajador del reino en Isla dorada, avanzaron dejando atrás una enorme polvareda que cubrió a la furgoneta que de negro se había tornado con un color cenizo.

Mientras en la estancia los tres hombres empujaron una puerta ancha y arqueada, que parecía la puerta de un monasterio, entraron a una sala amplia con muebles de colores, pinturas, banderines de pared a pared, y dos enormes anaqueles de libros en inglés francés y español que iban de pared a pared, había un tarro de flores amarillas recién colocadas.

Caminaron a la izquierda a lo largo del pasillo, llegaron a otra puerta labrada en caoba pintada al sten, de manera que combinara con el color crema arena de las paredes, confortando el espíritu de los contemplan tés.

Tras de la puerta había otra sala larga y ancha pintada de azul celeste, con listones blancos, estaba decorada con un juego de mueble rojo vino de seis piezas que incluían una mesita de caoba alargada con un cristal encima, y en los de más laterales camillas, microscopios, quirófanos, entre otros utensilios, estaba claro era una clínica privada con su laboratorio interno, a otro la do de la pared, se localizaban dos escritorios, un librero científico y dos vitrinas con diversos medicamentos.

Del interior de otra de las puerta que se visualizaban en la habitación, aparecieron dos mujeres, una de pelo rubio y ojos azules  que vestía un uniforme blanco, y otra de pelo negro con pantalón y chaqueta azul marino y una bata blanca abierta, sobrepuesta por

Encima de la chaqueta, y un estetoscopio colgándole del cuello, se trataba la primera de ellas de Carol Makwinsy la asistente de la segunda que por su indumentaria no sería difícil adivinar que se trataba de la doctora Colín.

---- profesor Makrowki, señor Vitine los estábamos esperando, sean ustedes bienvenidos, pónganse cómodo que a partir de hoy, lo que tenemos es tiempo para estar juntos.---- Dijo la doctora Colín con aire juvenil a los recién llegados, mientras extendía su mano a uno y a otro como gesto de cortesía, el emisario gubernamental antes de que aquellos iniciaran una conversación de envergadura, abandonó la habitación acomodándose en la sala de estar donde se adelantó a revisar los canales televisivo como buscando una programación en particular hasta que encontró el noticiero donde se detuvo a enterarse de la noticia, al tiempo que en la habitación que él recién dejaba, los referidos personaje buscaban la manera de ponerse de acuerdo.

---- Muchas gracias.----- Respondió el Profesor Makrowki

----- Señor Vitine, ella es nuestra ayudante Carol Makwinsy. --- Explicó la doctora Colín, introduciendo a los recién llegados.

---- Es un grato placer, señorita Makwinsy.---- Dijo el abogado Roger Vitine.

----- Muchas gracias señor vitine.---- Respondió Makwinsy.

Se sentaron frente a una mesa circular que se localizaba al centro de la habitación, Royer Vitine sería sometido a una prueba preparatoria antes de ser adormecido para encauzarlo a su misión, aún faltaba la distribución del video, y lo prudente era que él mismo lo hiciera personalmente antes que desapareciera de la vista de la opinión pública, de la prensa local y del mundo político, el plan era que ellos lo vieran distribuyendo el video en persona, antes de su desaparición, para que al momento que se anunciara su muerte creara un mayor impacto ante la nación.

Se hizo como se planeó, y tres horas después el abogado Royer Vitine, que frecuentemente recitaba una particular expresión al referirse a los asuntos de dinero, estaba preparado para el experimento final, el sería el primer ser humano en ser sometido a tal prueba, a quien se le provocaría la catalepsia por un mes, lo que sería un reto para la ciencia, sobre todo cuando ese experimento estaría dirigido a una labor de preservación del sistema, que ya no podía fingir por más tiempo sus decadencias y sus verdaderas intenciones.

Las masas del mundo habían empezado a despertar a tal grado que hasta sus mismos artistas, solían influir con sus palabras a personalidades como Royer vitine que solía parodiar a Clin Eastwood cuando decía "La inteligencia sin amor te vuelve perverso, el dinero sin amor te vuelve avaro, el poder sin amor te vuelve tirano", y eso era lo que experimentaba el corazón de aquellos que teniéndolo todo no encontraban la felicidad.

Sin embargo el pueblo hambriento y desesperado sin encontrar respuesta de sus gobernantes tradicionales, solía plagiar  autores para expresarse en prensa alternativa plasmando con carbón y pintura de brocha gorda sobre pancartas improvisadas y a veces mal escrita denuncias des agraviantes como " la paciencia de Cristo lo indujo a la muerte, y siendo la paciencia un árbol de raíces amarga, lo justo es que sus frutos sean dulces, aún a sabiendas de que" el gobierno roba, los esbirros matan y la violencia crece, la delincuencia acecha, el pueblo duerme y la prensa miente".

El abogado Vitine era consciente de todo esto y tal vez por haber sido uno de esos pocos políticos que no había tenido la oportunidad de "robar", él creyó que lo mejor sería hacerse millonario fungiendo de "conejillo de india" y no defalcando el erario público, no fuera a ser que en una acción donde el pueblo acezara al poder, luego quisieran cobrárselo por la fuerza.

El era un joven abogado ambicioso, se había graduado a los veinticinco años y había logrado escalar grandes posiciones en el mundo político nacional de Isla Dorada en el Caribe central.

Antes que su país cambiara de rumbo el fue un magno representante de la democracia neoliberal con el apoyo naturalmente del reino en los tiempos en que aún eran visibles sus tentáculos imperiales, fue ministro de asuntos legales de la cancillería, diputado del congreso, senador de la República, y antes de que por su ambición aceptara hacer de "conejillo de indias", como posible compañero de boleta de un ciudadano de Isla Dorada que había egresado de una de las mejores universidades del paraíso, y que había sido sonsacado para que fuera el próximo candidato del partido liberal, como una forma de intervención indirecta para frenar en la región el ascenso consolidado del socialismo.

Ahora el abogado Royer Vitine había sido escogido por la embajada del Reino por sugerencia de la gobernación del paraíso, para la realización de aquel trabajo sucio, y del cuál el quedaría edificado si el experimento resultaba.

La oferta le había llegado con un avance de cinco millones de dólares pre pagados, depositado en una cuenta bancaria en suiza, desde donde podría disfrutarlo sin ningún tipos de dificultades, junto a su familia que la integraban además de él, su esposa y sus dos hijos residentes en el Paraíso con quienes se comunicaba esporádicamente y a quienes por motivo de seguridad la embajada del reino, le había otorgado la residencia permanente, para que Royer Vitine trabajara sin preocupación.

Esa noche el había convocado a una cena privada para la prensa y algunos sectores de la política nacional, en uno de los restaurantes ubicado en el centro de los monumentos coloniales.

Después de que los comensales habían degustados las exquisiteces de esa noche junto a los líderes del partido liberal y los invitados especiales entre los que se encontraban el embajador Johnson, el profesor Makrowki, la doctora Colín y la señorita Carol Makwinsy, entre otros, iniciaron la distribución del video que había sido editado con cortes pre-acordados, y se había preparado una ceremonia impactante, de forma tal que el video se estaba entregando acompañado de un clavel rojo y un suvenir del partido liberal con el siguiente mensaje: " de Royer y nosotros con ustedes por siempre".

Al concluir la ceremonia cuando ya todos se habían retirados nuevamente Royer Vitine y sus invitados personales regresaron a la hacienda donde acabarían de pincelar los toques finales del plan.

# CAPITULO 24

Nuevamente sentado en la mesa circular cuya formicación le daba un aspecto gris azulado, y donde Roger Vitine exponía su última voluntad:

---- No quiero que me hagan cirugía, debo advertírselo no vaya a ser que la hagan antes de despertar, con mi rostro actual 15 años después, yo podría aparecer como candidato si todo sale bien, y no olviden poner oxigeno suficiente en el ataúd, después que todos hayan abandonado la funeraria, así evitaremos que me asfixie al ser enterrado.--- Dijo Roger Vitine, con todo el esplendor ceremonial.

----- No te preocupes Vitine, tú significas mucho para nosotros y te cuidaremos más allá de las posibilidades, lo que tú estás haciendo hoy por la causa, es más que un voto de confianza.---- Afirmó Míster Johnson.

---- Muchas gracias míster Johnson, yo lo sé, usted es como un padre para mí.--- Respondió Royer Vitine mientras lo estrechaba entre sus brazos.

----- Esta bien, te lo agradezco muchacho, lo de esta noche fue grandioso, el plan saldrá perfecto. Dijo míster Johnson.

El abogado Royer Vitine corroborando las palabras del embajador Johnson, lo fue abrazando a todos como si hubiese sido la última vez en que volvería a verlos, abrazó con ternura a la señorita Makwinsy y la besó en la mejilla, lo mismo hizo con la doctora Colín, y finalmente abrazó fuertemente al profesor mientras le susurraba al oído la siguiente expresión:

---- Confío en usted y sé que todo saldrá bien.--- Dijo

Se retiró de él y se tendió a lo largo en la cama que se había dispuesto para tal fin; primero le aplicaron una máscara de oxigeno, le tomaron la presión, midieron el ritmo de su corazón y anotaron la hora y los minutos en que sería sometido a la prueba, y finalmente le inyectaron la sustancia cuya reacción inicial le produjo una convalecencia

Onírica antes de que entrara en el letargo cataléptico, y después a medida que iba experimentando los efectos, se vio como un escorpión en un proceso gestatorio, de cuyo Vientre brotaba el torso con todo y cabeza, cuya acción metamorfosea aterrorizaba a una familia que accidentalmente observaba el cambio que lo había llevado a la condición de mitad hombre y mitad escorpión.

Luego había pasado a otro cuadro donde aparecía el presidente Ezequiel Conrado llegando a una sala donde él aguardaba junto a su esposa, el presidente Conrado llevaba algo en sus manos que parecía un documento, pero estaba desnudo y él había visto su sexo, algo así como un pene tan pequeño que le provocó risa, era una risa burlona y el indicándolo se reía y decía:

---- ¡Que pene tan pequeño!--- Después le preguntaba a su esposa si el presidente Ezequiel Conrado era familia de el primer novio que ella tenía, en ese momento despertó pero ya había caído bajo los efectos de la catalepsia.

El profesor le tomó el pulso, la doctora Colín le auscultó el corazón, y aunque parecía muerto, descubrió que el experimento había empezado a resultar exitoso.

---- Resultó.---Clamó la doctora Colín, todos abrazaron a un tiempo al profesor Makrowki:

---- Felicidades profesor, sabía que no nos iba a fallar.--- Se adelantó a decir el embajador Johnson.

----- Gracias señor embajador.--- Respondió Makrowki.

---- Muy bien, doctora Colín, Señorita Makwinsy, brindaremos por todo.---- Agregó él. embajador Johnson.

La señorita Makwinsy entendió el comentario como una orden, se encaminó a la habitación interior y regresó con una bandeja que contenía cuatro vasos y una botella de vino.

El embajador Johnson tomando la iniciativa abrió la botella de vino y derramó entre los vasos el contenido, mientras la señorita Makwinsy sostenía la bandeja; el embajador inicio el brindis elevando el vaso a la altura de sus ojos, al tiempo que expresaba:

---- Porque nuestra misión tenga un éxito mayor.

Todos lo imitaron siguiendo el ritmo de la tonalidad, levantando los vasos a un nivel similar.

La doctora Colín retomó la palabra para responder con un aire de triunfo:

--- Que así sea señor embajador, quiero también aprovechar para brindar y dar las gracias al profesor Makrowki por entender que cualquier sacrificio por la democracia y el mundo libre es vital.---Enfatizó.

--- Muchas gracias a ustedes por tan grata consideración, lo mío es la ciencia, lo que me toca de política se lo relego a ustedes.--- Afirmó el profesor Makrowki con una cierta ingenuidad.

Yo también quiero expresarle mis más sinceras gracias, mi país le estará muy agradecido.--- Especificó el embajador Johnson mientras salía de la habitación a la sala de estar donde aguardaban el emisario del gobierno y el chofer de la embajada.

Ambos se aprestaban a escuchar el noticiero de las diez, mientras tanto La doctora Colín y la señorita Makwinsy hacían los preparativos para el traslado del cuerpo de Royer Vitine hacia la ciudad donde lo dejarían a la vista de todos, hasta que se difundiera ante la opinión pública el supuesto descenso, los miembros del partido reclamarían el cuerpo para exponerlo ante los conocidos, amigos y relacionados en una funeraria del centro de La ciudad, previamente constatada, y cuyos arreglos ya estaban dispuestos por la embajada y el partido.

Roger Vitine escuchaba todo lo que estaba pasando, sin embargo, no podía moverse ni expresarse, sólo se limitaba a escuchar y pensar, el chofer y el emisario gubernamental, expusieron todas sus habilidades y cuidados para el traslado clandestino de Roger Vitine a la capital de Isla Dorada, asegurándose de que al cuerpo le fueran maquillados unos magullones en el rostro, en el cuello y en los brazos, y vigilaron el cuerpo hasta que pasara una patrulla de la policía, que ipso facto lo descubrieron, debido a que ellos lo habían sacado de la furgoneta con la mayor naturalidad, y lo habían tendido en los alrededores del paseo colonial, que tenía acceso a cuatro calles céntricas, con árboles frondosos, al centro la estatua de un libertador, y diversos locales de tiendas y de la banca nacional porque algunos bancos extranjeros en la administración socialista, habían sido nacionalizados.

La furgoneta negra se había parqueado a dos bloques de donde habían depositado el cuerpo, y a través de unos binoculares ultravioleta, se enteraban de todo lo que estaba aconteciendo en los alrededores de donde estaba el cuerpo.

Precisamente, unos minutos después de haber sido dejado, una patrulla motorizada descubrió el cuerpo e ipso facto la alta dirigencia del partido hizo acto de presencia tomando posesión del cuerpo del abogado Royer Vitine, antes de que la policía profundizara en la investigación, el médico forense había declarado muerte por asfixia y magulladuras, lo que aprovechó la prensa para fotografiar los magullones y hematomas, dando la impresión de que Roger Vitine había sido maquillado para un gran espectáculo teatral, la noticia de la supuesta  muerte del abogado Royer vitine, corrió como pólvora encendida.

Por su parte Roger Vitine, no podía controlar una carcajada interna, debido a que el escuchaba todo lo que estaba aconteciendo.

La farsa fue tan real, que nadie dudó del descenso del expirado, sobre todo debido a que tanto el capitán a cargo de la investigación como el forense, eran cómplices del espectáculo, y tenían definida la línea que debían acatar, no insistir en nada que no fuera entregar el supuesto cadáver al partido liberal, y sin mucho preámbulo, eso fue lo que hicieron y el partido como se había previsto, colocó el cuerpo en la funeraria "Dios te salve" que estaba en los alrededores de donde el forense había levantado el cuerpo, y la funeraria asumió todo lo que cualquier familia de alcurnia hubiese dispuesto, allí lo Asearon, lo vistieron, y después lo introdujeron en un ataúd supervisado por el secretario del partido, y que había sido preparado para tal objetivo con acondicionamiento de oxigeno a través de un sistema de batería cuya carga sobrepasaba los seis meses.

El cuerpo había sido velado por 24 horas, un día después le darían sepultura en el mausoleo familiar, lo que facilitaría sustraer el cuerpo con menos o sin ninguna dificultades, para ello el secretario del partido había dado la instrucción de que la tumba no fuera sellada, así, un grupo designado por la embajada y la alta dirigencia del partido, tendría la facilidad de sustraer el cuerpo para regresarlo a la hacienda donde se le practicarían los pasos finales vigilando la aplicación y esperando el día final del despertar.

Ya todo estaba definido, la embajada decidiría que harían al despertar, si lo dejaban en el paraíso o lo trasladaban a suiza juntos a sus familiares, entiéndase su esposa y sus dos hijos.

Al otro día, cumplida la veinticuatro hora de velatorio funeral, se realizó un multitudinario entierro donde se dieron cita los grandes potentados de Isla Dorada y donde el partido liberal pudo comprobar su fuerza en caso de que las elecciones se hubieran ido a celebrar dos semanas después.

De todos modos al llegar al cementerio todos los usuarios de la palabra se desahogaron a través de la expresión, y en un supuesto último adiós, y no faltaron quienes aprovecharan esa muestra democrática que exhibían los líderes del partido para reinventar su calidad ceremonial, así que logró infiltrarse un borracho activista del partido y a quien no pudieron negarle el uso de la palabra temiendo anarquizar el "sepelio "y quien no escatimó en desahogar su espíritu discursivo intensificando las lagrimas en uno y las risas en otro e interrumpiendo irrumpió inesperadamente:

----- Si no se hubiera muerto seria presidente, pero, por pendejo se murió… Porque yo sabía que si ese llegaba me iba a dar para comer y beber, Viva Roger Vitine--- Decía--- gritaba, se reía, balbuceaba, de modo que todo esto había desconcentrado un poco a los asistente---- ¿ Dónde está la viuda? ¿No me digan que porque se murió lo dejó? caracoles que dolor, el que crees en mujer y en político no crees en Dios. --- Dijo, mientras dos gorilas del equipo de seguridad del partido, se vieron precisado a cargarlo y Sacarlo para restablecer el orden, y salvo ese incidente nada extraño había acontecido esa tarde en los alrededores.

Concluido el sepelio todos se dispersaron e iban poco a poco retirándose a su lugar de origen, sin embargo la furgoneta negra que transportaba al emisario del gobierno y al embajador, aún seguía parqueada en las proximidades, la noticia de la tarde habían empezado a causar estrago, se estaba involucrando directamente al presidente Ezequiel Conrado, y al ministro de la presidencia Frankely Buendía, con la supuesta muerte de Royer Vitine.

Sectores de la oposición, habían empezados a movilizarse, parecía como si el plan de los conspiradores, empezara a salir tal y como lo habían planeado.

Esa noche bajo el mutismo de las nieblas, se retiró del mausoleo el cuerpo del abogado Royer Vitine, primero se apartó la tapa del séptico, se haló el ataúd, se desprendió la tapa, se levantó y se sacó el cuerpo que enseguida fue colocado en una sábana que portaba el chofer del embajador, mientras el emisario del gobierno se encargaba de colocar todo tal y como estaba, buscando la forma de no dejar rastro que indujera a sospechar, el embajador y el secretario del partido vigilaban por si surgiera algún imprevisto.

El chofer del embajador envolvió cuidadosamente en la frazada el cuerpo del Abogado Roger Vitine y el emisario del gobierno seguía en su operación de limpieza, volvió a colocar la tapa en el ataúd, lo levantó hacia el séptico, lo empujó de manera que quedara en su posición normal, se apoderó de una mezcla prefabricada que estaba lista para su Utilidad, sellando la abertura y se aprestó a socorrer al chofer del embajador, y fue fácil elevarlo sobre sus hombros izquierdos, ya que el abogado Vitine era Delgado Y pequeño.

Empujaron la puerta enrejada del mausoleo, hicieron una señal en dirección donde estaba el secretario y el embajador para percatarlo que habían concluido, se desplazaron sigilosamente camino a la puerta de salida y en dirección a la furgoneta, todo había resultado más fácil de lo que se esperaba, pero antes de llegar a su destino se encontraron amenazado, el vigilante del cementerio le heló la sangre:

---- Deténganse o son hombres muertos les dijo, mientras los encañonaba con una escopeta, sin embargo no pudo mascullar nuevas palabras, el secretario del partido que se había colocado en su retaguardia, lo golpeó fuertemente con la cacha de su pistola 45 y éste se derrumbó perdiendo el conocimiento, lo que aprovecharon el chofer y el emisario del gobierno para llegar a la furgoneta negra, acomodando el cuerpo del abogado Roger Vitine en la parte de atrás del vehículo, se dirigieron nuevamente a las afueras de la ciudad, rumbo a la hacienda, una vez allí después que acomodaron el cuerpo del abogado Roger Vitine, el embajador se apoderó de uno de los maletines de su posesión, de donde sustrajo un fajo de billetes en dólares que gentilmente entregó  al secretario del partido al tiempo de expresarle:

----- Tenga este dinero, investigue donde vive el hombre del cementerio, este… vigilante que posiblemente resultó lesionado hoy, verifique si esta herido, pague todos los gastos, dígale que por haberse jugado la vida, a nombre del partido y en honor a Roger Vitine, le ayudara a sacar visa para el paraíso para él y su familia.---- Dijo extendiéndole el fajo de billetes que mantenía en sus manos.

El secretario del partido se apoderó del puñado de dólares que miró a través de los rayos fluorescentes que se desprendían de las luces que nacían desde el techo de la habitación diciendo:

----- Yo admiro sus cálculos e inteligencia señor Johnson, por algo ha sido usted el mejor embajador del reino aquí en Isla Dorada, es que usted no sólo es legalista, además usted también es, un auténtico político, es un político con diplomacia.--- Expresó  el secretario con ínfula de orgullo buscando la forma de hacerlo sentir alagado.

---- trato de hacer lo que consideró que más conviene a la causa, eso, además es una forma de neutralizarlo por si, alcanzó a reconocernos, es necesario evitar cualquier tipo de escándalo. Argumentó el embajador.

---- Mi carro quedó en los alrededores del cementerio, voy a buscarlo, y así me enteraré qué sucedió con él.---- Expresó el secretario del partido.

----- Me parece una muy buena idea, muy bien, volveremos a salir, lo dejaremos en el lugar de los hechos, y por ahí mismo seguiremos para la embajada, todavía faltan veinte y ocho días para ver el despertar de Royer Vitine ----- Expresó  el embajador, mientras reflexionaba como pensando en algo más:

---- Está bien, lo principal está hecho, ahora sólo nos queda esperar.--- Argumentó.

El chofer que había ayudado al emisario del gobierno a acomodar el cuerpo de Royer Vitine, aguardaba frente al volante de la furgoneta, al emisario del gobierno al embajador y al secretario del partido quienes volvieron al vehículo  después de cerrar    cuidadosamente, para hacer el recorrido de regreso a la ciudad.

Así como lo estipularon lo definieron y el secretario del partido había sido dejado en los alrededores del cementerio, precisamente frente a su vehículo, eran las cuatro de la mañana, lo que no impidió que el secretario satisficiera la curiosidad de saber qué había sucedido con el vigilante, lo que lo indujo a entrar al cementerio con todo y vehículo, tocó  bocina del lado de donde había quedado tirado el celador, quién aún habiendo vuelto en sí, se sentía atolondrado con un enorme dolor de cabeza y un hematoma sin cortadura entre la nuca y el lado izquierdo de la cabeza.

Este se encontraba junto a la entrada sentado sobre una banqueta de granito, cuando se encaminó hacia la puerta con la escopeta sobada para ser disparada gritó:

---- Identifíquese.--- Advirtió.

El secretario que también era un reconocido hombre público del partido de oposición, dejándose ver, se desmontó de la yipeta que había dejado aún con el motor y la luz encendida.

-------- ¡Oh! ¿Es usted señor, has madrugado?, ¿en qué puedo servirle?

 --- Respondió el celador que ahora por las indumentarias que vestía, más bien parecía un ser de ultratumba, un pañuelo blanco le cubría la parte afectada dándole el aspecto de un zombi -recién salido de una sepultura------------------------------------------------------------

--- Estaba dormido y recibí una llamada anónima diciéndome que algo había sucedido aquí y como recién acabamos de enterrar a Royer Vitine, quise venir antes que apareciera la prensa a verificar la veracidad de los hechos.---- Respondió hábilmente el secretario.

---- Señor, yo no puedo decirle qué  pasó , nada más de lo que usted está mirando, lo único que sé es que a eso de la una  de la mañana vi a dos hombres que se movían cuidadosamente, como cuidándose de que nadie los descubrieras, yo quise detenerlos pero parecían dos aparecidos que llevaban un cuerpo envuelto en una manta, e iban cubiertos por la sombra y protegidos por el demonio, porque cuando le llame a un alto sentí un golpe en la nuca que me puso a dormir, señor, casi me matan.--- Alegó  el celador

--- ¿Pudo reconocer ha algunos de ellos?--- Cuestionó el secretario.

---- No señor, le dije que estaba oscuro, y después del golpe, no supe qué pasó.--- Aclaró el Celador con la intención de dejar complacido al secretario.

---- ¿Es grave tu herida?--- Insistió en cuestionar el secretario.----------------------------------

---- No lo sé, lo único que sé es que tengo un enorme dolor de cabeza señor.--- Dijo el celador.

--- ¿Tienes familia?… mujer, hijos.---- Siguió indagando el secretario.

---- Si señor, tengo mi mujer, con tres hijos, dos hembras y un barón.---- Respondió el----- vigilante

---- Bien--- Respondió el secretario, mientras exhalaba un aire de satisfacción.

Se introdujo la mano derecha en el bolcillo interior de la chaqueta y sacando una tarjeta de presentación del partido liberal dijo:

--- Esta es mi tarjeta de presentación, después que descanse vete a mi oficina del partido a las 11 de la mañana, te estaré esperando, vamos a ver cómo podemos ayudarte… esa herida, te la revisaran los médicos del partido para ver que tan grave es, si tu familia te preguntas no entre en detalles, diles que tuviste un accidente para que no los alarme,

¿Qué edades tienen hijas?--- Volvió a cuestionar el secretario. ------------

---- Una tiene 18 y la otra 19, señor. --- - Respondió el celador aun sin entender nada.

¿Cual es tu nombre?--- Siguió preguntando el secretario.

--- Pascual Mendoza, señor para servirle.

---- Muy bien Pascual, te espero más tarde, llevas a tus hijas.--- Dijo el secretario mientras le entregaba dos billetes de a cien pesos moneda nacional, equivalente a cinco dólares, entonces le agregó:

---- Esto te alcanza para cubrir el pasaje, mas tarde acabaremos de hablar.---- Le dijo volviendo a la yipeta blanca que aún se mantenía con el motor encendido, y con las luces alumbrando las tumbas del cementerio, la abordó , paso la reversa, y después de retroceder, viró  hacia el norte y se perdió en la distancia.

El celador Pascual Mendoza estaba aun más confundido, contempló los dos billetes de a cien que tenía en las manos y dijo como si quisiera ser escuchado por los difuntos:

---- Si no fuera yo un creyente en Dios, creería que esta suerte me la están dando los muertos con la intención de ayudarme, demasiada emoción en una noche, primero un golpe y luego un premio, bueno, no entiendo nada, ni quiero entender.-- Dijo.

# CAPITULO 25

Ese día Pascual se retiró a su casa más temprano que de costumbre, él salía a las seis de la mañana y el relevo se aparecía a las ocho, por lo que pensó que dada las circunstancias, nada se perdería si ese día él se ausentaba unas horas antes, porque por más necesidad que tuvieran los ladrones, robarían cualquier cosa menos muertos, fue así como decidió retirarse a las cuatro y media de la mañana, y cuando llegó a la casa lo primero que hizo fue alertar a sus hijas Sila y Chila de que tendrían que acompañarlo a la reunión con el secretario del partido liberal y en el mismo momento en que habían sido informada se tiraron a escoger el vestido que vestirían para esa ocasión.

Les fue fácil ponerse de acuerdo porque como si hubieran sido gemelas usaban el mismo número de vestido, y calzaban el mismo zapato, y como la ropa no era tanta por fuerza tenían que ponerse de acuerdo para alternársela, así que acordaron que Chila iría de Azul y Silla de rojo, después de hacer los preparativos e interrogar a don Pascual, se acostaron de nuevo y durmieron hasta las 9:30 para ducharse y peinarse para estar con su padre a la hora indicada en el local del partido liberal, que les quedaba a media hora de camino y a 15 minutos en autobús.

Asistieron puntualmente, cuando llegaron faltaban 10 minutos para las once, ya el --------secretario los estaba esperando, cuando los hicieron pasar al interior del despacho del secretario, éste, como un líder entrenado para bregar con masas, salió a su encuentro:

---- Veo que usted, es muy puntual don Pascual.--- Dijo

---- Tratamos señor, tratamos.---respondió don Pascual el Celador, con profunda humildad, y agregó refiriéndose a Sila y Chila:

---- Estas son mis hijas Sila y Chila.----

El secretario le extendió la mano:

--- Mucho gusto señoritas, siéntense por favor.---- Dijo mientras le indicaba un mueble de cuero de color negro intenso.

Antes de que ellos le preguntaran cuál era el motivo de la invitación, él se le adelantó, como si acaso hubiese estado leyendo el pensamiento de sus invitados:

---- He convocado a su padre aquí, y le he dicho que se hiciera acompañar de ustedes, debido a que como no es un secreto para el país, ayer fue el entierro del abogado Royer Vitine, y porque su padre se accidentó quizás debido a la misma presión del día, el partido ha querido hacerle un chequeo médico y ver cómo podemos ayudarlo.---Dijo el secretario.

---- Gracias, le hemos preguntado de muchas maneras, ¿que fue lo que le sucedió? Y él sólo se limita a decirnos que fue un accidente.

---- No se preocupen, se va a resolver.---- Dijo.

Usó el teléfono transmisor, e hizo pasar a una enfermera asignada a la unidad médica del partido, y envió con ella a don Pascual, quien en menos de veinte minutos había sido revisado y curado, mientras tanto el secretario se la pasó hablando con las hijas del celador.

--- Yo he oído decir que usted será el próximo candidato del partido liberal, y seguramente el futuro presidente, ¿qué hay de cierto en eso?--- preguntó Chila con cierta ingenuidad.

---- ¿Se está comentando eso en las calles?--- Cuestionó el secretario con la ingenuidad de Chila para igualarse a ella.

---- Esos son los rumores que se comentan en los distintos sectores de la capital.--- Se adelantó Sila a contestar.

 --- Todavía no sabemos, nuestro posible candidato iba a ser el fenecido doctor Royer vitine, ahora no sabemos cuál será el candidato que enfrentará con éxito a la pesadilla del

Socialismo en Isla Dorada, pero en cualquier circunstancia, aspiramos a recuperar el escenario político--- Dijo, pero fue interrumpido por su asistente, que en ese momento había entrado al despacho para enterarlo de lo que estaba sucediendo en el escenario político de Isla Dorada:

--- Permiso señor, perdone que lo interrumpa, mire esto.--- Dijo, al tiempo que prendía el televisor que estaba al centro de un estante de caoba, con una video casetera encima, y apareció la imagen del video que había grabado Royer Vitine, acusando al presidente Ezequiel.

Era el noticiero del medio día, seguida de las acusaciones de Vitine, aparecieron otras imágenes de activistas del partido liberal promoviendo movilizaciones y convocando a paros generales en los distintos puntos del territorio nacional de Isla Dorada. Habían empezado a quemar vehículos oficiales, y neumáticos, sin embargo a pesar del intento de anarquía, las autoridades gubernamentales aún no habían decidido reprimir a los manifestantes, las fuerzas policiales se mantenían en los alrededores pero por orden del presidente no se atrevieron a intervenir, el noticiero anunciaba que el presidente de Isla Dorada se dirigiría a la nación a tempranas horas de la noche por las cadenas oficiales de radio y televisión y por todos los medios adscrito.

Sonó el timbre del teléfono, era la recepcionista del ante despacho.

--- Señorita, aquí hay tres reporteros interesados en hacerle una entrevista al señor secretario.--- Informó.

---- Espera un momento.--- Exigió la asistente del secretario a la recepcionista----- Señor, en el antes despacho lo esperan tres reporteros que quieren hablar con usted como vocero del partido.--- Dijo.

el secretario intercambió una mirada con Sila y Chila, y ordenó:

---- Diles que el presidente está de viaje, que yo estoy sosteniendo una reunión y que hasta dentro de media hora no estoy disponible.

la asistente que aún mantenía a la recepcionista en la línea, le transmitió el mensaje del secretario y colgó.

---- Yo me encargo señor hasta que usted concluya. ---- Dijo la asistente, saliendo del despacho del secretario, y al hacerlo casi choca de frente con don Pascual y la enfermera, que estaban de regreso, ellos entraban cuando ella salía.

---- Señor secretario, misión cumplida, el señor Pascual Mendoza se encuentra en las mejores condiciones, le hicimos el físico completo y salió bien, dentro de unos días desaparecerán los hematomas, estos medicamentos son para que se lo den como indica el mandato.--- Dijo extendiéndole una bolsa con medicamentos a Sila.

----- ¿Se siente bien don Pascual?---- Preguntó el secretario.

---- Si señor.----- Respondió don Pascual

---- Bueno, ahí se lo dejo.---- Dijo la enfermera abandonando la escena.

--- Esta bien... Pascual me alegro por usted, el partido va a ayudarlo, aquí hay dos mil dólares para que saquen el pasaporte de ustedes, de su mamá y su hermano. Cuando lo tengan me lo traen, queremos que nuestros amigos estén bien y don Pascual por su alto esfuerzo cooperativo merece ser ayudado, pero hemos pensado que su felicidad sería mayor si él pudiera disfrutar junto a su familia.---- Dijo extendiéndole el fajo de billetes a Sila, cuyo equivalente en pesos serian 65.000.00 en moneda de Isla Dorada.

---- Muchas gracias.---- Respondieron casi al mismo tiempo Chila y Sila.

---- Gracias a ustedes, cuando tengan los pasaportes llámenme lo más pronto posible para que vengan a traérmelos, vayan bien, y ahora déjenme ver que quieren estos reporteros.---- Dijo el secretario tomándole las manos a sus invitados como una afable muestra de despedida.

Sila introdujo cuidadosamente el dinero que había recibido en la cartera que portaba, asegurándolo, y salieron.

----- Gracias mi señor.----- Dijo contento don Pascual, volviendo la cabeza cuando cruzaba la puerta de salida del despacho del secretario.

El secretario no emitió palabra alguna, sin embargo asintió con un movimiento de cabeza.

Cuando ellos acabaron de salir, los reporteros que se mantenían al acecho desde que el secretario asomó el cuerpo hacia la puerta, dispararon los flash de sus cámaras haciéndole inesperadas fotografías, al tiempo que los de la televisión echaban a correr sus cámaras haciéndoles fílmicas mientras lo cuestionaban, eran cuatro los medios que lo esperaban, dos escritos y dos televisados:

---- Señor secretario estamos transmitiendo para tele cadena nacional: cuál es la posición del partido antes la denuncia del extinto Royer Vitine?----- Indagó con intensión el reportero Televisivo.

----- No puedo adelantarme a los acontecimientos, hasta que no se investigue esa denuncia. Respondió sagazmente el secretario.

---- Señor secretario, para noticias del 33, se dice que el seguro sustituto de Royer Vitine y que contribuiría a evitar el avance socialista en Isla Dorada, seria usted, ¿qué veracidad le atribuye a esos rumores? ---- Cuestionó el segundo de los reporteros.

----- Puedo asegurarle que de ser yo el escogido entre tantos ilustres del partido liberal, esos rumores podrían convertirse en verdad.----- Dijo el secretario haciendo uso de su autoridad.

------ Señor secretario, Rhina Aramburu de visión Panorámica, ¿si resultare usted escogido como candidato de su partido y llegase a ser presidente?, cuál seria la primera medida que usted tomaría?--- Preguntó la reportera.

----- Sacaría al país del estancamiento económico en que se encuentra y daría facilidades a la inversión extranjera, para reabrir plazas que fortalezcan la fuerza laboral de la nación. ---- Respondió serenamente el secretario.

El reportero del 33 insistiendo en su cuestionamiento preguntó:

----- ¿cuál sería su actitud frente a la nacionalización bancaria que encamina el socialismo?

----- Muy simple, las propiedades bancarias que se hayan nacionalizados se mantendrían igual, con una pequeña modificación, serían privatizadas, así facilitaríamos la inversión nacional.----- Respondió el secretario con fluidez, haciéndose agradecer de esa forma, la respuesta que parecía que los reporteros Esperaban escuchar.

Habían quedado tan satisfechos que apagaron las cámaras, dieron las gracias y procedieron a retirarse, en ese momento el secretario había recibido una llamada telefónica del embajador, que con alta afabilidad procedió a responder.

# CAPITULO 26

En la hacienda la doctora Colín, la señorita Makwinsy y el profesor Makrowki, seguían vigilando muy atentamente, el cuerpo del abogado Royer Vitine. Le habían colocado un suero, le chequeaban el corazón, le hacían estudios que respondían a la inquietud de que todo había salido bien, de todos modos debían esperar el tiempo programado para obtener una respuesta final, seria cuando el flujo nervioso lo induciría a incorporarse y cuando ellos procederían a la comprobación final.

--¿Cómo le parece que está respondiendo profesor?...--- Cuestionó la doctora Colín.

---- Me parece que todo está saliendo bien, sólo nos queda esperar... Señorita Makwinsy, por favor cambie ese suero y póngale el otro.---- Dijo el profesor.

La señorita Makwinsy ejecutó la orden del profesor Makrowki, tal y como se la había indicado, mientras la doctora Colín prendía la televisión.

Vieron con interés el noticiero, el abogado Vitine aunque no podía moverse también escuchaba las informaciones en su estado cataléptico, aunque él era conocedor a fondo de lo que se decía, ya que se seguía difundiendo el video que le habían grabado a él.

Algo sorprendente y que no habían considerado estaba sucediendo, el abogado Royer Vitine había orinado la mortaja lo que le anunciaba al profesor Makrowki que sin dudas algunas su formula también acababa de alcanzar el éxito en los seres humanos.

----- Triunfamos, doctora Colín, el hombre acaba de orinarse, eso indica que no está muerto.----Dijo el profesor Makrowki cargado de entusiasmo.

Hicieron una cadena humana entre los tres y bailaron de alegría dando vuelta en círculo, mientras cantaban un estribillo:

"Estamos alcanzando la ciencia, estamos alcanzando la ciencia, la desarrollamos, la desarrollamos, la desarrollamos, para bien, para bien"

Luego de cantar ese estribillo  se abrazaron, como siempre la señorita Makwinsy entró  a la habitación interior  y al instante regresó  con tres copas de un vino escocés  y brindaron a la salud del éxito, pero cuando parecía que todo volvería a la normalidad, porque inclusive habían entrado a una pausa de reflexión, algo aún más inesperado sucedió, al abogado Roger Vitine en su estado cataléptico y sin que pudiera evitarlo, se le escapó un pedo sonado y de olor tan  desagradable que los sacó  de de su reflexión.

----- ¿Qué fue eso profesor?...—Cuestionó la doctora Colín algo aún más sorprendida.

El profesor guardó silencio, pero frunció el ceño como si tratara de encontrar una respuesta en sí mismo.

----- Eso fue un pedo doctora Colín, y muy desagradable y el olor viene de ahí.----- Dijo marcando con el índice la cama donde se mantenía postrado como una gelatina derramada, el abogado Royer Vitine.

----- Hay que cambiarle el pamper antes que se defeque.----- Exclamó el profesor Makrowki con determinación.

Por su parte el abogado Roger vitine en su inamisible reflexión, pensaba aún sin poder mover un músculo:

---- Esto no estaba en el libreto, ¡que vergüenza!… pero cinco millones son cinco millones, qué importa la vergüenza, después me hago de cuenta que nunca supe lo que estaba pasando, cuando me interroguen y hagan alusión a esta tragedia.---- Concluyó.

La señorita Makwinsy volvió a la habitación interior dejó  las tres copas vacías y lo que quedaba de la botella de vino, luego regresó  con una bolsa de pamper en su mano, limitándose a desnudar al abogado, le bajó el pantalón con todo y pantaloncillo y procedió a cambiar el pamper que aunque no estaba sucio, por el hedor creyeron que lo estaría, por un momento se concentró  en el sexo de Vitine que para ser de pequeña estatura, poseía un miembro más grande que sus pies, la doctora Colín que la chequeaba creyendo adivinar el pensamiento de ésta sacándola de su inercia comentó  con una cierta insinuación  de manera que sólo ella lo escuchara:

---- Lastima que sea casado, porque además de protuberante es millonario.--- Dijo jocosamente.

La señorita Makwinsy al sentirse descubierta fingió con indiferencia y acabó de desnudar al abogado Vitine, colocándole el pamper y ajustándole una pijama que había sacado de una gaveta

---- ¡Las mujeres!---- Volvió a pensar el abogado.

El verano se exhibía acrisolado, el sol de mayo empezaba a repuntar. Había pasado un mes desde que el profesor Makrowki había sido llevado de Véngala por el emisario gubernamental.

El mar seguía en sus afanes esperando una señal de Dios, así que el domingo en la mañana tal y como se lo había sugerido Isabel Volqué en su última carta se arrodilló, le pidió perdón al Dios de su ser por cualquier desacato que en su ignorancia hubiera contraído.

Ese día había salido temprano juntos a otros prisioneros para tomar el sol que bañaba tiernamente la explanada de gramas clorofilada, sentía que una gran paz invadía la profundidad de su alma, de su corazón brotaba una gran esperanza, algo le decía que todo estaría bien y mucho mejor.

Los árboles frondosos dejaban escapar los tiernos rayos cristalinos a través de sus ramas agrietadas.

Caminó, trotó, se ejercitó y compartió con algunos de los prisioneros que solían encargarle versos y dedicatorias para sus familiares.

Una hora después, al regresar al dormitorio, se le acercó  un grupo de prisioneros reincidentes, que no entendían por qué  Elmar que había tenido la oportunidad de estar fuera de la prisión, no había hecho algo que le permitiera salir, debido a que ellos pensaba que él pudo aceptar el "please Guilty" a cambio de su libertad.

Sin embargo El mar aunque había quedado consternado con el llanto de Barbarita, él no hacía caso a esas presiones porque él entendía que cuando alguien tenía el agua al cuello, en un momento de desesperación, lo primero que hacía era atraer hacia él al primero que le extendiera la mano tratando de auxiliarlo, con el objetivo de hundirlo en su propia cloaca.

El mar conocía la idiosincrasia de aquellos prisioneros que solían sentir celos de aquellos que llegaban sin culpabilidad a la cárcel, porque a ellos no le gustaba que en la jauría andarán lobos ni zorros, porque para ellos la jauría era para los perros, las manadas para los lobos, ellos desconfiaban de los que sostenían su inocencia aún estando preso, porque creían que eran infiltrado que trataban de obtener información de ellos para agravarle su condición.

En cualquier circunstancias El mar hacia un esfuerzo sobre humano para tolerar y sobrevivir, porque su sensibilidad era de otra naturaleza, el trataba de no discriminar porque no quería causarle más dolor a los que no tenían la fuerza de aguante para hacer su tiempo sin sufrir, sin dolor, sin penas, sin lagrimas, el había descubierto que en el cautiverio se extraña más a la familia que en otra circunstancia.

Ese día mientras caminaba en la explanada se le acercó alguien a quienes los prisioneros consideraban de amanerada preferencia sexual, y de un grupo que observaban sus pasos y conversación, surgió un murmullo que más bien sonaba a murmuraciones, y se oyó que uno con voz de periquillo sarmiento le voceó:

---- "Oye, El mar, suéltalo y no lo deje caer"

El mar no entendía que era lo que Lázaro Osorio trataba de decirle.

---- Háblame claro que no te entiendo.---- Afirmó El mar.

---- Lo que quiero decirte es que no es bueno que te junte con él, es un" marica"---- Afirmó Lázaro con acento de seguridad, encima de la victima que al hablar en otra lengua no entendía lo que lázaro decía en su lengua natal.

---- Te agradezco que me hayas informado para tomar mis precauciones.----
Expresó El mar.

----- Bien, El mar, llegó la hora de irnos, nos llaman.--- Dijo Lázaro
cuando cada uno se alistaba para abandonar la explanada en dirección a
sus respectivos destinos.

El mar y Lázaro salieron juntos para separarse al interior del edificio,
Lázaro seguía viviendo en J-2, El mar en J-1, y la victima en J---3.

El vicio se hacía costumbre y asiduamente algunos de los prisioneros
solían arriesgarse para inhalar unos que otros túbanos de marihuana que
aunque para ese entonces era menos perseguida que las de más drogas,
no dejaba de surtir sus efectos, El mar entendía que esos contrabando
que ingresaban a los dormitorios no podían andar llegando sólo sin
permisibilidad de las autoridades, habiendo de por medio una arraigada
y estricta vigilancia.

Los consumidores para el efecto solían turnarse para inhalarla mientras
el custodia se distraía, de forma que cuando uno fumaba el otro vigilaba
y así sucesivamente, hasta que todos los adeptos del vicio lograban saciar
la impertinencia de su necesidad, allí "nadie estaba libre de culpa para
lanzar la primera piedra" debido que hasta El mar que no participaba de
nada, a fuerza tenía que hacerse cómplice indirecto guardando silencio,
porque aunque él siendo diferente y  habiéndose  ganado el respeto de
ellos, no se atrevía a denunciarlo porque la ley de la cárcel era que lo que
otro hiciera frente a tú presencia, si no te involucrabas, no era tú negocio
y El mar lo entendía así pero al mismo tiempo clamaba a Dios para que
lo ayudara a: aceptar lo que él no podía cambiar", debido a que las drogas
llegaban a la prisión porque los que las controlaban las dejaban pasar,
sobre todo los custodias y oficiales que estaban al tanto de todo lo que se
movía en aquella dirección de soberbia, de pruebas, de dolor y oscuridad,
de confusión y de ignorancia macra.

El recordó la anécdota de la golondrina que mientras volaba sobre el mar,
vio a un hermoso pez que nadaba sobre la superficie de las aguas, y el pez
también pensó que nadie nadaba sobre el aire con tanta gracia como ella,
se enamoraron y se trataron por un tiempo, hasta que ambos se dieron

cuenta que ninguno pertenecía al mundo del otro.

Esa era la anécdota de El mar, el no pertenecía a ese mundo, donde lo habían forzado a llegar recurriendo a la acción de una falsedad, que hicieron parecer como un hecho real.

El mar pensaba que los criminales investido de poder le habían hecho una gran maldad, fabricándole un caso enviándolo a prisión, con una forma de satisfacer la crudezas de sus egos confundidos, porque para él los malvados eran cobardes que temblaban antes el primer destello de sus sombras, pero su espíritu se reconfortaba al creer que poseía la destreza suficiente para desahogarse frente al opresor, sin darle pista alguna que lo indujeran a personalizar la riña, porque entendía además que los manipuladores con Poder y argucia, solían hacer aparecer a los culpables inocentes y a los inocentes, culpables, según conviniera a los intereses de turnos o a los gendarmes de la alcaldía.

Entonces se infundía valor repitiendo una expresión:

"No es valiente quien no tiene miedo, si no quien sabe conquistarlo" y entonces creyendo que la imaginación era el secreto de los genios, confirmó que la carrera de la vida estaba plagada de obstáculo, y que lo que realmente importaba era no claudicar en el camino, y en ese momento él estaba dispuesto a fortalecer su fe hasta lograr su meta más allá del estandarte de la gloria.

---- Fianza te y vete de aquí--- Le dijo uno--- Esto no es para ti, yo estoy preso por algo pero tú no has hecho nada.----- Afirmó el Topo, de quien menos esperaba esa expresión.

----- Gracias Topo, la sed es un dolor profundo en la garganta, en el esternón y debajo de las clavículas, es como una desesperación asfixiante, a veces hay que esperar la oportunidad para saciarla, gracias Topo por tu sugerencia, no siempre los seres humanos podemos hacer lo que queremos en el momento que entendemos, sin embargo acaba de darme una idea, indagaré para ver si usando los recursos del sistema me puedo fianzar yo mismo.--- Dijo El mar.

------ claro que tú puedes.----- Le indicó el Topo.

D e inmediato El mar recurrió a indagar con el custodia para ver si lograba el diez por ciento de la fianza, sin embargo le informaron que siendo su fianza cinco mil dólares, para fiarse él mismo, tendría que pagar el monto completo, o recurrir a un fiador para que pudieran aprobarle el monto completo.

Tocó la puerta de algunos conocidos para que le localizaran el "bailbond" pero sin ningún éxito hasta ese momento.

Las cosas habían empezado a ponerse tensa, los celos y la envidia se agudizaban, y no faltó  quien lo desafiara invitándolo a pelear, ahora El mar tendría que definir una acción psicológica para sobrevivir, si él se dejaba provocar podía alargársele su tiempo, la mayoría de esos prisioneros eran delincuentes comunes que purgarían largas condenas, y anhelaban arrastrar en su caída al primero que pudieran de esos, que habían llegado a la prisión con menos tiempo que ellos, y precisamente El mar había sido escogido como posible candidato para sus hostigamientos, ya le habían advertido que tendría que mudarse, y él detestaba las amenazas.

Así fue como él se adelantó a aplicar las  medidas de psi coacción, se acercó al custodia y le dejó saber que alguien lo había amenazado diciéndole que " si no se mudaba lo iba a matar" el  custodia le preguntó  quién le había dicho eso y El mar indicó  tímidamente al prisionero asignado para ayudar a la distribución de la comida, que se había dedicado a atacarlo y perseguirlo maliciosamente, siendo uno de los que más insistían en que El mar se hiciera culpable, como si hubiese sido enviado por alguien con la exclusiva misión de hostigarlo.

Al enterarse el custodia de donde provenía la amenaza, simplemente sonrió y dijo en tono de broma:

------ No te preocupes, yo te cuido.

Entonces El mar recordó las palabras que Barbarita le expresara en su más reciente visita:

---- Ahora pienso que yo podrías casarme contigo.----- Le dijo él.

----- Yo, yo no me caso contigo.---- Replicó ella.

----- Fantástico, si no te casas conmigo me caso con otra. Afirmó.

--- Yo no me casarías contigo si tú no olvidas todos estos problemas, hemos pasados tantas cosa juntos, que ¿con quién más que no seas tú podrías casarme?---- Agregó con determinación.

El mar le apretó la mano, y la besó en los labios, Entonces él le contó , lo que estaba pasando, las provocaciones que había recibido del oficial de la clínica, también le contó  sobre las veces que lo habían llevado a la corte sin dejarlo ver al juez, también le dijo que algunos prisioneros de los que se habían enterado de la oferta de tiempo servido que le había hecho la fiscal, se había dedicado a presionarlo para que la aceptara; pero que él no sentía prudente declarse culpable siendo inocente.

Entonces el recordó las palabras que ella pronunció con voz desapacible, como el más destemplado sonido que se escuchara alguna vez,  que si las cosas se estaban dando de esa manera, que tuviera cuidado, precisamente cuando los que se habían ensañado con él, comenzaban a levantarse en su contra, y ante tales circunstancias, sobrecogierónle las mismas extrañas sensaciones de antes, esta vez, a modo de congojas placenteras, estaba mudo y petrificado con una actitud, donde se confundía el fervor y el espanto.

De pronto Él visualizó claramente la esfinge de Barbarita, se acercó con grave paso, le sobresalían rayos de satisfacciones, como los que echaba el sol de luz, y dijo sin apartar los ojos de ella:

---- El rose de tus manos me provoca algo extraño, y quisiera tenerte más allá de tus años, pero nunca se sabe que va a pasar mañana, cuando en el paraíso el sueño paradisiaco desespera, y la ambición amenaza la estabilidad familiar, y se ignora cuánto perdurará la magia del romance.---- Dijo él algo lacónico sin apartar los ojos de ella, y se sintió visiblemente contrariado.

En cambio Barbarita, más que lacónica, mostrabase muda, escuchaba en silencio, había resistido con mucho esfuerzo el deseo de llorar, hizo esforzado pucheros por contener los impulsos del llanto, pero después de intentar contenerse rompió en lagrimas.

El mar se percató de los condicionantes sociales, donde el realismo como alguna vez lo vio Balzac, pretendía ser una reproducción exacta de la sociedad, el había empezado a descubrir que Barbarita se notaba cambiada y que aquellas palabras agregadas eran como un pretexto justificantes de una resolución futura.

Detrás de su cerebro carcomido por el tormento de los tiempos, se ocultaban manos colaterales que moviendo los hilos, habían empezado a manejarla como a una marioneta Y ella confundida, corroída por el remordimiento de conciencia, sentía que su corazón pretendía escaparse de su pechito erguido.

Por momento, una luz de tristeza se desprendía de sus ojos, una chispa de soberbia solía enceguecerla, El mar llegó a la conclusión de que ese día era como la antesala de una reflexionada despedida porque tras de su cerebrito de habilidad y brillantez, se escondía una preocupación que la mostraba carcomida, por las dificultades de la vida.

Los tiempos vivido en ese entonces, eran de desafío e intolerancia, pocos eran capaces de darse en sacrificio por los otros, era como una lucha entre el más fuerte y el más débil, el sistema estaba diseñado para que cada cual pensara en él sin importarle los demás.

Todos buscaban las dadivas mal sana, tras vivencias de insegura trayectorias, sin embargo El mar era de los pocos que creías que el despertar llegaría tras las acciones reivindican tés de la sociedad, y que ni los ricos ni los políticos, ni los mafiosos, ni los opresores, ni los intolerantes ni los manipuladores, podrían impedir los hechos de la justicia social.

El entendía que nada permanecía estático y que pasaría lo que tuviera que pasar; Por encima de la voluntad de aquellos que habían estado usando el poder para abusar y violentar y manipular los derechos de los grupos mino mayoritarios.

El mar insistía en recordar esos momentos alegre cuando le había tocado desplazarse bajo los aires alegre de la ciudad, el veía la silueta juvenil de Barbarita, su cuerpecito sólido y airoso con admirables proporciones y sin incorrección natural, que obnubilara sus detalles.

Dones tan prodigiosos que inducían al deseo a aquellos contemplan tés, que la calificaban divina como a un ángel, y hermosa como dama de portentosa luz interior.

Se acordó de un día invernal donde habíase generado una tregua, donde el sol se exhibió con esplendor, calentaba sin quemar, y el aire, sentíase fresco, suave, y agradable al rose con la piel, ella, estaba como el día, sus ojos brillaban de contento, su cara graciosa, sus parpados temblorosos por la alegría, mostrabase espontánea, fantástica y sensible:

--- Hoy es un día en que quiero besarte y abrazarte.---- Expresó.

Diciendo esto se acercó hacia él y agregó, deteniéndose y sujetando a su compañero por el brazo: ---- Me siento tan bien contigo, que no me imagino cómo sería mi vida sin ti. —Dijo.

El mar sonrió lleno de orgullo antes de responder:

---- Eso es mutuo, estoy convencido que contigo, me siento protegido.--- Expresó El mar con intensión.

Barbarita no se cansaba de mirarlo, entonces al escuchar, lo que él había dicho se estiro, alcanzó sus labios y lo besó.

Descendían por una vereda escalonada, caminaban con los ojos fijos hacia el suelo:

---- Trata de pisar firme porque está algo resbaloso.---- Dijo ella con aplomo.

---- No te preocupes princesa, esta mole no se derrumbará Le especificó El mar.

Su mano abierta se deslizó por el pelo de ella, que se sentía flotando, como colgando de su brazo, sus pies agiles y pequeños se deslizaban a prisa, unas manchitas parduscas se mostraban en su rostro, se había desprendido de los calzados e iba descalza, con ellos en una mano.

Su voz resonaba con simpático acento de armonía, poseía un discernimiento formal y reflexivo, quería caminar para agotar el tiempo en compañía de El mar contemplando el paisaje y ejercitando el cuerpo.

Maravillosas luces florecientes se expandían por la bóveda del cielo.

--- Yo como que te encanto.--- murmuró él con malicia, para oírla tronar.

---- Será que nos encantamos, porque tampoco yo te soy indiferente.----- Replicó ella con cierto orgullo.

 Tenía el rostro resplandeciente, después de una pausa repuso mirándolo fijamente a los ojos---- ¿No me vas a decir nada?

El mar pletórico de entusiasmo le admitió:

------ para qué, decir que no, si es sí.

Barbarita sonrió, se estiró nuevamente y volvió a besarlo.

Repitió con tanto énfasis que parecía como si lo alagara.

---- Si, Si, si siiiiiiiiiiiiiiii.----- Pronunció, insistiendo con energía. Se detuvo y modulando el tono de la voz----- Sí me decías lo contrario, me hubiera sentido como que me moría.

---- Dijo patéticamente.

Barbarita se sentía muy bien correspondida, y El mar estaba tan imbuido en sus hazañas que no se percató cuando Orlando llegó y lo saludó.

Orlando era su paisano, acababa de llegar de la corte y le había prometido que si él lograba salir, buscaría la manera de ayudarlo con la fianza para que abandonara aquel cementerio de hombres vivos, sin embargo se vio invalidado a cumplir su promesa,

debido a que a él le exigieron para la fianza, todo el dinero que poseía, entonces le informó de la imposibilidad y lo que había sucedido y como desagravio, le regaló un radio "walkman", que El mar pudo renegociar cambiándolo por otro que resultó de mayor calidad, además también colectó tras ese trueque 18 paquetes de sopas, y tres sobres con estampas.

Allí cada cual aplicaba su estilo para sobrevivir, y El mar había empezado a desarrollar el suyo, él era un tipo de persona de una fe inclaudicable pero había empezado a sentirse presionado, él estaba desacostumbrado al estilo de vida de esos sectores que interactuaban en Véngala, por lo que él sentía que muchas veces lo que más se despreciaba era lo que más asiduamente se le aproximaba, y en ese momento algunos de los que consumían la marihuana habían empezado a guarecerse en su cubículo que era el menos expuesto a las cámaras del dormitorio, y el más próximo a las parrillas del aire acondicionado, debido a que al soltar sus bocanadas de humos a través de ella el aire acondicionado la conducía fuera del dormitorio y el olor era menos, y solía desviarse de la nariz del custodia de turno.

De esa forma, el olor nauseabundo de la hierba, se confundía con los diversos olores de los cuerpos, cuya variabilidad oscilaban  entre sicote, pedos y grajo, y para lograr sus objetivos ellos se aparecían con dos baterías doble AA y dos alambritos finos sustraídos de los abanicos, o los televisores, creando un polo positivo y uno negativo que adheridos a cada una de las baterías le permitía producir el fuego con lo que encendían los cigarritos que alguno lograba entrar en clandestinidad, que una vez inhalado iba a producir un olor desagradable a las narices desacostumbradas.

El mar entendía lo nocivo que era el cigarrillo en cualquier sentido y sabiendo esto, cada vez que él veía a los fumadores acercarse sin que él pudiera impedírselo, se ausentaba del lugar yéndose al salón de televisión sin que ellos notaran que él los estaba evitando, o lo contemplaba de lejos, ya que si él se oponía o los tenia de enemigos, podían conspirar y acuchillarlo mientras durmiera.

De hecho El mar ni confiaba ni se fiaba de la "justicia" de el Paraíso, el desconocía el propósito de aquellos que a fuerza buscaban criminalizarlo, y que con tal pretexto habían buscado todas las formas viables para mantenerlo en prisión.

Entonces también El mar pensaba que era necesario tomar sus precauciones, porque si él se quedaba próximo a los facinerosos y ellos eran descubiertos, también podrían involucrarlo a él y crearle cargo de posesión o conspiración.

Allí la vida aunque lo pareciera no era color de rosas, era necesario aprender a sobrevivir, allí no había amigo y los que se mostraban como tales, a la hora de la confrontación, se vendían al mejor postor, si aparecía una oferta bien pagada, una traición se fraguaba.

El mar poseía una gracia especial que inducia a la admiración y al odio al mismo tiempo, unos lo admiraban y otros los odiaban al mismo tiempo, el era dueño de una sensibilidad y una paciencia que le facilitaba tolerar y salir con éxito de todas las pruebas de la vida por difíciles que fueran.

Esa ambivalencia le permitía interactuar y sobrevivir en aquel ambiente hostil, y tenía la seguridad de que Dios estaba con él en todos los instantes, y aquellos que osaban desafiarlo o humillarlo, o perseguirlo, regresaban manso como cordero a mostrar su arrepentimiento.

No siempre la vida es lo que el hombre en su rol de vivirla dispone que vaya a ser, si no lo que él asumió que sería al momento de escoger el personaje que representaría; frecuentemente afirmaba El mar.

Después de las vivencias de ese día El mar se retiró  a dormir, luego que apagaron las luces, eran aproximadamente las doce de la noche, cuando lo asaltó  una visión donde Dios le revelaba que la lucha que él había librado tras la custodia de Mark, no sería en vano.

Esa noche soñó que el niño jugaba frente a un apartamento que él había obtenido, vio  que alguien se aproximó  a él preguntándole por el niño, y él le dio por respuesta de que lo tenía durmiendo en el apartamento frente a donde Mark jugaba acompañado de otros niños, sin embargo la atmosfera que mostraba daba a entender que Celeste Capellán residía en los alrededores, y justo cuando lo pensaba, vio salir a la Capellán de un edificio aledaño con un vestido estampado con flores mostrando sus canillas rosadas con más insinuación que de costumbre, y El mar se sintió exasperado y corrió para evitar que ella se encontrara de frente a Barbarita Roque.

Después se encontró escuchando una música

De una cinta que había suministrado Celeste Capellán, al despertar sintió una gran paz espiritual, se había llenado de esperanza, su corazón le indicaba que Dios no lo abandonaba y que un mensaje le daba para consuelo de su alma.

Sintió que entre de su cuello y su cabeza existía una presencia que se movía en su cuerpo.

En horas de la tarde el custodia lo llamó  para entregarle una carta, era de Isabel Volqué, que continuaba escribiéndole, había llegado con dos semanas de retraso, se la habían enviado a la dirección anterior al bloque sur F-2  donde El mar había residido antes de ser llevado  a J-1 número 16.

En esa carta la Volqué se desahogaba, se quejaba de los fallidos del sistema, de las manipulaciones y las presiones para que las personas se hicieran culpable aún siendo inocentes, así sería más fácil para ellos, la Volqué abrió su alma y expresó que no creía en la injusticia que el paraíso promovía como "justicia", estaba decepcionada, deprimida, e impotente, la habían forzado a hacerse culpable con un año de sentencia cuando al principio le habían hablado de seis meses.

# CAPITULO 27

Veía se el cielo despejado, el sol con matiz incandescente derramaba libremente sus rayos en la vasta extensión de Isla Dorada, parecía como si en los 15,525 kilómetros cuadrados de extensión de aquella radiante parcela tropical, no hubiera existido un espacio donde el astro rey dejara de resplandecer con su súbito tono de amarillo bermejo, sólo al chocar con el azul del mar, se descomponían los rayos sobre las aguas espumosas, tornándose en plateadas tonalidades.

Isla Dorada tesoro codiciado por todos, donde podía aplicarse el verso figurativo del poeta:

"Aquel lugar de aguas de azul intenso, donde el que amasaba la fortuna, no podía sonreír frente a la luna, allí donde aquel jornalero que bregaba con dulce sintió la boca amarga"

Isla Dorada era algo así como decía el poeta, era como una vitrina en el Caribe central, rica en fauna y su flora, producía minerales como el oro, la plata el cobre, entre otros sin que faltaran grandes pozos petroleros, además era favorecida por la naturaleza para la producción agrícola.

A pesar de todo, allí en el Caribe central y específicamente en Isla Dorada, la realidad política nacional seguía tensa, la prensa seguía difundiendo los pormenores de la crisis generada por la oposición, que involucraba al presidente de la República en el asesinato del abogado Royer Vitine, habiéndose creado las condiciones para la desestabilización del recién inaugurado gobierno socialista.

Los presidentes de otros países que habían abrazados la misma ideología en la región, habían iniciados encuentros esporádicos para abordar la temática de la crisis en Isla Dorada, y cómo le afectaba a ellos, por lo que estarían proponiendo la realización de acuerdos de cooperación entre los sustentantes del proyecto socialismo siglo XX1, por lo que en ese momento estaban reunido en una semis cumbre de emergencia regional, para Evaluar el avance de proyectos bilaterales y celebrar la independencia de Equito, uno de los países que en ese entonces integraban el proyecto socialista siglo (PSS XX1).

La reunión se estaba dando en la falda del volcán Equito en cuyo pie se encontraba la capital de la nación, la celebración se inició cuando los gobernantes entraron acompañados de la guardia presidencial de Equito con relevo de soldados y discursos elogiaban y enaltecían las gestas libertarias con la batalla del volcán, se veían cientos de militares distribuidos a lo largo y ancho del espacio terrenal, afianzado por un desfile aéreo de aviones de combate de la fuerza aérea de equito.

Los mandatarios caminaban escoltados de niños que vestían trajes folklóricos, representando la cultura de los distintos tópicos de la nación, también participaron embajadores de distintos países representados en Equito, los presidentes de Equito Rety Cornier, de Venemar Charly Justo, de Bolimar Trebo Corrales, se tomaron de las manos en un gesto de acción para mostrar cómo se lograba la fortaleza a través de la unidad y la solidaridad.

El proyecto socialismo siglo XX1 era un hecho que ellos querían difundir en la conciencia regional, como una vía de auto protección, ellos auguraban la esperanza de que otros países de la zona adoptaran la ideología socialista.

Algo había sucedido en Isla Dorada, que podría contribuir al cese de las presiones interna de esa nación y de su presidente Ezequiel Conrado.

En el despacho de la procuraduría de derechos humanos, un testigo había despachado un documento donde denunciaba a tres supuestos autores materiales del asesinato del abogado Royer Vitine, además en el documento presentado se alegaba que aunque los detalles iniciales se referían a tres personas, de hecho los involucrados eran seis.

La acción no se hizo esperar y el procurador buscó la forma de entrar en contacto con el testigo, con el objetivo primario de ofrecerle protección.

El presidente Ezequiel Conrado hizo un llamado a las naciones Unidas para que la comisión Internacional contra la Impunidad en Isla Dorada

(CICID), se hiciera cargo de La investigación, además extendieron una copia del documento a un agente del buró federal de investigaciones del reino, (BFI), que había llegado a colaborar.

Por su parte el PSSXX1, había considerado que las acciones generadas contra el presidente Ezequiel Conrado, no eran más que una campaña desestabilizadora, y que por lo mismo le ofrecerían todo el apoyo solidario que ameritara antes el problema de la crisis generada en Isla Dorada.

Al mismo tiempo atribuyeron la responsabilidad de lo acontecido a grupúsculos desquiciados del crimen organizado, y sus secuelas que habían visto en el socialismo Democrático un obstáculo para sus ambiciones personales, en Isla Dorada y en el Caribe central, que cada vez se iba identificando más con la ideología, tanto así que algunos gobernantes de los que ascendían al poder en la región, para ese entonces, habían comenzado a someter a sus congresos, las modificaciones de las distintas constituciones, a fin de abrazar el socialismo democrático como su herramienta política, sin embargo en Isla Dorada, desde entonces seguían generándose una serie de protestas populares con el financiamiento de la oposición y la embajada del reino.

El trágico montaje de los ideólogos de la sombra había surtido efecto.

Por otro lado en Bolimar se habían generados algunos intercambios bélicos, donde los agentes del gobierno habían logrado capturar a unos y aniquilar a otros, miembros de una banda, a quien el presidente Trebo Corrales había tildado de terroristas internacionales que conspiraban contra la estabilidad de su gobierno. La región se había dinamizado con crasitud en ese entonces.

Habían transcurrido los treinta días estipulados para que el abogado Royer Vitine se levantara de entre los muertos, abandonando la cama donde se mantenía postrado, y sobre todo deshaciéndose del pamper que lo había retornado a una niñez forzada y a una invalidez condicionada, donde hasta para asearse, tenía que depender de otros.

Así que de igual forma se vería precisado a desaparecer de la escena política de Isla Dorada desde el primer momento en que pudiera incorporarse.

Las investigaciones avanzaban, y si permanecía en el país, podría tomarse el riego de que el fraude fuera descubierto, y como nunca se sabía cuál sería la reacción de las masas enardecidas, sería mejor atar todos los cabos a tiempo.

Desde temprana horas de la mañana el equipo completo aguardaba aquel ansiado despertar, el cuerpo del abogado Royer Vitine, estaba tendido en la cama especializada donde había permanecido desde ese primer día en que había sido sometido al internamiento.

Nunca estuvo sólo, junto a él estaba el profesor Makrowki, la doctora Colín, y la señorita Makwinsy, siempre pendiente por si algo se ameritaba, le habían tomado el pulso por lo que estaban comentando:

----- ¿profesor Makrowki, no cree usted que ya es hora de que haya despertado?--- Cuestionó la doctora Colín.

---- Despierto esta él cuando deja de descansar, lo que estamos aguardando es que se despeje el bloqueo muscular para que pueda levantarse, doctora Colín.---- Expresó el profesor Makrowki.

---- gracias por la corrección profesor… Señorita Makwinsy. ¿Por qué no aprovecha y lo viste para que cuando supere el bloqueo muscular, esté preparado y sin el pamper?--- Inquirió la doctora Colín.

----- Así lo haré, doctora Colín.---- Respondió la señorita Makwinsy.

Lo desvistió de la misma manera  que lo hizo el primer día en que habían descubierto el éxito del experimento, en su acción de haber orinado la vestimenta, le cambió la ropa interior y lo vistió elegantemente con un traje nuevo que habían adquirido a su medida cuando mudaron sus pertenencias de uso personales, a una habitación de la clínica, antes de que fuera sometido a la prueba.

Cuando Royer Vitine comenzó a estirarse y a bostezar, el profesor Makrowki dio  un salto sorprendido, dándole una palmadita leve a la doctora Colín sobre los hombros, los tres se habían acercados a la cama al mismo tiempo, como sincronizados por un control eléctrico.

Royer Vitine volvió a bostezar, primero encogió y estiro las piernas levemente y luego se fue incorporando con lentitud programada, fue levantando el torso lentamente hasta quedar apoyado sobre los glúteos aún con los pies estirados sobre la cama.

---- Ah, aaaaah.---- Gruñó, --- y luego agregó:

----- ¿Donde estoy?--- Preguntó, aún con la visibilidad nublada y la mente confusa.

----- Bienvenido a su habitad, está en la clínica de la hacienda.---- Respondió el profesor Makrowki.

----- ¿Cómo se siente abogado Royer Vitine? Es un placer recibirlo en su regreso triunfal.--- Dijo la doctora Colín.

---- Gracias respondió Vitine tratando de levantarse, aún sentía la vista nublada, aún se sentía débil.

----- Un momento, abogado Vitine, si se siente débil no se mueva, le pondremos otro suero.---- Dijo, mientras Royer Vitine que seguía bostezando, volvía a perder el conocimiento, el profesor ordenó con prisa alarmada:

---- Se ha quedado dormido... señorita Makwinsy, dese prisa, por favor traiga un suero H2O—R.----- Dijo Makrowki mirando algo alarmado a la doctora Colín.

La señorita Makwinsy recurrió a un armario que había en la misma estancia y se apoderó de un frasco del suero requerido, mientras empujaba suavemente a Vitine por los Hombros, le desabrochó la camisa con ternura, le sacó la chaqueta con todo y camisa dejándolo en franela de manga corta, le buscaron en el brazo izquierdo el espacio adaptable de la vena para introducir la aguja que conduciría el liquido nutriente a su

Organismo, y luego volvió a acomodarlo, la doctora Colín aprovechó para localizarle otra vena en el brazo derecho, de donde le sustrajo un tubo de sangre, entonces procedieron a instalarle el suero.

Durante una hora le estuvieron pasando el suero, aunque a la media hora el abogado Vitine ya había recuperado plenamente el conocimiento.

Cuando la doctora Colín y el profesor makrowki lo consideraron adecuado, ella misma le retiró la aguja desde el brazo, mientras la señorita Makwinsy preparaba una cena ligera al profesor Makrowki que en su afán de observación se había olvidado de si mismo, y no había ingerido nada en todo el día.

En ese mismo instante él revisaba, explorando con una linterna tipo lápiz, las pupilas del abogado Vitini, mientras iba haciendo anotaciones en su libreta de observaciones.

Cuando la señorita makwinsy regresó de la habitación interior traía una bandeja con cinco huevos estrellados con rebanada de pan de trigo tostado, que el profesor degustó con notable apetito.

Eran las siete de la noche cuando el embajador Johnson, apareció junto al emisario del gobierno, y el secretario del partido liberal.

----- Felicidades abogado Vitine, veo que todo ha resultado ser un éxito total, tenemos que brindar por esto.--- Expresó el embajador Johnson mientras la señorita Makwinsy volvía a la habitación interior y regresaba con siete copas y un galón de vino, del cual vertió sobre la copa el contenido hasta un nivel que al ser levantadas no se derramaran. El abogado Vitine brindó con agua.

El embajador Johnson elogió al professor Makrowki, expresándole el futuro que le auguraba desde ese momento en el paraíso, el secretario enteró y edificó a Roger Vitine sobre los acontecimientos nacionales, y de lo conveniente que sería para todos que él Abandonara el país lo más pronto posible, por el matiz que habían tomados las protestas, y las denuncias adicionales que estaban aconteciendo, sumado a ellas la intervención de la Organización de Estados Caribeños (O. E. C.), de las Naciones Unidas (N. U.), y del respaldo que había recibido el gobierno de Ezequiel Conrado por el proyecto Socialista siglo 21 (PSSXX1), los cuales habían planeado un encuentro en la plaza del pueblo, y una caminata Nacional de advertencia donde se establecería que el secretario general del

Partido liberal, no estaba cualificado para pedir la renuncia del presidente

Ezequiel Conrado, quien había sido libre y democráticamente electo.

A partir de esa conversación se habían hecho los preparativos para que el equipo que desarrolló el exitoso experimento, regresara al Paraíso esa misma noche, de manera que ninguno se expusiera a ser descubierto.

El avión de la embajada voló con una tripulación integrada por el abogado Royer Vitine y su equipo médico integrado desde ese primer día en que se sometió a la prueba, por el profesor Makrowki, la doctora Colín, y la señorita Makwinsy.

Un comisionado de inmigración y el piloto, llevaban las instrucciones para el desembarco, de forma que todo quedara en los archivos confidenciales.

Con el paso de los días se había decidido el destino del abogado Royer Vitine y su familia, por lo que acordaron que se trasladarían a la suiza Europea, el mismo país donde desde un principio se le habían depositado los cinco millones de dólares acordado, más lo que había logrado sustraerle al erario público durante sus años de ministro legal de la cancillería, durante el periodo de gobierno del Partido liberal, que ascendían a unos dos millones ochocientos mil dólares.

Era un dinero con el cual podría vivir como un magnate por el resto de su vida.

La doctora Colín y la señorita Makwinsy, volvieron a sus labores habituales en el hospital central de veteranos a donde previamente prestaban sus servicios y donde habían sido reingresadas, la doctora como directora y la señorita Makwinsy como subdirectora.

# CAPITULO 28

La historia de Isla Dorada se remónta a una alta sociedad producto de la Rich Fruit Company, multinacional de capital paradisíaco, que había descubierto la mentalidad corruptible de la élite aquella sociedad, y que además habían visualizados la tierra fértil, el plátano y la mano de obra barata, combinada con la ignorancia de los indígenas, como una oportunidad de enriquecimiento.

Desde los finales del siglo 19 y los inicios del 20, la Rich fruit company ( RFC ) , recurría a todos los medios para sobornar gobernantes, ejercito policía, para que despojaran a  indígenas y campesinos de sus tierras, para que los hacendados locales se asociaran, logrando así construir un puerto colindante del Océano Atlántico y el Caribe central, y un ferrocarril de las aldeas a la capital, logrando la RFC, convertirse en la mayor latifundista de Isla Dorada hasta 1945, cuando las dictaduras radicales de la nación habían ido perdiendo vigencia, y llegó  al poder un presidente moderado llamado Arévalo que estableció el código de trabajo, obligando a la ( RFC ) Rich Fruit Company, y a los empresarios locales a hacer algunas concesiones a los trabajadores.

Más tarde surgió otro a quien llamaban presidente Albenz, que se había auto destinado a sanear la pena de los despojados de la nación.

Había sido elegido a la presidencia en 1951 y desde los primeros meses de su gestión, ordenó  la expropiación de la tierra no cultivable en mano de la compañía, a la cual indemnizó  con un alto monto de dinero, sin embargo no conforme la RFC, recurrió a los inversionistas del  reino y específicamente del Paraíso, y a la " Paradise Intelligency Agency", quienes tácticamente lograron manipular a la opinión pública, acusando al presidente Arbenz como agente Internacional del Kremlin, que en cualquier momento seria sitiado por grupos guerrilleros que avanzaban contra su gobierno.

Esta campaña golpisicológica hizo tanto efecto desestabilizante a aquel gobierno, que el presidente Arbenz se vio precisado a salir al exilio, e Isla Dorada se envolvió en una Sangrienta guerra civil, donde las víctimas de ese entonces sobrepasaron los 200,000, de los cuales un considerable número de ellos en su mayoría indígena, habían sido señalados por la Paradise Intelligency Agency (PIA), como adeptos del desestabilizado gobierno.

Los remanentes histórico que sobrevivieron a esa gestión elitista de Isla Dorada, había quedado representada por la enardecida oposición que pretendían reorganizarse para proseguir la lucha contra el presidente Ezequiel Conrado, quien intentaba a través del programa de cohesión social, mejorar dignamente la vida de los desposeídos de la nación, y debido a que esta acción no era bien vista por los ricos de Isla Dorada quienes la habían recibido como una herejía contra sus sagrados intereses, optaron por fraguar una conspiración amparada por la embajada del reino en Isla Dorada y sectores selectos de la alta jerarquía del partido liberal.

Motivación ésta que lo había inducido a involucrarse en un drama donde el actor principal acabaría siendo el abogado Royer Vitine, el cual se prestaría como la victima de una falsa o supuesta desaparición, en un flagrante atentado contra la incertidumbre de la opinión pública, y la inocencia de la población.

Al pasar los días los planes de la oposición, se fueron debilitando, sectores influyentes de la sociedad internacional se hacían visibles manifestando su apoyo al presidente Ezequiel Conrado y a su gobierno, que de alguna forma incidieron en evitar una guerra civil en Isla Dorada. De todos modos los grupos de manifestantes se habían congregados en los distintos puntos.

La segunda semana de mayo, el secretario general del partido liberal pedía la renuncia de Ezequiel Conrado, bajo el pretexto de que él era responsable de la muerte del abogado Royer Vitine, los grupos de manifestantes se habían divididos en distintos renglones, uno que repudiaba la permanencia de Ezequiel Conrado en el gobierno y que exigía su inmediata separación del cargo hasta que se investigara la causa del descenso de Vitine, quien estaba vinculado con la élite económica del país.

En cambio, en la plaza  del pueblo los simpatizantes del presidente se habían congregados frente al palacio de la gobernación, para mostrar su apoyo incondicional al presidente, a través de un altoparlante se oía una voz que expresaba:

------ Estamos preocupados por el aumento de la violencia e inseguridad, estamos convencidos, que la solución a este conflicto radica simplemente en el reforzamiento de la institucionalidad, el presidente Ezequiel Conrado, no debe renunciar, precisamente porque está encabezando un gobierno legítimamente electo por un pueblo que hoy dice presente, para que no se escamoteé la voluntad popular, viva Ezequiel Conrado.

Un coro popular respondía:

----- Que viva. —

Un murmullo de júbilo y emoción se esparcía entre los concurrentes, las masas envolvían a las masas, coreaban consignas moviéndose en círculo y en semis grupos, unos decían:

----- Ezequiel Conrado---- Y los demás respondían:

----- El nunca ha estado errado.---- Y repetían:

----- Estamos con él.---- Y respondían:

------ Que siga en el poder.

----- El pueblo dijo ya.

----- Ezequiel es quien va.

---Siempre estamos seguro.

---- Ezequiel mandará.

Y así sucesivamente, fueron creando consignas hasta el anochecer, leyeron cartas de apoyo que procedían de la organización de estados caribeños (O.E.C.) de Naciones Unidas (N. U) y del Proyecto Socialista Siglo veintiuno (PSSXX1).

A partir de ese día empezó a enmudecer el partido liberal, habían disminuidos los ataques públicos al presidente Ezequiel Conrado.

Mientras tanto en el paraíso, Barbarita Roque seguía imbuida en su preocupación, ahora atravesaba por un período dilemático donde necesitaba pensar, una falta de fe la asaltaba y no sabía en ese momento qué era lo que quería ni lo que más le convenía, se le veía transitar apesadumbrada, con los ojos humedecidos, de pronto descubrió que estaba en las proximidades de una tienda de ropa infantil donde alguien que la conocía y que la vio pasar la indujo a despertar de su aletargamiento:

----- Oye, ¿qué te pasa? te mueves frente a mí y ni los ojos alza para saludarme.--- Le dijo Margaret sacándola de su distracción.

---- Oh, perdonas no te estabas mirando, aquí algo preocupada, a El mar lo encerraron y estoy convulsionada, sin saber qué hacer.---- Dijo Barbarita.

------ ¿Cómo fue, explícame mejor?---- Insistió Margaret prestándole la mayor atención.

Barbarita le explicó con detalles haciéndole saber los pormenores, Margaret era una prima lejana de El mar que siempre vivía en comunicación con Lency, la mayor de las hermanas de él que por algunas diferencias, en ese entonces, se habían distanciados hasta un día en que El mar encontró a Zuly su sobrina e intentando saludarla descubrió que ella lo ignoro:

---- Zuly, Zuly.---- Voceaba El mar tratando de saludar a su sobrina, sin que ella lo tomara en cuenta.

----- Oyes Zuly, ese hombre te llama.----- Le dijo alguien que la acompañaba.

----- Yo no lo conozco.---- Respondió Zuly de forma indiferente, fingiendo no conocerlo.

El mar que se había percatado de lo que en realidad estaba pasando, pensó que lo que él creía una simple soberbia de niñita malcriada, se había tornado en una enemistad, su sobrina lo había negado como Pedro a Jesús.

Después que Zuly se había marchado una señora muy dada a pendenciar, y que no había perdido la huella de la conversación se le acercó a El mar con ciertas suspicacias y dispuesta a satisfacer su curiosidad, y cuestionó:

----- ¿Usted, conoce a esa joven?....

---- Por supuesto, es mi sobrina.---- Respondió El mar, tratando de justificarse.

----- Pero, ella dice que no lo conoce.---- Afirmó la mujer afanada en polemizar.

Viendo El mar que Zuly lucía un embarazo de seis meses, justificándose en la causa para no profundizar los detalles con la desconocida dijo:

----- Lo que sucede es que nosotros esperábamos que ella se casara, y como salió embarazada sin casarse, ella no quiere enfrentarme.---- Alegó El mar, lo que llevó a la desconocida a guardar silencio.

Unos días después, sucedió algo similar, cuando precisamente caminaba por el mismo sendero por donde ese día andaba Barbarita, había tratado El mar de hacer una entrada a saludar a la prima Margaret, y confidencialmente él vio pasar a su hermana lency, que ya había hecho intento de entrar a saludar a la prima en común, pero habiendo notando la presencia de él , optó  por cambiar de rumbo, pero como ya él la había visto, decidió llamarla insistentemente, sin embargo ella volviéndose a él con actitud agresiva le dijo:

---- No quiero hablar contigo.---- Alegó.

El mar, que no esperaba ese rechazo inesperado expresó:

---- Sé que la ignorancia es aberrante pero, cortesía no reduce valentía, te deseo lo mejor, que Dios te bendiga y te ayude a limpiar tu alma, corazón y espíritu de tanta ignorancia, para que continúe tu evolución en sanidad.--- Le dijo.

Cuando El mar quiso percatarse quedó con la impresión que ella no llegó a escuchar lo que él le decía, sus ojos la habían perdido en la distancia.

La dueña del establecimiento comercial donde se había desarrollado este altercado, que los había escuchados y que además conocía muy bien a Lency comentó sonriéndole a El mar:

---- ¡Qué hombre más bueno, mira cómo bendice a su Hermana a pesar del rechazo!--- Comentó.

----- Así es, ella es muy buena persona pero necesita romper con el rencor.--- Dijo.

----- Déjaselo a Dios, él siempre se encarga de todo.---- Agregó.

---- En él espero.---- Expresó confiadamente El mar, despidiéndose y dispuesto a salir a la calle, la dueña del establecimiento se adelantó y le abrió la puerta, el se marcho en silencio, mientras ella lo contemplaba sonreída.

Desde ese entonces habían pasado tres meses, sin que El mar volviera a saber nada de ellas, algo había sucedido, El mar llevaba dos meses en la cárcel, él le había hablado a Barbarita para que fuera a verlo, él sabía que para eso ella incurría en un gran sacrificio, debido a que teniendo cuatro niños y sólo pudiendo entrar dos, teniendo que dejar los dos más grandes que tenían 7 y 8 años al cuidado de alguien para poder ir a visitarlo, y aquella vez en que El mar le pidió que fuera, ella imposibilitada de asistir se había quedado pero tampoco pudo avisarle que no iría, había pasado la hora en que ella Acostumbraba a llegar.

Entonces, El mar pensó que ese día, nadie iría a visitarlo; un poco resignado se extasió en una mesa del comedor, mientras leía en voz alta el salmo 133, o cántico gradual del rey David titulado:

LA BIENAVENTURANZA DEL AMOR FRATERNAL.

-------------------------------------------------------------------

"! Mirad Cuan bueno! y ¡cuan delicioso es!

¡Habitar los hermanos juntos en armonía!

Es como el buen oleo sobre la cabeza,

El cual desciende sobre la barba, de Aarón,

Y baja hasta el borde de sus vestiduras;

Como el rocío  de Hermón,

Que desciende sobre los monte de Sión;

Porque allí envía Jehová bendición,

Y vida eterna"

Algo realmente extraño había sucedido, habían pasados cinco minutos antes de que la custodia le avisara que tenía una visita, El mar que creyó que era Barbarita, se había alegrado tanto que pronunció buscando ser oído por todos y dijo:

---- Esa mujer me quiere.--- había expresado lleno de júbilo.

se encaminó al salón de visita y sin salir de su sorpresa su emoción se incrementó  cuando a lo lejos la vio , allí estaban las dos que tres meses antes lo habían rechazado y avergonzado en la presencia de extraños, extasiadas en la mesa aguardaban su salida, él fue el primero en expresarse:

----- Oh, qué alegría verlas, y ¡que sorpresa! Cuan misericordioso es Dios, que regresa en mejores condición y circunstancias todo lo que se creía perdido.--- Dijo El mar.

---- Así es, localizamos la facilidad por internet, hemos echado tres viajes hoy, contratamos un taxi pero al entrar nos hacían falta identificaciones y después necesitamos

Pruebas de dirección y tuvimos que volver dos veces de aquí a la ciudad, pero a pesar de todo, aquí estamos.----- Dijo Zuly.

----Gracias, yo se lo agradezco.---- Expresó El mar con satisfacción.

----- ¿Qué fue lo que pasó ?----- Cuestionó Lency.

----- Es una larga historia, Celeste Capellán, la custodia de Mark, buscando salir beneficiada ella se confabuló con los esbirros de la ciudad que le habían dicho que yo había peleado con ellos, ella fue, y se lo hizo saber al juez de la corte de familia de Yonkers, él le puso una orden de protección a ella y al niño, después la fiscalía de la ciudad le envió una carta haciéndole saber que lo que había sucedido con los esbirros de Allá y yo, nada tenía que ver con niño, levantaron la orden de protección, pero de todos modos me tenían recogiendo al niño en el precinto.

---- Y, ¿luego?--- Cuestiono Lency.

---- ¿ Luego? Ella contra atacó alegando que el niño me había visto golpear a Barbarita, volvieron a poner la orden de protección y querían nuevamente instalarme la visita supervisada, el 26 de noviembre del año pasado llevé a Barbarita a testificar para esclarecer la falsa acusación después que el departamento de servicio social la había interrogado, pero como la presencia de ella le iba a echar por el suelo la calumnia conspirativa, cambiaron la corte para el 3 de noviembre, cuando fui a la corte de familia me dijeron que habían trasladado el caso a la corte criminal, cuando aparecí en la corte criminal me habían fabricado un caso con un guarán te, ella había alegado que yo le llamé  hija de púta, esa falsa alegación bastó  para que ellos entendieran que yo había violado una supuesta orden de la corte, hicieron una notificación que nunca recibí, pero que ellos la dieron por recibida y por eso me hicieron el guarán te que lo indujo a encerrarme, y así sucesivamente. --- Dijo.

El mar le expresó todo con lujos de detalles, luego le contó que él desde el primer momento le había expresado al juez su inocencia, y que ese día que ella alegaba como que él la había insultado, no era cierto porque él andaba en compañía de Barbarita, y ella alegaba que el incidente había pasado frente al elevador, cuando no podía ser posible debido a que frecuentemente en ese lugar siempre había un escritorio ocupado por un custodia de la corte, por lo que, sí aquellas alegaciones hubiesen sido ciertas, él hubiese sido arrestado en ese mismo instante, nada de eso había sucedido.

En esa ocasión El mar había sido enviado a prisión por nueve días, luego lo sacaron bajo la condición de que el atendiera un programa de drogas sin ser drogadicto y uno de violencia sin ser violento, y después uno de alcohol sin ser alcohólico, para llenar los requerimientos del sistema él le dio seguimiento a todo por lo que al hacerle la prueba de orina y descubrir que estaba limpio de todas las suposiciones del juez tuvieron que retirarlo, sin embargo había una predisposición de criminalizarlo, ellos no tenían intensión de dejarlo abandonar la corte ileso.

Para  ése entonces se creía que los que sustentaban el poder temían ser desplazados por la gran masas de minorías indocumentadas que habían poblado el paraíso y toda la extensión del reino, y que existía una disposición discriminante con los sectores minoritarios negándose a legalizar su estatus migratorio, y obstruyendo para que aquellos que habían logrado legalizarse, no pudieran hacerse ciudadanos y para ello recurrían a ensuciarle las huellas bajo cualquier alegación o pretexto que los tiranos consideraran viable para tal fin, y en el caso de El mar que se había atrevido a enfrentar las disposiciones del sistema, buscaban un motivo urgente para justificarse, y ahora se había presentado la oportunidad para presentarlo como violento, y él que no se dejaba fácilmente, había decidido enfrentarlo, por lo que los conspiradores habían decidido violar la ley para justificar sus propósitos.

----- ¿Y ahora qué paso?---- Cuestionó Zuly.

----- Le mandé una carta diciendo que yo no necesitaba ese programa porque yo no soy violento, y como pretendían imponerlo por la fuerza y yo me negué, volvieron a encerrarme.----- Expresó El mar.

----- Pero… ¿Qué es lo que ellos quieren?---- Preguntó Lency.

----- Todo está claro, Lency, ellos quieren satisfacer su ego falso, los primeros dos abogados y el tercero que asignó la corte han cometido una serie de irregularidades, como no ir intencionalmente a corte a representarme para alargarme el tiempo y desesperarme para que tenga que aceptar una declaración de culpabilidad.---- Afirmó El mar.

---- --No te preocupes, la culpa de todo esto que tú has pasado se le debe a Celeste Capellán, ella te vas a pagar todo lo que te has hecho, la vida se lo va a cobrar, déjale el muchacho, cuando crezca el te buscará.-----Alegó Lency.

El mar le contó el sueño que había tenido con el niño donde él finalmente tenía la corazonada de que Mark y él algún día volverían a encontrarse.

----- Guiándome por los avisos oníricos, tarde o temprano Mark y yo volveremos a desplazarnos juntos.--- Afirmó

------ Yo espero que así sea.-----Afirmó Lency y agregó: ---- Ahora nos iremos, hemos dejado un taxi esperándonos afuera.---- Dijo.

---- Te vamos a dejar veinte dólares en tu cuenta, no tenemos más, ---- Expresó Zuly.

----- Está bien, no tienen que preocuparse, si lo van a dejar pide que te den un recibo. --- Le advirtió El mar.

----- Esta bien, escríbenos al p. o. box 116 de la ciudad, y mándanos a decir qué debemos hacer.---- Dijo Zuly.

---- Muy bien gracias, así lo haré.--- Afirmó El mar.

Se despidieron con besos en la mejilla y sendos abrazos, cuando ellas se retiraron El mar se regresó a J-1, de donde marcó con el mismo mecanismo de siempre, el número de Barbarita y le dejó un pequeño mensaje avisando de la visita de Lency y Zuly.

Más tarde El mar acudió a los servicios religiosos, luego el sacerdote le permitió una llamada de dos minutos donde logró contactar a Barbarita:

----- Hola Barbarita, cómo pudiste oír en el mensaje que te dejes, no viniste a verme, pero Dios trajo a Lency, y a Zuly.--- Dijo El mar.

----- Me alegro que se hayan reconciliados, las familias no deben enojarse por malos entendidos, pero yo hablé con la prima Margarita y le dije lo que estaba pasando, buscando que ellas se enteraran.---- Aclaró Barbarita.

----- Ya lo sé, ellas me lo dijeron, tratas de venir el miércoles.---- Dijo El mar.

----- No puedo, mis hijos hoy no fueron a la escuela y no pueden faltar.---
Agregó Barbarita.

---- Bien, si es así, aparécete cuando puedas, espero que el 15 vayas a la
corte.--- Afirmó El mar.

---- ¿A cuál de ella a la de familia o a la criminal? --- Cuestionó Barbarita.

---- Es obvio, es un caso de familia, pero ellos que han pretendido jugar
con mi cabeza la trasladaron a la corte que los defines en su condición
de criminales investidos de poder, ve a esa corte, Lency y Zuly van a ir.-
-- Afirmó El mar.

---- Está bien, iré.--- Respondió Barbarita.

---- Ahora tengo que dejarte, porque están esperando el teléfono, besos,
adiós.---- Externó El mar.

----- Adiós.--- Respondió barbarita mientras colgaba el teléfono.

Cuando El mar pasó el teléfono al aspirante de turno, no dejó de agradecer
al sacerdote con grandes elogios, e incluso le dejó saber al prelado que su
paciencia sólo se igualaba

a la de Cristo, ya que él era un sacerdote tan distinto a otros de los que
trabajaban en el ministerio, que más que curas, parecían poseídos por
demonios, el cura sonrió y cuestiono:

---- ¿por demonios?....

---- Así es padre, por demonios.---- Respondió El mar.

El cura sonrió, pero nada más agregó, se estrecharon la manos, el parecía
un sacerdote partidario de la teoría de la liberación, El mar se retiró al
dormitorio J-1.

# CAPITULO 29

El último sábado de mayo la temperatura sobrepasaba los sesenta grados, el sol con su brillantez descomunal se imponía desafiante.

La prensa reseñó un titular que acaparaba la primera página, hacía alusión a un fuego cruzado en la ciudad donde el racismo se hizo el abecedario a conjugarse.

Un policía de raza negra vestido de civil, había descubierto que un delincuente había roto el cristal de una de las ventanillas de su carro con la intención de robarle, cuando el ratero se sintió descubierto se echó a correr, motivando a que el agente afectado lo persiguiera con el revólver en la mano.

En ese preciso momento había llegado a la escena del crimen una patrulla encubierta de la unidad anticrimen integrada por tres policías blanco, que en seguida dando rienda suelta a sus imaginaciones, interpretaron que el agente de raza negra que perseguía al ratero, era otro delincuente, propinándole seis disparos arrebatándole la vida al acto.

El agente sacrificado por las balas prejuiciadas había acabado de salir de servicio, lo que había motivado que el vistiera de civil.

Lo acontecido había generado un revuelo en la comunidad, donde hasta la iglesia protestante de ese entonces, se vio motivada a reclamar justicia a través de un reverendo de la comunidad Afro, pidiendo una investigación federal, que determinara qué posibilidad había de que esos seis disparos fueran producidos por una acción de intolerancia racial, el agente negro había sido alcanzado en el brazo izquierdo y en el pecho, y aunque había sido trasladado al hospital a su llegada había sido declarado muerto.

En los distintos renglones del paraíso habían empezado a producirse tensiones, la crisis había vuelto a incrementar la delincuencia y muchas veces llegó a ser más seguro para la familia quedarse en la casa que andar en las calles.

Las tensiones de afuera llegaban al interior de Véngala, ya fuera a través de la prensa escrita o televisada, o por los nuevos prisioneros que recientemente ingresaban, con nuevas historias delincuenciales, crispando los nervios de los que llevaban algún tiempo de encierro en la prisión.

Ese día aproximadamente a las seis de la tarde llegó un contingente de custodia revisando las pertenencias de los prisioneros, y confiscándoles algunas propiedades que ellos entendían que no debían estar en posesión de éstos; luego de aquellos retirarse, apareció el barbero cuya presencia provocó un tremendo revuelo, cuando todos quisieron usar el mismo turno para ser atendido por aquel, primero fueron fricciones, que después generarían altercados.

Condorito, mozo enjuto y de chica estatura que al hablar, siendo enano sonaba como hombre, fue el primero que intentó  alborotar el orden, debido a que se había elaborado una lista de turnos en orden de llegada para el corte de pelo, pero como condorito, tan pequeño como lo expresaba su nombre, ya se había acostumbrado a la anarquía y al irrespeto, tratando de llamar a la atención, quién sabe si voluntariamente o por encargo, intentó despojar a El mar de su turno, lo que indujo a que éste aunque pasivo, se viera precisado por las precisas tenciones del día a exigir sus derechos .

----- Oye chiquíndolo, ¿es que tú no has aprendido a respetar a tus mayores?---- Cuestionó El mar.

Condorito fingiendo desconocer con quien hablaba El mar, sentado ya sobre la silla miró a los distintos laterales antes de responder con otro cuestionamiento:

---- Oye papi, ¿con quién tú hablas?...

---- Estoy hablando con tu espectro.---- Respondió El mar.

---- Explicaste que no te entiendo. Replicó Condorito.

---- No te hagas, tú sabes de qué estoy hablando, el turno qué, tú quieresusar me corresponde a mí, así que bajaste de ahí y no te vistas que no vas, mira el cuaderno a ver cuál es el nombre que encabeza la lista.--- le expresó Elmar con la mayor serenidad que se podía mostrar.

---- El mío.---- Replicó Condorito con una voz tan grave como un trueno.

--- Por supuesto el tuyo, porque después que yo me inscribí tú lo pusiste sobre el mío y fuera de líneas ¿verdad?--- le dijo El mar mientras sosteniéndolo del brazo lo hacía bajar de la silla, ocupando el turno que quisieron usurparle, condorito frente a la verdad no hizo más que guardar silencio, se retiró a su cubículo y no volvió a salir hasta que El mar había terminado, y cuando precisamente a él le tocaba el turno.

Unas horas después cuando todos se habían retirados a su cubículo, Condorito poseído por un ataque de soberbia, comenzó a provocar a El mar al grado que este casi pierde su ecuanimidad, él hastiado de tolerarlo saltó  sobre la pared cuadrándose como un felino dispuesto a saltar sobre aquél, sin embargo en el momento de accionar una voz lo detuvo:

----- EEEhh, El mar, no te convienes, hay una cámara y tú no tienes caso, están conspirando para que te busques uno, déjamelo a mí.---- Expresó el Topo con toda la disposición de su alma.

Había surgido sorpresivamente, al momento de la discusión él no estaba en los alrededores, y mucho antes que condorito reaccionara ya el topo le había propinado un puñetazo que lo tambaleó, cuando el Topo trató de avanzar sobre él, Condorito adelantándosele, abrió los brazos y como aquel que pedía clemencia dijo:

---- Ya Topo, déjalo ahí, si el custodia se da cuenta nos arrastrará hasta la caja.--- Dijo Condorito con cierto dejo de temor.

---- Déjalo Topo, --- Dijo El mar satisfecho ---- Que no siempre muerde el perro como ladra, "y no es lo mismo llamar al Diablo que verlo llegar".--- Agregó.

----- Esta bien Condorito, no te vuelvas a propasar con El mar o té pesarás.---- Alegó el Topo.

----- Aaaah, ¿me estas amenazando?---- Replicó Condorito.

------ Cógelo como tú quieras, y no olvides que quien pidió la tregua fuiste tú, a mi ni me importa la caja ni los tortugas.----- Enfatizó el Topo.

---- Yo pedí la tregua pero a mí no me importa matar a un perro. ---- Externó Condorito envalentonándose.

---- El único perro que hay aquí eres tú enano Le afirmó el Topo.

----- Ya, dejen eso para que no llamen la atención el custodia Le advirtió El mar.

En ese momento como movido por los movimientos de los labios de aquellos él custodia se incorporó y avanzó hacia donde ellos se encontraban, sin embargo el custodia no iba por ellos, simplemente se desplazaba para hacer el chequeo rutinario de los distintos teléfonos, pero cuando él se le aproximó guardaron silencio.

Los custodias cada media hora estaban llamados a marcar una clave en los teléfonos ubicados en diferentes puntos del dormitorio, como una forma de hacerle saber a la central las condiciones en que se desarrollaban los niveles de controles en sus puestos de trabajo, si no lo hacían en el tiempo estipulado, entonces aparecía la brigada especializada denominada "los tortugas", a confirmar las condiciones de servicio, era Una forma de la central saber si el custodia de turno no había sido atacado o secuestrado por los prisioneros.

La riña de condorito y el Topo había pasado desapercibida porque cuando sucedió, el grueso de la populación aún se encontraba en el salón del comedor viendo televisión y sólo El mar y ellos estaban en el área de los cubículos, donde había acontecido el altercado, además todo había sucedido muy rápido, tan rápido que nadie fuera de ellos pudo enterarse.

Por otro lado, la prensa escrita y televisada difundía con vehemencia el descubrimiento del profesor Makrowki quien había asumido la dirección del Instituto de Ciencias Biológicas de la universidad Superior de Estudios Graduados. Después del experimento secreto con el abogado Royer Vitine, se hicieron otros experimentos más de los que sí, se había percatado el cuarto poder que en honor a esos exitosos resultados, había comenzado una campaña de elogio al profesor.

Un artículo con una foto a color de él ocupando el centro del tabloide explicaba que "recientemente se había comprobado que una fórmula que hasta hacia algún tiempo producía la catalepsia prolongada por un máximo de diez días en perro y gato, se había desarrollado por un mes en el cuerpo de seres humanos.

El profesor Makrowki había encontrado un nuevo hogar dentro del instituto donde pasaba la mayor parte de su tiempo y donde con frecuencia se reunía con los estudiantes de Química avanzada, quienes acudían al laboratorio del instituto a recibir la comprobación práctica de la teoría y donde frecuentemente él y la señorita Makwinsy que había sido contratada por su recomendación para su asistente, solían juntarse una vez a la semana para facilitarle las demostraciones a los estudiantes.

La señorita Makwinsy había logrado en el Instituto un mejor salario que en el hospital, por lo que ahora se sentía trabajando muy a gusto con Makrowki, durante la práctica se encargaba de suplir los químicos que los estudiantes usarían para mezclar en sus verificaciones de las teorías, y de donde solían salir polémicos resultados de la teoría Aplicada, aunque los estudiantes no siempre entendían las premisas particular y resultaba infructuoso convertir la teoría en fantasía.

En cambio el profesor Makrowki, hacía hincapié en la necesidad de que ellos recurrieran a la concentración y a la astucia para poner en marcha sus investigaciones.

El profesor frecuentemente recomendaba el método de la espectroscopia donde no se corría el peligro de absorber residuos radioactivos o someterse al influjo de los rayos X recurriendo a los aceleradores de partículas, por lo que él cuando hablaba de la muerte solía explicarle que de hecho no era necesario temerla ya que la materia que integraban al ser humano eran ramificaciones eternas,  que desde una óptica científica la muerte no era más que la transmutación del ser a través de  partículas atómicas reorganizadas entre si, entonces pasaba a explicarle lo que era la física cuántica llegando muchos de sus alumnos a entenderla como una premisa fundamental que tarde o temprano reforzaría las inquietudes de sus aprendizajes.

El domingo 31 de mayo fue el último día del mes, El mar lo había escogido para hacer un ayuno por la libertad, de hecho el 3 de junio cumpliría dos meses de confinamiento y ya se encontraba incómodo de estar haciendo tiempo siendo inocente, sumado a eso los hostigamientos de aquellos que habían abrazado la delincuencia como carrera en su existencia, y que habían escogido servir a los propósitos de la ignorancia, que cada día los inducia a provocar a los que se negaban a bailar sus danzas.

Ellos no podían tolerar que El mar pareciera ser distinto, negándose a practicar lo que el sistema promovía, que no fuera más que violencia, delincuencia e intolerancia.

Ese día temprano en la mañana, alrededor de las cinco, él había iniciado un ayuno ofertándoselo al Dios de su ser, seguido de la lectura ascendente de los salmos bíblicos, le pidió al Dios de su ser que de la misma forma que el llevo a Zuly y a Lency respectivamente, de esa misma manera el esperaba que para el próximo 15 de junio, el le concediera la libertad, ya que extrañaba a su familia, y él más que cualquier otro sabía que esa prisión que atravesaba, era no para corrección de su espíritu, sino por la maldad de aquellos que se creían dueños de alma y vidas, y que por su ignorancia no entendían Que ese libre albedrio que traían asignado a su vida era para glorificar y liberar, no para condenar y esclavizar, no entendían que las pruebas del espíritu, glorificaban al alma.

Desde esa mañana y hasta la cuatro y treinta de la de la tarde, El mar oraba, Dios cuidaba a su familia pero su espíritu comenzaba a exigirle abandonar aquel lugar.

El mar entendía de la manera que se habían dado las cosas, y la decisión de su libertad después de Dios, estaba en manos del abogado y el Juez, pero sobre todo él tenia muy en cuenta que la última palabra la tenía Dios, sobre todo cuando los hombres ejercían la maldad a través de su libre albedrio.

Algo extraño había sucedido, resultó ser que El mar aún estando en un lugar distante de donde el abogado Vitini se había sometido a la prueba de catalepsia, El mar había experimentado una experiencia onírica similar a la que había tenido aquel, soñó que Barbarita y él se encontraban en un apartamento donde apareció un hombre desnudo que había ido a dejarle un documento, El mar se burló  a carcajada de aquel hombrecillo que poseía la particularidad de poseer un pene más pequeño de lo tradicional y le preguntaba a Barbarita que quién era ese hombre que si era el hermano del padre de sus primeros hijos.

Tres días después cuando El mar llamó a Barbarita, se encontró que ésta estaba llorando porque el padre de sus dos primeros hijos aprovechando la confinación de El mar, había empezado un proceso para pedir la custodia de sus hijos, todo con el propósito de perjudicar a quien él veía como un rival, había sido contactado por los conspiradores quienes habían aprovechado su estatus de indocumentado para manipularlo a fin de crear testimonio contra El mar, así además, habían empezado a forzar la voluntad de Barbarita que estando algo desconcertada al enterarse que el departamento de servicio social andaba detrás de ella, por lo que su ex marido había intentado entregarle un citatorio a corte en más de una ocasión, sin que ella se atreviera a abrirle la puerta, por lo que cuando El mar la llamó  y le preguntó  cómo estaba, ella le respondió:

----- Mal, estoy muy mal.---- Le dijo--- Mientras a través del auricular la sintió llorar desconsoladamente.

Le explicó que su ex marido la había llevado a corte, que tal vez él le había mandado al Departamento de servicio Social, que ella no sabía lo que estaba pasando, le había dicho entristecida.

---- repórtalo a la policía y explícale lo que está pasando, tal vez así te lo alejan hasta que todo se aclare--- Le recomendó El mar, a sabiendas que estaba corriendo el riesgo de que la usaran a ella también contra él.

---- Está bien, así lo haré. Dijo Barbarita con una humildad poco común en ella.

A El mar le hubiera gustado seguir la conversación, pero como estaba usando una operación llamada "three Way" que consistía en que alguien que tuviera acceso a ese servicio llamaba a alguien que ponía su auricular en espera mientras marcaba otro número de un tercero que participaría en la conversación, ese mismo proceso era el que habían usado para la conversación, por lo que tenían que dejar la línea libre a los propietarios para que pudieran hablar libremente, sin embargo a veces solían darle la oportunidad y cuando el primero le marcaba al segundo y el segundo al tercero que en ese caso se trataba de Barbarita que al responder el teléfono quien le respondía al otro lado de la línea era El mar, y hablaban hasta que el operador de la compañía que suministraba el servicio telefónico a la prisión, lo descubría y le tumbaba la llamada, muchas veces dejando inconclusa la conversación entre ellos.

Dos días después, era miércoles 3 de junio, cuando ya El mar no esperaba que nadie lo visitara, cuando había empezado a resignarse a vivir sin Barbarita, que después del conflicto con su ex marido y los emisarios del Departamento de Servicio Social había empezado a alejarse, estaba siendo más absorbida, él sentía que ella estaba poniendo otras cosas por encima de él, y pensaba que algo estaba sucediendo y que ella tal vez por no preocuparlo había decidido no decirle nada.

Al entrar El mar al salón de visita y mirar no encontró ningún rostro de lo que él creyó que habían ido a visitarlo, entonces miró hacia un rincón y descubrió a Juny, ella era la mejor amiga de Zuly, su sobrina, pero él no se imaginó que ella se prestaría a hacer acto de presencia ante una circunstancia de esa naturaleza.Juny al verlo entrar hizo un gesto con su mano para que El mar pudiera descubrir la mesa que ella estaba ocupando, él hizo un gesto de sorpresa al notar que sólo ella se encontraba ocupando aquella mesa, entonces se aproximó caminando hacia la dirección donde la había visto sentada:

---- ¡Hola Juny! Yo pensé que en cualquier momento tú vendrías y mírate donde está.---- Le dijo saludándola con un beso en la mejilla, mientras Juny se sonreía. Luego ella trató de justificar su presencia.

---- ¿Cómo has estado?—Cuestionó.

---- Ya puede ver aquí encerrado ¿Y Tú?--- Cuestionó El mar.

---- ¿Yo? bien, gracias.

El mar elucubró curiosamente a lo largo y ancho del salón como tratando de explicarse la presencia de juny, la cual percatándose de su inquietud dijo:

---- Sólo yo pude entrar, lency está afuera, a ella se le olvidó traer una prueba de dirección y por eso le impidieron la entrada.---- Expresó Juny.

---- Pero, ¿cómo pudo olvidarla si ella sabía para donde venia? y además ya había estado aquí la semana pasada.---- Argumentó El mar mientras gestionaba con una de las custodias del salón a ver si le facilitaban el ingreso, la cual marcó un número telefónico con cierta afabilidad, y aunque mostró interés en hablar con el sargento, tuvo intento fallido, no logró localizarlo.

Zuly y Barbarita andan para la corte, su ex marido quiere quitarle la custodia de los niños, para eso dijo que usted le pegaba a los niños, tanto a los de él como a los suyos. Por eso la ciudad la está amenazando también con quitarle los hijos suyos.---- Externó Juny con un cierto acto ceremonial.

Aunque El mar se caracterizaba por una cierta serenidad, al momento de escuchar esa expresión, el no pudo fingir su inquietud.

Intentó nuevamente incidir para ver si dejaban entrar a Lency a su presencia, pero todas las gestiones habían sido infructuosas.

---- Ahora entiendo el por qué hay tanta violencia en esta nación, es que como bien lo dijo Balzac, " la burocracia es un gigante manejado por enanos", esto es una anarquía organizada,, mira como el bergante de Esteve mostrándose como la rata que lleva adentro, viene a acusarme de maltratar a esos niños, mira cómo me calumnia ese animal, precisamente sabiendo que estoy encerrado en este lugar, yo sabía que algo estaba pasando, detrás de ese  misterio de Barbarita, investiguen a ver si ella dio pie para que ese tipo procediera de esa manera.--- dijo El mar con cierta decepción.

---- Le mandó a decir Lency que ella recibió la devolución de los impuestos, que ese dinero está disponible por si quiere pagar un abogado.---- Afirmó Juny.

----- No vale la pena, esto es un complot contra mí, pagar un abogado es dándole el chance de que se roben el dinero, todo ha sido planeado para que se genere de la forma que ha sucedido, de todos modos diles a Zuly que vaya estableciendo contacto con un " Baild bond" para ver si se consigue el diez por ciento de cinco mil dólares, de forma tal que yo pueda salir con mil dólares o menos después que alguien firme, luego yo trato de localizar a un litigante a quien yo pueda vigilar, de que no me vaya a vender.

De todos modos que esperen hasta el 15 de junio cuando yo vuelva a la corte a ver si me dejan ir sin fianza.---Dijo El mar.

------ Está bien, yo le daré su mensaje, ahora voy a ir saliendo.---- Expresó Juny.

----- Esta bien Juny, gracias por venir.----Agradeció él.

Se despidieron con un abrazo y la vio alejarse.

Al salir Juny, surgió algo inesperado, una de las visitantes introdujo su mano debajo de la mesa que ocupaba sustrayendo de su vagina un globo desinflado que contenía algunas bolsitas que parecían ser cocaína, y doblando la cabeza hacia abajo la introdujo dentro de Su boca, en violación de la reglas de la visita, sin embargo soló pudieron percatarse de ello cuando ella al besar a su acompáñate la paso de su boca a la de él.

Su galán que había tratado de corresponderla intentó tragárselo tragárselo, habiéndose estos atragantado en su garganta provocándole un sorprendente ataque de tos, seguido por una incontrolable nausea que le había producido unos vómitos que a seguida quedaron esparcidos entre la mesa y el piso salpicando a quienes se encontraban en los alrededores, lo que motivó  la movilización de los ninjas, la suspensión de las visitas y la inmediata evacuación de aquellos visitantes que aún  estaban en el salón.

Además, después de arrestar a la emisaria que había introducido los aparentes estupefacientes en boca del prisionero, aquel fue conducido de emergencia la clínica donde le produjeron algunos choques eléctricos hasta hacerlo devolver el globo desinflado que contenía las sustancias controlada, la recogieron colocándola en una bolsa plástica transparente y la sustancia junto a él fue conducida al laboratorio, él se mantenía quejándose mientras la chica fue dejada encerrada en una de las celdas del precinto carcelario.

Ella había sido retenida hasta que se determinara el resultado del laboratorio para que fuera trasladada a la corte, donde se determinarían los cargos y la sentencia.

El mar y los demás prisioneros recientemente habían sido desalojados de la sala de visitas, para que no pudieran ver de frente a los ninjas, por lo que se  habían visto precisado a ponerse de rodillas con la cara de frente a la pared y las manos sobre la cabeza y las piernas cruzadas hacia atrás por un período de más de media horas, y cuando ya no podían soportar los brazos hacia arriba, doblaban la espalda llevando la cabeza hacia el piso para poder descansar mientras los tortugas seguían trasladando de emergencia, al osado prisionero colgado de los codos hacia la clínica emitiendo quejidos de dolor.

 Aquel necio, perverso y atrevido prisionero, que había osado desafiar al sistema, tratando de distribuir los estupefacientes a lo interno de la prisión, era nada menos que el bribón, el bromista, el simpático y soberbio Topo, quien había hecho de la violencia y las drogas un desafío, y a quienes los tortugas habían empezado a considerar  peligroso,

Porque a pesar de que tenía una edad minimizada de 22 años, él peleaba cuerpo a cuerpo con algunos custodias como un guerrero entrenado para la causa,

El Topo se había criado con doña Sila, madre soltera que también operaba al mismo tiempo como padre, y que había logrado someterlo hasta los catorce años, logrando encaminarlo hasta el 12 grado de Escuela superior, pero quien a su vez se veía tentado por la necesidad  de los lujos y por las vanidades de los jóvenes de su edad.

El nunca tuvo un padre a su lado que le sirviera de ejemplo a seguir, y a quien él finalmente quiso aceptar como su padre, había sido la quinta aventura de su madre, y cuando desapareció se fue sin despedirse de ella pero a él le dejo una nota que decía:

"No le he dicho a tu madre que me marcho, porque quiero evitar ver de frente, el dolor en su rostro, pero a ti no puedo engañarte, eres mi amigo y te quiero como a mi hijo, sin embargo nunca sería un buen padre para ti, sigue tus estudios y cuida a tu madre.

Soy prófugo de la justicia, y perseguido por sectores que quieren mi vida, guárdame el secreto como un pacto de caballero, no le digas nada a tu madre, si alguna vez necesitas algo ve a la siguiente dirección:

Alto del prado # 18, santa Rosa; buscas en la gaveta de tu cama, si algo encuentras es porque te perteneces, atentamente, el Gladiador.

Para ese entonces el Topo tenía 14 años y fue tanta su desesperación, que sintió que aquella despedida seria para siempre, y así fue como una semana después, la prensa difundió la noticia de que el gladiador peligroso narcotraficante, había sucumbido abatido por las balas de la policía, con quienes había sostenido un enfrentamiento a tiros al haber sido descubierto infraganti, negándose aquel a deponer las armas y a entregarse Pacíficamente, además dijeron que su cadáver sería usado para estudio científico de la Universidad estatal de Santa Rosa.

Cuando la información apareció reseñada en la prensa, doña Sila se negaba a creerlo, ella había vivido por más de cinco años al lado de aquel hombre y nunca se enteró de la Gravedad de sus conflictos, entonces pensó que en aquella nación se vivía en un hermetismo tan profundo que hasta las personas que convivían y compartían entre sí, a veces solían ser auténticos desconocidos.

A pesar de su decepción guardaron un mes de luto donde los dos lloraron consolándose mutuamente, el Gladiador muy pocas veces le había hablado de sus familiares, y cuando lo hacía, sólo mencionaba su infancia junto a sus padres quienes habían muerto precisamente cuando  él tenia la edad de diez años, viéndose obligado a crecer y a sobrevivir en un hogar infantil de donde había escapado para emigrar y nunca más volvieron a saber de él hasta que fue adoctrinado por uno de los carteles del narcotráfico, llegando a ser un ponderado narcotraficante de estupefacientes.

Al mes de concluido el luto el Topo revisó las gavetas de su cama y algo lo sorprendió, allí estaba lo que sería su tesoro y patrimonio, el Gladiador le había dejado una recompensa de diez mil dólares, que él no escatimó en compartir con su madre.

---- Yo prometí no decirte nada pero ya el está muerto, tu puedes saberlo.---- Le dijo extendiéndole la nota que le había dejado el Gladiador.

Doña Sila tomó el escrito entre sus manos, con una lo apretó en la esquina de arriba y con la otra en la de abajo, y leyó con la consagración de una beata que buscaba la salvación tras las páginas de una biblia, concluida su intensa lectura replicó:

----- ¿Por qué no me lo habías dicho antes? Tal vez estaría con vida.---- Expresó doña Sila con un dejo de exasperación.

----- Mamá, yo prometí no decir nada, el me lo pidió, el confiaba en mi.---- te lo estoy diciendo ahora porque ya no viene al caso estar guardando secretitos, mira.---- Le dijo, Mostrándole el bulto abierto que contenía los diez mil dólares para que ella visualizara el contenido.

---- ¿Y eso, de dónde lo sacaste?---- Cuestionó Sila con cierta inquietud.

---- Tú leíste la nota, eso fue lo que él me dijo que buscara en la gaveta de mi cama, los conté y son diez mil grande.--- Dijo el Topo con cierto Júbilo.

----- Es mucho dinero, ¿que vasa a hacer con él?---- Cuestiono doña Sila.

----- Voy a hacer un negocio, antes tengo que ver quién vive en la dirección que me dejó.-----Afirmó con entereza.

---- Iremos.---- Dijo Sila.

----- No mamá, iré yo, tú no puedes descuidar tu trabajo. —Dijo.

----- Pero eres apenas un niño, aún eres menor de edad.--- Le especificó.

----- Mamá, no te preocupes, yo sé cuidarme sólo, ya estoy grande, y ahora soy el hombre de la casa.---- Afirmó el Topo con una esplendorosa seguridad.

---- Pero niño….Dijo Sila.

----- Mamá por favor, dejas de llamarme niño, mira aquí hay cinco mil para ti, guárdalo o haz con ellos lo que quieras, los cinco mío son para mi negocio.---- Dijo resuelto.

----- Y, ¿qué tipo de negocio quieres hacer?---Cuestionó Sila.

----- Aún no sé, tengo que pensarlo, pero no te preocupes que será un negocio Lucrativo.--- Dijo.

Tres días después de aquella conversación, el Topo viajó a la dirección que le había suministrado el Gladiador, encontrándose con uno que por muchos años había estado relacionado con aquel.

Le habló con detalles sobre él, y sobre todo lo acogieron con familiaridad, le afirmó que él era conocido por las referencias porque siempre que se reunían con el Gladiador, lo Primero que surgía era la conversación sobre el Topo, quien se sintió alagado y no pudo ocultar su vanidad.

Después de aquella empatía, el Topo avisó a su madre que no lo esperara, por un tiempo porque el empezaría un trabajo, ella quiso oponerse pero él no le hizo caso y se quedó algún tiempo con la gente del Gladiador, donde aprendió las artes malabares del tráfico ilegal de estupefacientes, los hombres del Gladiador admiraban su inteligencia, por lo que le fue fácil interrelacionarse.

Había empezando a traficar desde el pacifico hasta la frontera del reino, y a los 18 años ya estaba envuelto en la trata de blanca y el tráfico de cocaína al por mayor hasta que se hizo el símbolo de los hombres del Gladiador; para ese entonces acumuló  dinero que no sabia qué haría con él, pero al tenerlo donde mismo hacían el negocio, en una salida que hizo para visitar a su madre que había estado muy enferma, en una redada del gobierno donde cayeron presos los hombres del gladiador, encontraron drogas, y el dinero del Topo en el lugar, apoderándose de todo, fue cuando el decidió abandonar a Santa Rosa y quedarse en el paraíso, forzado por la muerte de Sila, ahora había quedado sólo, y aunque entendió que casi siempre gran parte de las ganancias del narcotráfico va a parar a las manos del gobierno, no le importó, y  volvió a  incursionar en el negocio, re empezando desde  abajo.

En una ocasión estando en uno de los condados del paraíso, en un negocio de venta de ropas y artículos de comunicaciones, se hacía acompañar de dos personas más, pero justo en uno de esos días aparecieron dos asaltantc que intentaron despojarlo, uno de ellos lo golpeó en la nuca dejándolo tirado y el socio principal que se había hecho de una pistola y que la tenia donde el Topo pudiera encontrarla, y dada las facilidades del acceso,

Cuando el Topo pudo ponerse de pies, digamos que fue en fracciones de segundos, se apoderó de la pistola y con ella empuñada salió tras sus verdugos que antes la rapidez de aquella reacción se habían vistos precisados a separarse, cogiendo uno por un lado, y corriendo el otro, en otra dirección.

El Topo había disparados más de un proyectil, sin que lograra alcanzarlos, y uno de los asaltantes que se había encontrado con una señora en su camino para ganar tiempo fingiendo ser la victima dijo:

----- Señora, llame a la policía, me quieren matar y me están persiguiendo.--- Expresó.

La señora se había sentido tan impresionada que a seguidas llamó a la policía.

Mientras veía al Topo y a sus amigos abordar un carro gris plateado modelo europeo, la señora notó que a, aquel se le salió la pistola del bolcillo derecho del pantalón que vestía, el Topo había perdido la pistola con la que había hecho los disparos, por lo que le fue fácil a la mujer, identificarlos, al llegar la policía.

Cuando ellos se percataron de la presencia policial, la vieron entrar por una calle de una sola vía, lo que aprovechó  la mujer para acercarse a ellos consciente de que, por cada arma de fuego ilegal que se reportara, quien lo hiciera recibiría una recompensa.

----- Auxilio, policía.--- chilló ella---- Aquí hay una pistola, una pistola.--- Afirmó.

Antes aquella exasperada expresión, la patrulla se detuvo e ipso facto procedió a la pesquisa, acogiéndose a una ley pre-establecida para ese entonces, la mujer por tal Azaña recibiría cinco mil dólares de recompensa.

El Topo y sus secuaces fueron arrestados por posesión ilegal de armas de fuego, a los primeros le fijaron fianza de diez mil, a otro cinco mil, y al Topo 50.000, sin embargo él como siempre logró salirse con la suya, apareció el dueño de la tienda que confesó que el arma era de él, y que él la usaba para protegerse de los asaltantes en la tienda.

En su poca edad el Topo había vivido una vida acelerada y cargada de aventuras, a los doce años había asistido a una granja en uno de esos viajes de experiencias escolares separándose del grupo y por andar brechando un polvo urgente de dos de los jóvenes  profesores que integraban el grupo, que se habían perdidos en los matorrales, descubriendo la gloria del anhelado sufrimiento de la que como víctima pedía más de lo que para el Topo parecía la tortura de un victimario abusivo, a una victima masoquista,

Llegando a distraerse de tal forma que no vio un alacrán que se había desprendido de uno de los arbustos picándole en alguna parte del cuerpo.

Cuando los profesores se percataron, ya el Topo estaba temblando y votando espuma por la boca, en su delirio el Topo vio  una virgen que más bien se le pareció a la virgen María de La Altagracia, patrona de la fe en el Caribe central, que lo conducía a un lugar donde debían encontrar al único doctor en el área.

El vehículo donde lo transportaban había agotado la gasolina y pasó un camión que dos de los profesores abordaron, preocupados por la condición en que se encontraba el joven.

en su alucinación él no dejaba de ver a la virgen flotando y guiándolo al lugar donde estaría el doctor, hasta que llegaron a un paraje, donde sólo existía una casa habitada por un alcohólico, el doctor, era un hombre entrado en edad que había perdido la licencia por

Borracho, y quien arriesgándose de ser acusado, se vio en la obligación de prestar su asistencia de emergencia, tratando de salvar al Topo.

Una fuerza misteriosa guiaba sus manos para localizar el lugar de la picadura, y donde por fortuna pudo aplicar a tiempo un antídoto indígena para bloquear la infección, pues ni medicamentos tenían en los alrededores, ni había medios de ir a conseguirlo a la ciudad.

A partir de ese día el Topo creció con la creencia de que en verdad había vuelto a nacer.

La noche anterior, antes que los tortugas lo llevaran colgando de los codos, él había soñado que era un hombre casado y que su mujer vestía  un pantalón tan ceñido al cuerpo que indujo a que alguien tuviera la osadía de piropearla con  malicia y que él por la honra se encontró motivado y golpeó  al individuo, que al querer reaccionar provocó  que  él empezara a disparar usando dos pistolas hasta que se le descargaron por completo, en ese momento despertó angustiado y con una terrible desesperación.

Respiró profundo, cuando descubrió que no había sido más que una simple pesadilla de mal gusto.

El Topo a veces solía hablar mientras dormía, por esas circunstancias de la vida, le avisó a los que dormían a su alrededor, que lo movieran si lo escuchaban hablar, no fuera a decir algo de lo que tuviera que arrepentirse.

El conocía sus principales defectos y buscaba la mejor manera de disimularlo.

El Topo en ese momento atravesaba una cierta convalecencia, él pensaba que podría tragarse el globo sin inflar con mayor facilidad que otras veces.

Desde que ingresó a la prisión de véngala él quiso establecer su negocio, y lo logró porque al que él, le entregaba los estupefacientes adentro, daba el número de su tarjeta de identificación a sus clientes estos decían a sus familiares que depositaran a esa cuenta el monto de su deuda con el Topo, quien al momento de salir de prisión, tendría tanto dinero como si estuviera trabajando en la calle, pero una jugada del destino lo había trasladado al hospital, y aún no sabía cuál sería el tiempo de extensión porque todo se fundamentaba en los niveles de pureza que trajera la droga.

A pesar de todo, él sabía en su interior que nada sería tan grave ya que él se había encargado de que los que le enviaban el "material" a la prisión lo cortaran a tal grado, que si sucedía algo como lo que había sucedido ese día, que a la hora de ser analizada en el laboratorio, que por motivo de los cortes, no pudieran alcanzar evidencias que le sumara culpabilidad, para así no sumar nuevos cargos.

Ahora lo habían depositado en una camilla de la clínica, donde procederían a un lavado de estómago precedido por la aplicación de un suero después del lavado.

 Lo tuvieron en observación durante tres días, le dieron una contravención de 25 dólares y soltaron a su amiga porque el contenido de lo que se creía que sería evidencias, no era más que bicarbonato de sodio embolzado, no cocaína como en el principio creyeron los oficiales.

# CAPITULO 30

Aquella noche en que los tortugas habían puesto  de rodillas a los prisioneros, Presumía frente a un grupo de ellos, una de la custodia que solía trabajar en J-1, le decía que ella era una de las oficiales que estaba entre los ninjas, que habían actuado esa tarde, y para darse más ínfula se le oía decir:

---- Es tan así, que algunos de los residentes de J-1 me vieron.----Decía--- y tratando de justificar su confesión, aprovechó que El mar pasaba por el pasillo y lo llamó y le preguntó frente a todos con la intención de que el confirmara lo que ella decía, sin embargo El mar tratando de no incurrir en errores le respondió evasivamente.

---- ¿Cómo puedo serle útil oficial Carol?---- Cuestionó él.

---- Ellos no creen que yo estaba presente esta tarde entre los "Ninjas Turtles"

---- Si usted lo dice no hay que dudarlo, no puedo confirmarlo, yo no vi nada. —Contestó El mar hábilmente, por si ella estuviera pretendiendo indirectamente sacarle algún tipo de información.

---- ¿No vistes nada?.. ¿Quién? le dijo a ustedes que voltearan el rostro a

la pared--- Cuestionó.

---- Yo escuché la voz, pero en ese momento no logré especificar quién había dado la orden.---- Seguía alegando El mar evasivamente.

---- Pero yo estaba ahí… ¿o no estaba?---- Insistía en cuestionar la oficial Carol.

---- Al principio yo vi que los prisioneros habían vuelto el rostro de rodillas a la pared, automáticamente los imité, luego, al concluir todo y pedirnos que nos levantáramos, al

Volver el rostro yo vi que usted estaba ahí, pero antes de ese momento no pude ver el rostro de nadie.--- Explicó El mar, retirándose a su cama, ella parecía estar satisfecha con la respuesta.

La razón del cuestionamiento se debía a que se había generado un mal entendido entre dos señores de 65 años que reproducían dibujos que adornaban los papeles que los prisioneros usaban para redactar las cartas que enviaban a sus familiares y entre ellos se había desatado lo que se llama una beligerancia competitiva, que involucraba, captar y retener a los clientes.

Solían los señores dibujar y cobrar con sopa o cualquier comestible que lo ayudara a sobrevivir en la prisión, por lo que además buscaban persuadir a su clientela sobre cuál de los dos dibujaba mejor, y a quién de ellos debía ordenársele algún trabajo de ilustración.

Entonces habían asumido una actitud impropia para el género y habían intentado lacerarse el rostro con las uñas viéndose el custodia de turno precisado a llamar a los tortugas quienes aguardaban el desenlace para irrumpir airadamente a romper el "motín," a la primera orden del sargento, quien había entrado al dormitorio en compañía de la oficial Carol, para verificar cual era la gravedad de la situación, y entre quiénes era el altercado.

----- ¿Donde están los muchachos de la pelea? --- Cuestionó el sargento, quien al ver que nadie respondió, se volvió con la mirada interrogante a la custodia de turno que había hecho la llamada.

---- Son los del cubículo 6 y 3, vengan los dos---- Gritó el custodia.

Los dos señores se incorporaron, salieron de su escondite con un dejo de timidez, como dos colegiales intimidados que habían permanecidos sentados en sus respectivas camas avanzaron hacia el sargento dejándose ver el rostro de niños asustados.

Cuando las pupilas del sargento se percataron de las siluetas de los enjutos y envejecidos personajes, inclinó el torso, dobló la cabeza y dejó escapar una estruendosa carcajada de burla.

---- Es que ya ni los abuelos quieren comportarse, ¿No les das a ustedes vergüenza de seguir dándole malos ejemplos a los más jóvenes, cómo piensan justificarse?--- Cuestionó el sargento.

---- Lo siento sargento él fue el que comenzó cobrando una comisión que no le correspondía, y ahora no quiere devolvérmela.--- Dijo el del cubículo 6.

----- No es así sargento, el cliente era mío, me pagó  por adelantado seis sopas ya me la comí, yo le había dicho por anticipado a este señor que mi cliente me había pagado seis sopas por adelantado, y sin tomar en cuenta mi advertencia el hizo y entregó el dibujo que yo tenía que hacer, entonces al mudarse, el cliente le dijo que yo tenía el dinero, las sopas, este señor me está presionando para que yo le pague, ¿ De quién es la culpa?--- Replicó  el del cubículo 3, con intensión de justificarse.

---- Está bien, vamos a acabar esto, empacas que te vamos a mudar---- Le dijo el sargento con determinación al del cubículo 6.

Mientras el número seis empacaba otro prisionero había osado preguntarle a la oficial Carol por qué andaba con los tortugas, por lo que ella buscando justificarse le reveló que era que ella había estado en entrenamiento todo el día, porque la habían trasladado a esa unidad.

Esa había sido la verdadera razón por la cual ella había tratado de obtener la confirmación de El mar, que era una voz confiable entre los prisioneros.

Los tortugas como solían nombrarlo en ese entonces, era un equipo especializado en motines carcelarios, su nombre lo debía a su relación con la indumentaria que solícitamente vestía, tenían unos protectores acorazados adornados con un tester que producía descarga eléctricas.

Esa noche como siempre sucedía, El mar soñó que andaba por una calle arrastrando una caja de cartón con el fondo desprendido, había entrado a un edificio de servicio social donde había un grupo de trabajadores sociales que discutían los casos de asistencia con los clientes, y hablaban sobre los documentos requeridos para la cualificación para aquellos interesados en que se le abriera un caso de asistencia pública, al abrir la puerta de entrada a la oficina a donde se dirigía se encontró de frente con una mujer blanca de ojo color miel que aproximándose a él lo cuestionaba:

---- ¿Te acuerdas de mí?---- Preguntó.

Él la miró fijamente de forma elucubran te como si buscara descifrar su esencia, y descubrió que su pelo rubio combinaba con su ojos verde aceituna, pero además notó  que estaba embarazada, la reconoció, se había encontrado con una novia del pasado, con una mínima diferencia: en sus años de pubertad ella tenía los ojos de un azul del mar y en ese momento lo mostraba enmielado, que se tornaban verde aceituna, sin disimulo sintió una inquietante curiosidad de cuestionarla, entonces le preguntó :

---- ¿Cuántos hijos tienes?

Ella con sonrisa jocosa le respondió con la mayor frialdad:

---- Tengo nueve.

Los aplicantes que estaban en la estancia se volvieron boquiabiertos y sonrojados pero celebrando la respuesta comentaron:

---- No hay dudas que eres una pobladora del mundo, con nueve se forma un equipo para jugar, un pelotón para guerrear, y un coro de varias voces para alabar al señor.--- Dijo uno de los presentes.

Habían pasado varios días desde el incidente del Topo, era domingo y todos descansaban en su cama.

El Topo en ese momento reflexionaba sobre las pruebas de la vida, y cómo él a su edad, había vivido tan aproximado al peligro pareciéndole un chiste.

Recordó al gladiador con cariño y sin darse cuenta que pensaba en voz alta dijo:

---- Gracias gladio, tú me inspiraste a ser un hombre y te esfumaste de mi, temiendo que siguieras tus pasos, sin embargo aquí estoy con la marca del destino, ¿quién ha dicho que se ha de evitar lo que esta prescripto para que suceda? Lo que más temiste fue lo que más fácil ocurrió y aquí estoy rindiéndote honor.---- Agregó como si se burlara de él mismo.

Bien lo expresó el aguerrido, árbol que nace podrido nunca mata a un cocodrilo.

Recordó sus andanzas con Lázaro Osorio a quien por accidente había visto en la explanada el sábado y en el tipo de camaradería que aún solía manifestar:

---- oye, ladronaso, ¿qué Tú haces aquí?--- Le había gritado el saludándolo.

---- Lo mismo que tú delincuente---- Le había respondido Lázaro.

Ambos se habían colocado las manos sobre los brazos y danzaron en circulo celebrando aquel encuentro, habían recordados sus años de travesuras, principalmente ese día que le había tocado salir juntos en busca de una supuesta "pureza" como solían llamarle ellos a la cocaína, para expresar que era de calidad, sin corte y sin mezcla.

Ese día habían ido a un lugar donde había una ventanilla donde introducía el brazo como una técnica del suplidor de no dejarse ver la cara, y en esa ocasión le tocó al Topo quien portaba en su mano cuatrocientos dólares para pagar el pedido, sintiendo que con gran esmero alguien se lo había recibido desde adentro, sin embargo habían pasado unos minutos de espera, con tensión, sin que le entregaran la mercancía que habían pagados.

Habían decidido encaminarse al interior para indagar el por qué de la demora, descubriendo de pronto que habían sido timados, encontraron el apartamento vacio y con la puerta de atrás abierta, adentrándose por el patio del edificio encontraron que alguien Trataba de escapar despavoridamente.

Saliendo hacia la calle, lo siguieron y lo vieron abordar un carro negro, alejándose apresuradamente, justamente cuando se alistaban para seguir tras de él, vieron que alguien más se descolgaba por la escalera de escape del edificio.

Una pistola niquelada calibre 25 en sus manos fortaleció su instinto, corrieron tras el último rufián tratando de atraparlo, y antes de andar muy lejos lograron capturarlo, frotaron le el cañón sobre sus sienes e ipso fácto descubrieron que el pillo se había orinado.

--- Entrégame la mercancía, condenado o no tendrá tiempo de contarlo.--- Le gritó el Topo amenazante.

---- Yo no sé nada, el que se fue en el carro negro es quien se llevó el dinero, el es mi amigo, yo sólo estaba vigilando, no me maten que yo no sé nada. ---- Gritaba tembloroso el atrapado.

---- Muy bien, ven con nosotros y llévanos donde él vive, o si no eres hombre muerto. Le advirtió Lázaro Osorio sujetándolo por los antebrazos.

---- Está bien, vamos, pero no me maten.

Se dejaron guiar por su rehén, recorrieron las calles empolvadas de un empobrecido sector de la ciudad, se detuvieron frente a un edificio donde se había visto el carro negro que buscaban, por la fachada del área daba la impresión que el edificio donde se refugiaban estaba abandonado, le indicaron al rehén que golpeara en la puerta, una voz le respondió desde adentro:

---- ¿Quién?

--- Soy yo, abre.--- Dijo el rehén.

Una vez de haber reconocido la voz, el forajido del interior abrió sin percatarse, la fachada del edificio estaba envejecida y la puerta carecía de visor, pues así al abrir, antes de que pudiera reaccionar , mientras el Topo encañonaba al rehén, Lázaro se apodero del Timador, le introdujo las manos en el bolcillo, y allí estaban los cuatrocientos dólares, que unos minutos antes le habían sustraídos.

---- Cojan lo que quieran y no nos maten.--- Dijo el Timador.

---- Deberíamos hacerlo para que respeten... Le vamos a dar una oportunidad, pero si se repite la acción, morirán.---- Le advirtió Lázaro.

Lo llevaron a una habitación interior y le repitieron:

---- No salgan hasta que no cuenten hasta cien porque si tratan de seguirnos ya saben a lo que se arriesgan.--- Le especificó el Topo.

Salieron con toda la precaución posible, abordaron el carro y abandonaron la escena.

El Topo sonrió con cierta picardía y de un pensamiento pasaba a otro, y recordó además lo que había pasado ese mismo día sin reglas ni tregua, después de haber recuperado el dinero como todos sabemos a punta de pistola, se dirigieron donde Wanda, una novia de aquel entonces y junto a ella encontraron a su amiga Brenda, las cuales decidieron sumarse al recorrido.

De ahí se encaminaron a otro lugar tenebroso y apartado de la población, se detuvieron en una cuadra, mientras Wanda y Brenda aguardaban en el carro, Lázaro y el Topo ingresaron a un edificio, sorprendente estructura, caminaron a lo largo del pasillo hasta el fondo donde subieron por una escalera hasta el segundo piso deteniéndose en el apartamento 2K donde golpearon la puerta.

Sintieron que desde adentro una corriente de aire que salía debajo de la hendija se aproximaba a ellos y tras la corriente escucharon que alguien movió la manecilla del

Visor mientras miraba hacia afuera, quien se movía desde adentro jaló la puerta hacia él, dejándola atorada a una cadena que sólo mostraba una franja, de donde el suplidor miró con suspicacias y algo alarmado preguntó refiriéndose a Lázaro:

---- ¿Quién es él?... te he dicho que no me traiga gente desconocida, por favor Topo.--- Pronunció el suplidor algo alarmado.

---- Cálmate Chori, el no es desconocido, el es Lázaro Osorio, mi asistente, lo traigo para que lo conozca por si algún día no puedo venir.

---- Bueno, está bien, ya lo tuyo está --- Le dijo mostrando la mitad de la cara por la hendija de la puerta, aún sin desprender la cadena, el Topo le dio el dinero enrollado, el Chori se alejo de la puerta, y al momento regresó con una bolsa de papel que contenía una libra de cocaína, que el

Topo atrapó con la yema de los dedos y que ipso fato probó llevando el pulgar a la lengua.

---- ¿Estás seguro que esto no es coprís, es este pun puro?--- Cuestionó el Topo con inquietud.

---- Topo, hasta la pregunta es necia, tú sabes que lo mío es bueno, yo no vendo basura, yo se que tú lo quieres puro para cortarlo, el único que corta la mercancía con coprís y medicamentos de locos eres tú Topo.--- Le dijo algo irritado.

---- Cálmate Chori, no es para tanto, tú está muy nervioso… Está bien, hasta luego. --- Dijo el Topo.

Se introdujo la bolsa en el bolcillo izquierdo del abrigo y salieron:

---- Vi que te la estrujaste entre los dedos, ¿por qué?--- Preguntó Lázaro.

Si yo la froto y desaparece es pura, y si la froto y no desaparece está mezclada con coprís.---- Expresó el Topo.

---- ¡Topo, que delincuente eres, te has hecho un maestro del bandidaje!--- Respondió Lázaro admirado y con cierta condición de respeto.

---- ¡Ya Lázaro! no tienes que elogiarme, de todos modos voy a pagarte tu dinero, aunque no me elogie---. Dijo el Topo con picardía.

Avanzaron hacia el vehículo donde aguardaban Brenda y Wanda, el Topo guardó los estupefacientes debajo de la alfombra del carro, y emprendieron el retorno a la guarida donde él verificaría el contenido adquirido.

A mitad del camino en una intersección, el Topo que iba al volante tendió a distraerse cruzándose una luz roja que atrajo la presencia de un patrullero oculto que vigilaba, cuya unidad la integraban dos agentes de erradas preferencia sexuales, que siguiendo tras ellos con la sirena encendidas los indujeron a detenerse, haciéndolos salir del carro lo revisaron cuidadosamente, y casualmente debido a que la alfombra del carro se veía levantada, lograron ubicar el material.

Algo sucedió que racionalizó las almas de aquellas lesbianas detrás de un uniforme policial, y pudiendo más el deseo que el deber, sin tener que pedir refuerzo encerraron a los cuatro en una caseta de reten que para tales fines se había edificado en la proximidad.

Intercambiaron algunas opiniones entre las dos antes de que sacaran a Wanda y a Brenda, a las que susurrándole al oído, le habían dado a entender el propósito.

---- Topo, estas mujeres son lesbianas, nos están enamorando--- Le dijo Wanda al Topo en su lengua materna, lengua que las agentes no entendían.

---- Síguele la "corriente" a ver si nos libramos de la cárcel. --- Le dijo el Topo.

---- ¿Qué ustedes hablan?---- Cuestionó una a la que le decían Chila.

---- No, le estaba preguntando a mi hermano que si no le parecía que tú eres una mujer hermosa y agradable.--- Respondió Brenda con ánimo de manipulación.

Chila Sonrió.

Entonces dejaron encerrados a Lázaro y al Topo mientras se trasladaron con Brenda y Wanda a una de las casas que habitaban las agentes.

Parecían parejas de esposos alojadas en cabañas de esparcimiento.

---- ¿Qué y mis hermanos?---- Preguntó Wanda.

---- No te preocupes, hermosa, nosotras amaneceremos de servicio y mi supervisora y yo antes de la cinco de la mañana encontraremos una solución, lo que importa es que ustedes se porten bien con nosotras y todo estará resuelto.--- Dijo Chila refiriéndose a la otra oficial.

Las oficiales consumieron una gran parte de la mercancía incautada, la otra parte la dejaron en el apartamento para consumirla después, y en su lugar colocaron bicarbonato de sodio, el cual llevaron al laboratorio con el objetivo de que cerraran el caso por falta de evidencia, para que Wanda y Brenda quedaran complacidas.

Cuando llegaron a la corte y llamaron al Topo y a Lázaro Osorio frente al juez, éste le preguntó lo siguiente:

---- ¿Con qué objetivo poseían ustedes las evidencias que le incautaron las agentes?

---- Para Nuestro consumo señor Juez---- Respondió el Topo con ingenuidad fingida.

---- Menos mal que me respondiste eso, porque si me hubiese respondido lo contrario, te ibas a mandar preso por estafa al consumidor, el caso ha sido desechado, por lo que no se continuara con el proceso, suéltenlo.--- Dijo el Juez.

El Topo y Lázaro Osorio salieron en camaralenta, como si anduvieran en una marcha nupcial, pero cuando percibieron que estaban fuera del alcance de la vista del Juez se lanzaron a correr, de esa manera lograron librarse aquellos hábiles aventureros de aquella terrible pesadilla.

El Topo había vivido tanto en tan poco tiempo, que todas esas experiencias habían sido para él como un gaje del oficio.

Ya cuando había cumplido doce años siendo aún niño, él había hablado con un pastor evangélico que encabezaba un programa donde ofrecían cinco mil dólares a cambio de cada arma de fuego que voluntariamente se entregara, y al momento en que el topo había aparecido para la entrega se presentó con dos granadas, y habiendo cambiado de opinión

Se negó a entregarla por la suma ofrecida, él quería veinte mil, y al no querer entregarla amenazó con retirar el pasador de una de ella si no le pagaban la suma exigida, al momento estaba el área invadida de peritos en bombas, psicólogos y habladores persuasivos. Además de que volaron al lugar helicópteros, se desplazaron tanques de guerra, policías armados con a metralletas y revólveres, el caso fue que hubo un gran movimiento.

Hasta que el pastor logró persuadirlo, al ser menor quisieron incriminar a su madre, pero por intervención de la iglesia católica que ayudó con la defensa, lograron evitar que la procesaran y le quitaran la custodia del muchacho a quien internaron en una casa de menores hasta los catorce años, después de los dos años lo dejaron regresar a la casa lo que aprovechó la madre para mudarse para otro estado, fue cuando se trasladaron de chicago al paraíso.

Para ese entonces todo había quedado como una travesura de niño malcriado que había encontrado un juguete peligroso en las calles, esa fue su primera experiencia criminal.

# CAPITULO 31

Después de lo acontecido entre Wanda Y Brenda con las oficiales Chica y Nica, sucedieron ciertos acontecimientos que no voy a omitir para que mis venerables lectores no me acusen de cómplice.

Entre Chica y Nica que siempre hubo una notable camaradería, ahora se había generado un sorprendente vacio, ya la cosas no volverían a ser lo que eran, Nica que por muchos años había trabajado como su supervisora forzosamente la había abandonado, un accidente automovilístico le había arrebatado la vida, quedando Chica sumida en un profundo y desasosegado dolor.

Todo esto la había llevado a identificarse cada día con mayor dependencia en la comprensión de Wanda, ellas habían seguido entendiéndose desde que el topo y Lázaro Osorio habían quedado en libertad.

Chica se había dedicado abiertamente a ofrecer protección al Topo quien se había interesado en avanzar en el negocio de los estupefacientes aprovechando dicha coyuntura, al Topo al principio le molestaba que su novia estuviera asediada por aquella prófuga del sentimiento masculino, pero como astuto al fin, pensó que lo mejor sería seguir fingiendo que él y Wanda eran hermanos,  temiendo que se desatara una persecución en su contra si Chica llegara a saber la verdad, pues por mucho tiempo ellos se hicieron pasar como los hermanos de padres que sólo se tenían uno al otro.

En ese drama duraron varios años hasta que un día inesperadamente, Chica llegó al apartamento donde compartía su vida con Wanda, y encontró que ella y el Topo se la habían pasado foyando.

Fue tan grande la impresión que ella no pudo controlarse, y sin más preámbulo tomó su arma de reglamento suicidándose de un solo tiro en las sienes.

Aquel cuadro desgarró el corazón de Wanda a tal grado que para ella superar el trauma, todavía al año estuvo asistiendo a un programa de terapia intensiva.

En el momento del suicidio de Chica El Topo procedió como si nada hubiera tenido que ver, con la mayor paciencia llamó a Arturito Ulloa, el nuevo compañero de Patrulla que al morir Nica, le habían asignado a Chica, que también era conocido por ellos , para que fuera a identificar el cadáver, al presentarse aquel ya habían pensado muy bien como le iban a explicar lo acontecido, le dijeron que Chica había entrado a la casa llorando y que sin decir nada ellos vieron que sacó el arma de reglamento y se disparó en las sienes, como todo sucedió muy rápido a ellos no le dio tiempo de hacer algo para evitarlo, y Arturito Ulloa no puso en dudas la sinceridad de la confesión.

Para que no hubiera mal entendido de lo dicho, el topo antes que Arturito Ulloa arribara a la morada, llamó a Brenda para que a la hora de la declaración estuviera presente y reforzara el testimonio.

Después que Arturito Ulloa vio el cadáver de su compañera de labores, entonces llamó a la unidad de homicidio del precinto donde estaban asignados, y en un abrir y cerrar de ojos, estaban las calles del barrio inundadas de policías.

Un año después de la recuperación, Wanda optó por huir, de la violencia generada en ese entonces en el paraíso por la circulación de narcóticos, por lo que decidió trasladarse a Isla Dorada donde permaneció gran parte de su vida, allí siguió estudiando hasta graduarse de relaciones internacionales, conoció un francés y se fue a Europa con él, sin que se volviera a saber más de ella.

El Topo había logrado un exitoso historial de chico fuerte, que los jóvenes que interactuaban a su alrededor admiraban.

Allí estaba la historia resumida de todas las andanzas en que el Topo y sus camarillas habían incurridos, ahora se encontraba en Véngala, con 22 años, tratando de redefinir su camino.

El Paraíso era una nación con un matiz conservador, con un pluralismo emanado de una población cosmopolita, donde a su vez operaban diversos tipos de instituciones, corporaciones y grupos ideológicamente diversificados dentro de una cortina del neoliberalismo imperial, con ciertas "libertades" que algunos de sus pobladores mal interpretaban libertinamente en la expresión "no debes pecar, pero si decide hacerlo te vamos a castigar".

Para ese entonces imperaba un aforismo emanado del fervor de la población, de que "el ladrón juzgaba por su condición, y los gobernantes para sus propósitos, en cada víctima veían un victimario que si no coincidía con su causa, casi siempre intentaban criminalizarlo manipulándole los hechos o fabricándole otros cargos para justificar las incriminan tés decisiones jurídicas que el sistema pre-establecía para evitar reclamaciones por daños, discriminaciones o perjuicio, y al mismo tiempo para vender la imagen de que las decisiones de un " please Guilty", eran voluntarias, no forzadas.

Durante el proceso de oferta en el caso de El mar, alguna vez se atrevieron a decirle en corte:

--- "Te vamos a reducir los cargos a los niveles de una infracción, que eso es prácticamente como nada.--- Le ofrecían.

--- Es bueno que reduzcan a nada una falsa acusación, porque viniendo la nada de la nada no existirían motivos para ser ponderada una encarcelación.

Entonces antes aquella respuesta hubo un tiempo de Reflexión.

Los pobladores del Paraíso eran muy temerosos de los radicalismos y los excesos de la violencia en los tiempos modernos, y a lo largo de su historia, fuera de las gestas independentistas y guerras civiles que se generaron dentro de su territorio, jamás se supo que otras naciones llegaran a invadirla, ya que el reino exportaba guerras a playas foráneas.

Los diversos actos de violencias que se registraban o eran domésticos, malos entendidos entre familias, o fuego cruzado entre policías, o acciones generadas por la delincuencia organizada, ya fueran pandillas o delincuentes comunes.

Sin embargo, con la llegada de la nueva era, el siglo veintiuno, se había incrementado la violencia interna, generándose grandes controversias y beligerancias terroristas, dando orígenes a dos clases de terroristas:

Los conservadores, y los radicales que destruían vidas y propiedades en hará de una causa relihistori-ideologica que los inducias a asumir misiones de auto-martirizarse.

Estos solían asumir sus responsabilidades admitiendo sus actos o atentados ante la opinión pública, para responder a sus objetivos.

En cambio los terroristas conservadores se describían en la expresión como "la gatita de María Ramos, que tiraban las piedras y escondían las manos" porque le gustaban actuar tras bastidores, frecuentemente, fungían como autores intelectuales, más que mercenarios se valían de sicarios que nunca se auto martirizaban.

Cuando le encomendaban una misión y fracasaban, se cuidaban de no ser identificados, porque temían a las reacciones de la opinión pública, muchas veces se escudaban en las instituciones estatales y eran renombrados como terroristas de estados.

El miércoles diez de junio El mar se levantó temprano, se afeitó, se duchó y fue llamado de la clínica para el chequeo rutinario.

Lo pesaron, le tomaron la presión, le leyeron el resultado de los análisis de sangre y orina que previamente le habían hecho, cuyos resultados fueron negativos y favorables, había perdido veinte libras, y la diabetes cada día parecía más controlada.

Después del incidente que El mar y el oficial Caruso habían protagonizados aquella vez, ya no habían vuelto a irrespetarse, sin embargo ese día, nuevamente Caruso volvió a aproximarse a El mar, esa vez para informarle que tenía una visita.

Antes aquella información el doctor trató de no retenerlo por más tiempo, después que acabó de informarlo de sus favorables condiciones de salud, El mar regresó a J-1 a recoger la tarjeta roja que lo autorizaba a acudir a la visita, y que por cierto una vez de regreso tendría que devolverla al custodia, porque si no se la devolvía y se la encontraban encima después de la hora, podrían declararla contrabando y escribirle una contravención equivalente a veinticinco dólares.

De todos modos se encaminó al salón de visita, y una vez allí se encontró con el abogado Dino J quien aunque no había respondido las cartas de El mar, si las había recibidos, acudiendo a la convocatoria, una semana antes del 15 de junio, que era cuando tenía asignada la nueva fecha para volver a corte.

Entraron a una salita pequeña que estaba al lado izquierdo del salón de visita, junto a un intérprete de la corte que había llegado acompañando al abogado Dino J.

Mientras estuvieron allí dentro, el abogado le habló sobre lo que existía en el caso que no era más que una violación a una orden de protección, y que podía ser reducida a una infracción menor o tal como una de carro, mientras él discurseaba, El mar guardó silencio y lo escuchó pacientemente, cuando él acabó de hablar El mar lo aplaudió burlonamente y le dijo:

--- A tus oídos resulta agradable tú discurso, pero no para los míos, si yo no acepté hacerme culpable cuando tenía dos semanas, ahora que he cumplido dos mese y siete días, menos lo aceptaría, la única negociación que puede haber o aceptarse es que voten el caso y que me den la custodia de mi hijo que tanto ha sufrido en medio de estas dificultades.--- Dijo El mar.

--- ¿Por qué, acusaste a Maycol K?--- Preguntó Dino J.

--- Porque no me estaba representando adecuadamente él sabía todos los pasos que yo había dado referente a esos programas, él estaba lo suficientemente; informado, y aún así él dejó que me encarcelaran, además yo no sé por qué ellos me asignaron (TASC),

Tratamiento Alternativo para Crímenes Cometidos en las Calles, si yo no he cometido ningún crimen ni uso drogas ni alcohol, ni soy violento.--- Dijo El mar.

El abogado Dino J. tomaba notas de todo lo que él le decía.

--- ¿Si se hace el juicio, cómo tú lo quieres, sólo, con el Juez, o con un jurado? --- Cuestionó Dino J.

---- Con Jurado, yo se lo dije al juez. --- Expresó El mar.

---- ¿Tú quieres hablar?--- Continúo cuestionando Dino J.

---- Por supuesto que quiero hablar, quiero que el jurado escuche como comenzó este caso y por qué  ha llegado a donde estamos, además, necesito que el 15 de junio me dejen salir para prepararme para el caso.--- Planteó  El mar.

--- Voy a someter una aplicación para que te dejen salir.--- Dijo quedamente Dino J.

--- Espero que lo haga, porque yo hasta ahora, ni muerto aceptaré una falsa culpabilidad, el motivo de acusar a Michael k, fue precisamente, porque cuando el Juez le dijo que me iba a encarcelar él le respondió que él no podía regresar a corte antes de dos semanas, y me sorprendió que apareciera en corte tres días después. —Argumentó El mar con una cierta sed de justicia.

---- Tenían que asignar otro abogado, Justificó Dino J.

--- Si él podía estar presente para eso, también él pudo estar presente antes para solicitar mi libertad, esos programas que me asignaron además de ilegales, son maliciosos, porque no se justifican con la acusación, por eso en el juicio yo quiero que se mencione que hubo Una conspiración con la intención de criminalizarme, esa dos semanas en que Michael K. había propuesto regresar era el tiempo que habían planeado para ofrecérmelo como tiempo servido a cambio de una culpabilidad, y para mí, eso se llama conspiración.--- Argumentó El mar.

---- Lo que se trate será en función de la violación de una orden de protección, la fiscal no va a admitir una moción de que hubo una conspiración--- Aclaró Dino J.

----¿si, porque no le conviene al sistema y a sus ideólogos, Pero yo voy a insistir que si, hubo conspiración, quiero que sepan todos los detalles de éste caso, quiero desenmascarar a los hipócritas que están detrás de esto, además Celeste Capellán comentó a alguien en el edificio donde vivíamos que la ciudad de Yonkers quería criminalizarme por la fuerza, yo lo supe y esa es razón suficiente para que se denuncie la conspiración, sea con el propósito que sea.--- Afirmó El mar.

---- Bueno, prepárate para el día 15 de junio, si pierde el juicio te darán un año, Dijo DinoJ, con la intención de manipular e infundir temor en El mar.

---- Eso es importante, el 5 de mayo me dijiste dos años, y ahora dice que uno, eso quiere decir que cada día nos encaminamos más a mi inocencia, está bien, no olvides que eres mi abogado y si persiste en que acepte una culpabilidad, me veré precisado a cambiarte.---- Le advirtió El mar.

---- No te preocupes, a prepararnos para el día 15.--- Dijo Dino J. con una voz fingida, mientras se ponía de pies en una acción combinada con el intérprete, con la intensión de retirarse, se despidieron y cada uno se encaminó a la puerta de salida.

Antes que abandonaran la estancia El mar le preguntó si había recibido sus cartas, sin embargo aunque le afirmó  haberla recibido, no le refirió nada de los papeles de corte que El mar le solicitaba en ella.

Cuando se habían alejado de El mar, Dino J. le comentó al intérprete:

---- No es un hueso fácil de roer, ¿quién era el abogado que le asignaron antes que yo llegara?--- Cuestionó Dino J.

---- Fue míster Smith.---Respondió el intérprete.

---- ¿por qué no le daría seguimiento al caso?--- Comentó Dino J.

---- Él quiso que lo soltaran desde el primer día, hubo cierta discrepancia, porque Michael K. habló con él, le explicó lo que pasaba, y le dijo que El mar lo había acusado de negligencia legal, y míster Smith no quiso tomar el riesgo de verse involucrado.

---- Entiendo --- Afirmó Dino J.

Se encaminaron a la puerta y abandonaron el salón.

# CAPITULO 32

El Topo había entrado en un proceso de reflexión donde trataba de encontrar una respuesta a su vida, después de lo acontecido en el salón de visita, algo había empezado a manifestarse en él y experimentó una gran conjetura al grado que se vio precisado a golpear la pared, al pensar que la conexión que le suplía los estupefacientes que él distribuía entre la población de prisioneros de Véngala, lo estaba timando o le estaba enviando basura para que los prisioneros pensaran que él lo estaba robando y trataran de matarlo.

Su coraje era tan grande que él quiso estar en la calle para ir a ajusticiar a aquellos que habían osado desafiarlo, sin embargo algo había sucedido diez minutos después de haber experimentado ese arranque soberbito.

Había entrado en un proceso reflexivo que él nunca antes en su vida había experimentado, y recordó que si nunca antes ellos le habían suplido mercancía mala, y en ese momento, justamente al suceder el incidente del salón de visita las pruebas del laboratorio había reportado bicarbonato de sodio, como en los tiempo de las oficiales Chica y Nica, debió ser por algo, ya que el Topo entendía que nada era casual, y que a pesar de su poca edad la vida no sólo le había permitido intensas pruebas, si no también grandes oportunidades.

Daba la impresión de que el Topo había empezado a entrar en un periodo de revolución espiritual, esa noche fue asaltado por una aureola reflexiva y se retiró a dormir desde el mismo momento en que apagaron las luces, y a pesar de que quedaban otros prisioneros hablando ruidosamente, él pudo conciliar el sueño con facilidad cayendo en un trance onírico que le permitió percibir la proyección de un video de su vida en una sala de cine de la ciudad.

Vio el Topo todas las cosas pecaminosas en que él había incurrido, incluyendo el incidente generado en el salón de visita, entonces también vio la aparición de un ángel que le anunció:

---- Sé  que eres consciente de las trágicas escenas de tu vida, sin embargo ningún mérito es tuyo, el señor te has protegido de todo lo que parece malo porque te quiso preservar para todo lo que los humanos aceptan como bueno, y desde esa óptica será mayor el bien que practique que las experiencias amargas en que has incurrido.

Al concluir el mensaje de glorificación el ángel se esfumó , y el Topo despertó sobresaltado, se sentó en la cama metálica pintada de azul, fabricada a base de barras y planchuelas de hierro, y sintió un silencio sepulcral, todos se habían dormidos.

Se encaminó hacia el baño y orinó en uno de los urinarios, miró hacia el escritorio del custodia y descubrió que éste a pesar de estar llamado a vigilar, también dormía profundamente, apoyando sus espaldas al espaldar de la silla.

Retornó silenciosamente a la cama con el mayor cuidado de no despertar el profundo descanso de los otros.

Ya, nuevamente en cama, reflexionó sobre el mensaje de la revelación.

En ese mismo instante volvió a aletargarse y se encontró en una fiesta que era como un gran auditorio donde había mucho público, el subió a un escenario y el público lo aplaudía como si él hubiese sido el artista invitado, la multitud lo coreaba pidiéndole que cantara, después de un tiempo de insistencia, él se dirigía al público diciéndole:

---- Gracias por invitarme, si me toleran voy a cantarle una canción que me levanta el corazón, se titula plegaria de amor y dice así:

El señor me redimió por amor, el señor me redimió por amor, hace un tiempecito que escuché una voz, una voz de gloria, una voz de amor, una voz del ángel, ángel del señor.

Yo vine a avisarte oí que me habló, el señor te quiere para una misión.

Aleluya gloria al padre gloria por su redención, que perdido me encontraba y el padre me redimió. Aleluya, aleluya en el nombre del señor, aleluya gloria al padre gloria por la salvación.

Transitando voy, voy con el señor, abriendo camino por la redención.

Una voz me dijo yo soy tú pastor, yo soy Jehová, soy tú salvador.

En los cielos y en la tierra yo soy el señor, de mares y estrellas soy el creador, soy Dios de esperanza, Dios de salvación, adorarme puedes con tú corazón.

Oye mi voz y sírveme, de tus enemigos yo te libraré, oye mi voz y sírveme.

No importan las saetas, no importa el batallón, yo soy Jehová soy tu salvador.

No importan las calumnias ni la traición yo soy Jehová soy tu redentor, pelearé por ti te defenderé, si ejércitos vienen los dispersare, si tu vida quieren, se lo impediré.

Ni con enviación ni con sortilegio podrán destruirte, soy un Dios sincero.

Yo peleo por ti, yo soy tu guerrero.

Yo escuché una voz que me saludó, sírveme por siempre que yo soy tú Dios. Soy Dios de esperanza, Dios de salvación, adorarme puedes con tu corazón.

Oye mi voz y sírveme de tus enemigos te libraré, aunque ellos te odien los pondré a tus pies.

Aleluya gloria al padre, gloria por su redención, que caído me encontraba y el padre me levantó.

Aleluya, aleluya, gracias por la salvación con mi voz quiero ofrecerte esta plegaria de amor.

Aleluya, aleluya, gracias por la salvación que en los cielos y en la tierra Jesucristo es salvador.

Aleluya, aleluya, gracias por la redención que de todo el universo punto cero es creador. Aleluya, aleluya, gracias por la salvación, que en los cielos y en la tierra Jesucristo es el señor.

El Topo había estado soñando ininterrumpidamente por varias horas, cuando despertó, descubrió que los prisioneros, estaban mirando hacia su cama, debido a que las últimas estrofas de la canción, la estuvo cantando en voz alta, y los prisioneros pensaron que él hablaba mientras dormía, entonces el Topo al descubrir que todos lo miraban atónitos, comenzó a llorar, inconsolablemente frente a todos, el custodia se encamino hacia donde él se encontraba:

----- ¿Te sientes bien?--- Le preguntó.--- el topo titubeó y aún sollozando le dijo:

---- Si, era simplemente un sueño, un sueño maravilloso, tanto así que aún bajo los efectos del llanto, siento una profunda felicidad.---- Dijo.

---- Por eso te pregunto, por qué  despertaste a todos con tú canto, y cuando te creemos contento te sorprendemos llorando. --- Aseveró el Custodia.

---- Si, es un llanto indescriptible… es como un llanto de alegría, de liberación, de paz, porque ahora sé que mi vida cambiará, a partir de ahora todo el sucio que había acumulado en mi alma, desaparecerá, comienzo a ser la esencia de mi mismo. ---Afirmó el Topo con cierta determinación.

---- Me alegro por ti y te felicito.--- Le corroboró el Custodia.

Es verdad que a partir de ese día de humillación y alegría el Topo empezó a ir a la iglesia y se fue adentrando en el espíritu estrechando cada día más su relación con Dios.

Un día asistieron a un servicio de la iglesia protestante con unos predicadores de mucha unción, y al concluir la predicación, llamaron a los interesados en comprometerse en conversión, para que pasaran adelante, y los primeros en estar de pies frente a los predicadores, fueron El mar y el Topo quienes ese día habían decidido entregar sus vidas a Dios, dándole un giro a sus trayectorias, y juntos a ellos, 18 prisioneros más.

La llegada de Kant a J-1 quiso trastornar en algo la paz que desde el día de su conversión había empezado a experimentar El mar y el Topo, debido a que Kant era uno de los dos que habían escapado el día del tiroteo cuando la policía había arrestado al Topo, pero que coincidencialmente unos años antes había tenido problema con El mar, por un parqueo en la ciudad del Paraíso: resultó ser que El mar había asistido a un evento periodístico al norte de la metrópoli, y como los parqueos se tornaban difíciles en los tiempos de grandes concurrencias a la ciudad, algunas veces se hacía necesario hacer fila para conseguirlo, es decir se esperaba la salida de un vehículo para que entrara otro.

Pues ese día mientras El mar esperaba que alguien saliera para poder parquearse, Kant que vivía en los alrededores, se había presentado al lugar con una cierta alteración cerebral, por lo que de una forma indecente trató de apoderarse del parqueo que El mar aguardaba, así que al momento en que un conductor se retiraba del estacionamiento, Kant se introdujo bruscamente usurpándole el turno, El mar que tenía a Barbarita y a los niños dentro del vehículo ante tal injusticia, intentó hablar con  él y dejando la llave adherida al llavín  de prender, quiso al instante reclamarle a Kant, quien, lo recibió , violentamente y sin pronunciar palabra bajándose del vehículo lo agredió a trompadas, en un ataque inesperado, y sorpresivo.

Aunque El mar era un tipo de persona pacifica, el  impacto de los golpes, lo llevaron a pensar que aquel era un radical, precisamente cuando aún se recuperaba  de un accidente que  recientemente había tenido, tales puñetazos lo habían llevado a perder el equilibrio  viéndose precisado a dejarse caer, y Kant drogado y alterado quiso retirarse, dejándolo tirado, más reaccionando a tiempo, antes que se alejara conmovido ante aquella injusticia, cuando ya  Kant pensaba que se salía con la suya y su burla se instalaba, El mar se levantó

La tierra se sacudió, se apoderó de la llave cuatro en el baúl del carro, e inicio la quiebra de todos los cristales del Jeep 4x4 que manejaba Kant.

Aquel sumamente enojado, un algo enloquecido se torno enceguecido, encontró una botella verde y como ágil proyectil, la lanzó sobre El mar quien esbozó habilidades de defensa y esquivó la botella.

Entonces Kant corrió jadeando, como perro cansado con mirada iracunda justamente al momento en que Barbarita se bajaba del carro, como El mar le había dejado la llave puesta Kant se introdujo ocupando el asiento del chofer, giró  la llave logrando el encendido llevándose los niños.

Pensó huir de la escena, hurtando los preciados trofeos de aquel padre golpeado por la acción de un acto de ignorancia, Kant trató de secuestrar a May y a Mark, había arrancado el carro mientras El mar corría detrás de él, el semáforo rojo definió aquel camino y El Mar que como un potro jugaba su destino, en el alto, en la luz se le lanzó.

Allí lo capturó abriéndole la puerta, nacieron fuerzas donde no existían, del interior del carro lo desalojó, lo sostuvo por un cordón de oro que portaba en su cuello y que, se le rompió en la mano, lo guardo en un bolsillo, mientras Kant intentaba quitarle la   llave de cuatro con la clara intensión de golpearlo, El mar se lo impidió, estaban fuertemente enfrentados.

Pulso a pulso paso a paso, codo a codo, desde lejos la gente contemplaba en silencio, era una horrorosa escena de violencia callejera, el alto Manhattan se identificaba, el paraíso se enarbolaba, entonces después de un prolongado lapso, los gendarmes hicieron acto de presencia, la policía llegó y  a los dos, los arrestó , Barbarita, que había corrido tras ellos, frente ha aquella batalla se encontró, y motivada, había llamado a zuly y la causa del desastre le explicó , entonces Zuly, se valió de un amigo que autorizado para conducir, ipso facto de aquel lugar el carro retiró .

El mar y Kant habían sido trasladado al precinto policial correspondiente al área del incidente, donde procedieron a revisarlo,  en la pesquisa incautaron una bolsa de cocaína de la ropa de Kant, mientras este alegaba que era para su consumo, uno de los agentes que parecía tener rose con Kant aproximándose a aquel le recomendó que si el juez preguntaba algo relacionado con la riña que le dijera que había sido simplemente una broma entre amigos, debido a que si El mar formulaba una acusación formal, a Kant podría irle muy mal si le levantaban cargo de intento de secuestro, violencia callejera y posesión de drogas.

Desde que Kant tuvo la primera oportunidad, desde la celda colateral siguiendo el consejo del agente empezó a coquetear con El mar, buscándole el lado amable a fin de contentarlo, le pidió disculpa, luego ambos fueron encerrado en la misma celda, al momento del registro Kant le había dicho al agente que El mar tenía su cadena en su posesión , entonces El mar se la entregó  para que fuera a registrarla entre las propiedades de Kant, de esa forma incidentica se habían conocido aquella vez El mar y Kant.

Como el altercado había sucedido un domingo en horas de la tarde habían sido trasladados al centro de "recepción" en la corte de la ciudad en el paraíso donde habían amanecido hasta el lunes, y una vez que el Juez conoció el caso, liberó  a El mar, quien se marchó  ignorando cuál sería el destino de Kant que se lamentaba de haber incurrido en una "estupidez", de esa naturaleza tal como lo expresaba, para luego tener que buscar dinero para reparación de los cristales rotos; de todos modos, en ese entonces a Kant lo habían encerrado por seis meses, y a su salida de la cárcel, empezó a trabajar con el Topo.

Entonces convencido se reafirmó que no debía la gente fiarse de la apariencia porque él había pensado que si abusaba de El mar, nada sucedería porque El mar parecía tener cara de hombre pacífico, y así se lo reafirmó, El mar le hizo saber que el toda la vida había sido pacifico, pero que eso no significaba que él tuviera que permitir que los violentos lo arrastraran por el alcantarillado, por lo tanto el no era coparticipe de los abusos.

En muchos años nunca más se volvieron a ver, hasta esa ocasión en que Kant ingresaba a véngala.

Kant había estado marcado para la cárcel, poco después de escaparse de la redada donde capturaron al Topo, en sus desvaríos se había encontrado envuelto en un problema de disputa territorial, en la que una bala perdida disparada por él, asesinó a un inocente.

Realmente la bala no había sido intencionalmente dirigida al muerto, todo resultó ser un accidente, jando y Kant formaron una disputa porque Jando le había hecho una venta a un cliente de Kant, discutieron, se tirotearon y la bala de Kant fue a alojarse al cuerpo de un adolescente que transitaba en el momento por allí, y que nada tenía que ver con la disputa.

Aunque Kant logró fugarse, ya las calles no serian el mejor escenario para él, la familia del muerto ofrecía cinco mil dólares de recompensa más dos mil que agregó la policía, fue suficiente para que la búsqueda se acortara, con siete mil bailó el chango y dos días después que circuló el afiche en el barrio, un informante anónimos ayudó a la captura y allí estaba en Véngala, ya no era el joven asustado y arrepentido que en una ocasión pidiera excusa a El mar.

Ciertamente no era bueno que a la victima de tanta maldad se le quisiera manipular su verdad, debido a que él sólo objetivo de hacer parecer como victimario a la víctima, es una forma de crear la violencia.

El mar recordaba la expresión del ángel del señor:

---"Quien nació limpio, quedará limpio, pero ese no era el caso de Kant, quien había arrastrado una terrible historia de violencia fungiendo como sicario y gatillero del narcotráfico, y por fin le había llegado el momento donde él tendría que darle cuenta a Dios y a la sociedad, sobre todas las maldades acumuladas en su triste existencia.

De esa manera cuando Kant se encuentra con el Topo en un proceso de transformación, él no podía creer que ese pequeñuelo acostumbrado a gritar y a desafiar a los hombres grandes, se hubiera transformado a los niveles de andar en la cárcel con una biblia bajo el brazo, llamando hermano a sus enemigos y parafraseando las expresiones de Jesús el Cristo de "amaos los uno a los otros o justificándose cuando algo desfavorable le pasaba de que" Dios lo ha permitido para algo mejor", ese no era el Topo que Kant había conocido, y de veras que eso lo enojaba drásticamente porque Kant veía la actitud del

Topo como una hipocresía, porque él pensaba que una persona malvada no podía cambiar de la noche a la mañana como había sucedido con el Topo.

Un día se encontraron de frente y Kant no encontraba la forma más provocativa para humillar al Topo entonces de forma radical y con toda la intensión de molestarlo le dijo:

---- "Adiós topoyiya".

El Topo reaccionó con suma precaución, a fin de no perder su ecuanimidad, sin embargo le advirtió:

---- Kant, yo soy cristiano, no marrano, el que te este tolerando, no quiere decir que te temas, yo amo a Dios, no temo al hombre, deja de molestar y respétame en el nombre de Jesús.---- Dijo el Topo con entereza.

Kant trató de disimular su vergüenza, sin embargo no pudo ocultar su sonrisa burlona y maliciosa.

De todos modos algo había sucedido que lo indujo a retirarse en silencio, no volvió a pronunciarse.

Kant era de naturaleza esquiva, de un carácter difícil, capaz de zozobrar ante la primera tentación. Su relación con el Topo databa desde esos años en que aquel se reiniciaba desde abajo en su carrera delincuencial, en el paraíso y aunque él era de mayor edad que el Topo, el siempre lo respetó, ahora el Topo no entendía cómo era posible que Kant andará poniéndosela difícil, sencillamente porque él había tomado la decisión de cambiar de vida.

En una ocasión se habían puesto de acuerdo para ir a robar cinco kilos de cocaína a un narcotraficante que lo suplía, hicieron como que iban a comprar y cuando lo dejaron entrar lo primero que hicieron fue ponerle una pistola en la cabeza a su anfitrión, quien

aterrorizado no opuso resistencia, revisaron cuidadosamente el apartamento y resultaron premiado, habían encontrado un kilo acompañado de 15,000 dólares, debido a que previo a ellos habían ido a suplirse los compradores que habían encargado mercancía.

También habían encontrado una ametralladora y además del distribuidor a quien encerraron en una habitación, también encontraron a una hermosa mujer que asustada se escondía detrás de una puerta, era una blanca de pelo negro y ojos verdes, que ante lo que sucedió se sometió sin resistirse ni oponerse a la voluntad de aquellos, que viendo que era bonita, también planearon poseerla, mientras Kant vigilaba el Topo se la foyaba, sin dejar de apasionarse con ella y pensó que ningún cerebro podía explicar el mundo de la diversidad de las mujeres, y en especial de aquella de ojos diminutos y translucidos, enmarcado en un contorno, esos ojos transmitían un misterio atroz, cuyo carácter frágil se veía protegido en la inexplicable hibridad de su existencia.

Kant, estaba sonrojado contemplando impávido la voluptuosidad de sus pezones rosadito, que a la vez parecían tan diminutos, como una bombilla sin sócalo, que emanado de su pecho, producían una lucha con los demonios de la lujuria, y aquella indiferencia advertida, como si durmiera sin sueños lo atraían con una mayor inquietud, como si alguna indiferencia que él ignoraba que: transmitía, incentivara su hambre de tenerla.

Cuando el Topo había concluido de revolcarse, ella mostraba un rostro impávido y triste que había quebrantado aquel matiz que lo había obsesionado.

Entonces ya Kant, había perdido el deseo de estar con ella, porque el sonido lejano de su voz, le acordó una doncella del cine de terror, a la que un vampiro sediento le había sustraído todas las energías.

Debajo de un mostrador vieron un bulto que al abrirlo y contarlo sumaba quince mil dólares el contenido, y antes el esplendor del espectáculo, ellos no escatimaron ningún esfuerzo en incautarlo.

De ese mismo dinero le dieron 3,000 dólares a aquella damisela, más un valor aproximado a los cincuenta dólares en cocaína para su consumo.

La llevaron con ellos hasta el pasillo y al salir, la soltaron allí para que decidiera qué camino tomar, si se iba o regresaba a aquel lugar donde el topo y ella se frotaron la piel.

# CAPITULO 33

Como se había planificado, el 15 de junio El mar había regresado a la corte de Yonkers y daba la impresión de que el abogado Dino J. no había hecho nada de lo que se había planeado, entonces recurrieron a hacerle la misma oferta de tiempo servido que ya en meses anteriores le había sido hecha, siempre induciéndolo a que se culpabilizara.

El mar guardó un leve silencio, vio la sala despejada y sin público, tan sólo habitada por el juez y unos posibles candidatos a jurados pre-fabricados, algunos custodias de la corte y el abogado Dino J. más del lado de la corte que dé El mar, que al levantar la vista, vio que el juez en esa ocasión era nada menos que el mismo que lo había encarcelado inocentemente , se trataba de Thomas B. quien fungía fríamente sobre el estrado ufanándose de su posición de carcelero mayor, o de bien aventurado Dios en la tierra, sin que nadie siquiera pudiera calificarlo de racista en soberbiado.

---- Habíamos hecho una oferta anterior y la mantenemos si se declara culpable.---- Expresó, como un terrateniente legislativo.

------ Culpable de qué?... si no lo hice cuando tenía dos semanas por qué habría de hacerlo ahora que tengo dos meses y doce días, sin embargo si me permiten me gustaría plantearme una pregunta que antes había planteado.

---- ¿A quién, a mi o a todos?--- Respondió el abogado Dino J.

---- A todos si es posible.---- Dino J dirigió al juez una mirada como pidiendo su consentimiento, luego de un breve silencio, dirigiéndose a El mar agregó:

---- puede hacerla.

---- ¿ Quién es criminal… aquel que teniendo el poder criminaliza al inocente, o el inocente que es criminalizado por los que tienen el poder?---

Enfatizó  El mar, hubo un breve silencio que sentó la impresión de que el tiempo cabalgaba en una mula, el juez Thomas B. se sonrojo, Elmar, miró de frente a un rubio de pelo bermejo que integraba la mesa de candidato a jurado, y vio  que este asintió con un gesto de cabeza como ponderando aquella expresión que El mar acababa de pronunciar, por lo pronto que nadie respondió Elmar agregó:

---- Porque cómo es posible que ustedes mantengan encarcelado a un inocente, todo para presionarlo a que se eche la culpa, ¿acaso es eso un acto de pureza ética, o de bajeza?, ¿le gustaría que me haga culpable?... Está bien, me voy a hacer culpable, quítenme, las esposas, tengo familia y ahora mismo están sufriendo, vamos, háganme culpable, se van a dar cuenta quién soy yo Dijo levantando las dos manos esposadas para que le abrieran el candado.

---- ¿Te vas a hacer --- Cuestiono Dino J. con un cierto dejo de incredulidad.

---- ¿Por eso no es que me tienen encerrado? Vamos déjenme ir.--- Respondió El mar.

El abogado Dino J. se aproximó a la dactilógrafa que copiaba las minutas de lo que estaba sucediendo, Y le comentó  casi como un susurro.

--- Se va a hacer culpable.

De pronto aquel silencio sepulcral había sido roto por la voz soberbia e imponente del juez Thomas B. quien acababa de salir de su trance de adrenalina que lo había inducido a cambiar de color, se contemplaba rojizo como un tomate pasado de maduro.

---- Voy a mandarte a hacer una evaluación psiquiátrica, para ver si tú entiende lo que está pasando en la corte.---- Dijo

---- No entiendo nada, ustedes me mandaron a hacer una prueba de drogas, y yo no uso drogas, es por eso que no entiendo nada.----- dijo El mar como queriendo expresarle que aunque lo evaluaran psiquiátricamente, él no estaba loco.

uno de los custodias que lo reconocía y sentía una cierta admiración por él lo miró de frente y le dijo:

---- Cálmese El mar.

Un poco después volvieron a apretarle las esposas, lo iban nuevamente a trasladar a la celda de espera, que estaba ubicada en la antesala del salón de Juicio.

Lo sentaron en una silla fuera de la reja, mientras el abogado Dino J. en su plan de calmarlo si dirigió hacia él y le Dijo:

---- Sometí una aplicación para que te dejen salir y pelee tu caso desde afuera, estoy tratando de que la corte sea antes del 14 de julio, pero me ha sido imposible.--- Externó Dino J.

---- No importa, obtendré el perdón del gobernador del paraíso, --- Dijo El mar como di variando.

---- ¿Obtendrás el perdón del gobernador? --- Cuestionó DinoJ. Con cierta incredulidad.

---- Así es, mi corazón no tiene espacio para el odio, pero creo que odio a ese tirano jurídico.--- Dijo El mar refiriéndose al Juez Thomas B., ---- quiero cambiarlo de mi caso. —Agregó.

---- Ese juez no puede cambiarse, es el juez de violencia domestica, espera el 14 de julio, cuando vendrá el otro juez. Afirmó Dino J.

---- Está bien, entrégame los papeles del caso, dámelo ahora, Dino J. tampoco tú me está representando adecuadamente, Dino J. empezó a retirarse en silencio sin responder los requerimientos que El mar le había hecho, hasta perderse en el pasillo.

Cuando llegaron a Véngala, un requerimiento de la corte paseaba de la mano de un oficial, a otro, el juez Thomas B. estaba requiriendo una evaluación psiquiátrica, lo que motivó  que después que El mar se cambiara de ropa, lo trasladaran a la clínica central de Véngala, donde lo vería la doctora Colín, que en su servicio de extensión del hospital central evaluaba todas las recomendaciones y decisiones en materia de medicina general, incluyendo las pre-evaluaciones psiquiátricas que surgieran en tratamientos a los prisioneros de Véngala.

Había un mutismo sorprendente, un custodia lo había desnudado y revisado al momento de desprenderse la ropa que vestía al regresar de la corte, al grado de que hasta la ropa interior tuvo que sacarse, luego que vistió el uniforme de la prisión, otro custodia lo condujo a lo largo del pasillo hasta el despacho de la doctora Colín, dejando la impresión de que ya ésta había sido avisada antes que El mar abordara la sala, cuando ya estaba frente a ella, lo miró escuetamente y le indicó por una señal con la mano que se sentara en la silla que le quedaba al frente, ya una vez sentado frente a ella, la doctora Colín procedió a interrogarlo:

----- Cuéntame, ¿qué fue lo que sucedió? en corte hoy? --- Indagó con cierta amabilidad.

---- Bueno, doctora Colín, parece que de lo que le dije al juez, algo no le agradó.---- Respondió El mar y al mismo tiempo procedió a contarle lo acontecido con todo detalles, inició con las motivaciones y las circunstancias que lo habían conducido a la cárcel.

---- yo no te pedí que narrara la historia completa, sino que me dijera qué fue lo que pasó hoy en la corte.---- Le especificó la doctora Colín.

---- Está bien, ya le dije que le pregunté al juez sobre las condiciones a la que él recurría para criminalizar a los inocentes, y antes aquel cuestionamiento él se radicalizo, quizá porque entendió que los súbditos nunca debían cuestionar al amo, y tal vez por atreverme a tal osadía me mandó para esta sección evaluativa con usted.--- Reafirmó El mar.

La doctora Colín sufrió un ataque de risa incontrolable, mientras El mar la contemplaba en silencio.

---- Lo que sucedió fue que tú hablas demasiado, yo te pregunté qué sucedió hoy en corte y tú me respondiste con demasiados lujos de detalles, a un juez no se le habla directamente cuando se está discutiendo un caso, para eso está el abogado.--- Dijo la doctora Colín.

---- yo le pedí permiso para hablar, ellos me autorizaron, sólo que ellos no esperaban un cuestionamiento de esa naturaleza.--- Argumentó El mar.

---- Está bien, si se decide la evaluación el psiquiatra vendrá a verte aquí, puedes retirarte.--- Dijo mientras le devolvía al custodia la hoja que a su llegada había puesto en sus manos.

La custodia miró el contenido de la página que la doctora le había entregado y dijo:

---- no especificó a qué casa va.--- Afirmó.

---- ¿En qué casa tú estabas?---- preguntó la doctora Colín a El mar, mientras lo escudriñaba con la mirada.

---- En J-1.--- Respondió El mar.

La doctora colín tomó la hoja de referencia que portaba el custodia en su mano, le escribió la casa a donde iba y se la entregó de nuevo. Salieron del despacho de la doctora Colín y se adentraron avanzando a lo largo del pasillo.

Atravesaron varias puertas de barrotes electrónicos hasta que llegaron a un escritorio ubicado a la derecha de una puerta al final del pasillo, donde aguardaron la llegada del sargento de guardia quien revisó la página.

---- ¿Va para la población general, o lo aislamos? --- Se adelantó a cuestionar el prejuiciado custodia.

---- El sargento guardó un breve silencio antes de responder:

---- La doctora recomendó la misma casa.----- Dijo.

Antes de llegar a su destino El mar y otros prisioneros se vieron precisados a volver la cara a la pared, debido a que los tortugas ensayaban sus tácticas de terror, y aparecían y desaparecían en medio del trayecto, tornando la tarde diversificada.

Antes de llegar a su destino lo retuvieron en una celda del camino, por más de una hora hasta que confirmaron la reasignación a J-1, la misma casa de donde había salido en la mañana, sólo le habían cambiado la cama, antes tenía la 16 y en lo adelante tendría la número 10.

El mar había estado en corte el lunes 15 de junio, y aunque había ido con la expectativa de verse con la familia, él no pudo confirmar si estuvieron presente debido a que ese día el había visto al juez en una sala aislada, no había logrado comunicarse con ninguno y ese miércoles tampoco recibió la sorpresiva visita que inesperadamente había estado recibiendo en semanas anteriores.

Sin embargo el miércoles en avanzadas horas de la tarde, desde la oficina de capellanía, había logrado establecer contacto con Barbarita, por cierto por muy breve tiempo por la presión de la fila de espera que integraban los de más prisioneros, que también anhelaban poder comunicarse con sus familiares aunque fuera por uno o dos minutos, de eso que como caridad otorgaba el párroco, a fin de atraer a "los impíos a escuchar la sagrada palabra de Dios" a bien decir de mamerto su Clérigo asistente.

Esa tarde El mar había recibido la dosis que lo haría acelerar en una toma de decisión respecto a la oferta que le hacían, se había mal enterado que Barbarita y sus hijos habían sido mudado por un emisario del gobierno del paraíso, a un refugio de la Ciudad, parece que habían logrado quebrantar la fe de Barbarita que antes la presión, las manipulaciones y los ataques había decidido ponerse en manos de los que buscaban la caída de El mar, y para la que usaron además la participación de Esteve, su ex marido resentido que de alguna forma además de estar enojado con ella también quería ver a El mar rodar.

Barbarita quiso justificarse y para ello no le faltó el valor para buscar disputa a través del teléfono con El mar.

El mar conocía a Barbarita, él sabía que ella era impredecible, era de esas personas que  un día poseía un estado de ánimo y al otro día solía asumir otra postura, por lo que  percatándose  de la condición de angustia que la invadía y que no podía disimular buscó  a tiempo la forma de evadirla.

Entonces ella re atacando le comentó que no estaría disponible para volver a verlo hasta que sus hijos no entraran de vacaciones, entonces El mar le indicó que entendía su punto de vista pero que no podía seguir hablando con ella porque había gente en línea esperando su turno para hablar por teléfono.

Sin embargo, Barbarita no le permitió entregar el teléfono hasta que no le dijo, que estaba deprimida que algunos de aquellos a quien creyó su amigo se habían negado a firmar de fiador para su fianza, a fin de que se le pudiera sacar con una cantidad mínima.

Desde ese momento entendió que eran muy pocos a quienes en lo adelante se le podría llamar amigos para siempre, el modus vivendis del paraíso dividía, endurecía el corazón de aquellos que parecían hermanos.

Un momento después, de concentrada reflexión entendió que nada de lo que experimentó en su vida, podría ser más que pruebas, porque esos a quien él creía sus amigos lo habían decepcionados, esos, antes que él lo hiciera lo habían solicitados sin que él se le negara, en cambio ellos, que pudiendo dar muestra de un accionar de solidaridad, para su decepción se habían negado inmisericordemente, e incluso hasta Barbarita, había empezado a flaquear, había empezado a redefinir sus intereses.

En los días sucesivos El mar reflexionó respecto a cómo sería mejor obtener la justicia, entonces optó por enviar una queja de servicios negligente contra Dino J. a quien consideraba uno de esos leguleyos dedicados a culpabilizar y a encarcelar inocentes.

Él enviaría esa queja al noveno distrito judicial, también había planeado enviar un reporte a la prensa buscando prever cualquier tipo de arbitrariedad, luego se arrodilló y clamó al Dios de su ser:

Padre divino, eres el fundamento de mi existencia. Tú presencia innova mi esencia, tu virtud renueva mi luz. Paz de bondad que das al humano felicidad. Jesús divino tú está conmigo, con Jehová intercederá para que otorgue mi libertad, padre de gracias Y de bondad, Dios inmaculado que salud das. Farol divino grandioso amigo. Quisiera siempre estar contigo, y transitar por mi destino, como tú siempre lo has querido. Padre divino glorioso amigo. Déjame siempre andar contigo.

Esa noche había vuelto a soñar, pero en esa ocasión soñó que andaba con un amigo que era artista, que habían llegado a un mostrador fornicado de azul Celeste, donde un director escolar le había entregado una biblia de portada verde azulada, que él debía entregar al artista que lo acompañaba.

El director había visto que El mar se había interesado en otra igual, sin embargo le advirtió que nunca debía hablar mentira, entonces le entregó una biblia de portada dura con un color rojo vino donde habían unas páginas en manuscrito, que El mar había escrito y una fotografía donde estaban vistiendo traje de gala él, su hermano más pequeño y una de sus sobrinas que estaba vestida de amarillo.

Cuando El mar vio las fotografías y los manuscritos, él le comentó al director que esa biblia que él le había entregado, antes, era de su pertenencia.

Después en otro cuadro se vio junto a Barbarita en un apartamento donde apareció un amigo a quien llamaban Fred, quien le había entregado un termo de aluminio que contenía medicina y le pidió que la tomara, después Fred se dirigió a la cocina donde se encontraba Barbarita y vio que él, le había entregado a Barbarita cinco billetes de a dólar.

Barbarita se había ocultado en un rincón y desde ahí vio salir un humo como de cigarrillo que se escapaba por la puerta.

Al despertar volvió a reflexionar sobre cuál sería el mensaje dirigido, tenía aproximadamente un mes sin que Barbarita lo fuera a visitar y más de dos semana sin que Lency lo viera, las veces que lograba comunicarse por teléfono lo hacía con tanta prisa que no podía entender ¿qué le querían decir?

Dos días después con el favor del cura obtuvo una llamada para que contactara a Barbarita, pero aquella en menos de dos meses había cambiado, lo recibió con una perorata aproximada al drama y lo acusó de todas las dificultades que durante su ausencia había sufrido, que si él no hubiera reclamado la custodia de Mark nada de lo que había pasado hubiera sucedido, le notificó que Lency y Zuly habían tratado de poner una fianza pero que hasta que no llegara el día señalado para la nueva corte seria imposible, le dijo que continuaba en corte peleando la custodia de sus primeros hijos porque Esteve se lo quería quitar, y le notificó que Lency y Zuly trataron nuevamente de ir a visitarlo pero que otra vez le faltó la prueba de dirección, Por lo que no pudieron entrar.

--- ¡Qué suerte la mía!--- Replicó El mar.

---- No se puede.---- Respondió Barbarita.

Sin preguntarle por qué ella decía eso, él mismo comentó:

---- Bueno, yo sometí una moción a ver si puedo afianzarme yo mismo.---Dijo.

--- Eso está bien, cuando tú resuelvas tú problema yo no pienso volver atrás.--- Afirmó ésta.

---- ¿Qué tú, estás diciendo? --- Cuestionó El mar.

La serpiente había empezado a verter su veneno, ya lo había traicionado, entonces, tratando de desviar el comentario le agregó:

--- Seguramente la semana que entra iré a verte. Respondió Barbarita cambiándole de tema.

---- Está bien, hasta pronto, te amo.---- Respondió El mar.

---- Cuídate. --- Dijo Barbarita.

El mar había cedido el paso a los que hacían turno para hablar, entonces esperó hasta que se iniciara la misa de esa tarde.

A partir de esa tarde su corazón se fue decepcionando, ya él no estaba seguro si debía seguir confiando en Barbarita, él sabía que ella se había prestado al juego de la confusión, él pensaba que ella había empezado a pensar algo diferente a lo que había mostrado.

Entonces decidió tolerarla, él entendía que cuando se huye al ser amado el amor se convierte en vicio, el vicio en deseo y el deseo deja de ser amor sincero.

Su corazón empezaba a despreciarla, ella era una mujer joven y aunque él no aparentaba los años, le doblaba la edad, ahora había empezado a dudar si sería prudente poner su vida en mano de una mujer vi- polar, entonces optó por saludarla con condescendencia pero sin fiarse de ella, al menos hasta que él no saliera y comprobara qué había sucedido en su ausencia.

El mar pensaba que Barbarita le ocultaba algo que no quería decirle, él había decidido dar tiempo para investigarlo por su cuenta, ya él había empezado a dudar con certeza al grado de llegar a pensar que cada visita que ella hacía era más con el propósito de obtener información, que porque deseara verlo; información que ella  usaría para algún plan o propósito, sin embargo, él coincidía con Victor Hugo de que "la mujer era la mitad de la humanidad, y la mamá de la otra mitad" pero el tenía muy en cuenta la historia de la humanidad, los acontecimientos que en la historia de la humanidad se habían generados.

Tenía Claro que Adán probó la manzana por la influencia de Eva, que Sansón perdió su fuerza por Dalila, que Julio Cesar y Marco Antonio habían sido enfrentado por Cleopatra.

El mar conocía que esa magia propia de la naturaleza de la mujer la constituía en un ser que podía resultar, como lo describía el adagio popular: "tan sabroso como peligroso", y lo entendía así porque el guardaba prisión debido a las intrigas de Celeste Capellán, una

Entidad que al ser contemplada parecía un Ángel Celestial de esos que sólo adoraban a Dios, realmente, se veía inofensiva, un despliegue de su esbeltez, genio y figura, lo Confirmaba, sin embargo no siempre la maldad o la bondad se reflejaba en el rostro o en en el cuerpo, siempre se acordaba del decir de sus abuelos: "cara vemos corazones no sabemos", y conjugaba todo lo acontecido como algunos de los misterios de Dios.

Entonces recordó y Parodió al doctor Walter L. Wilson "yo sólo creo en lo que puedo entender, nada que encierre un misterio es creíble para mí, a lo que fue respondido:

Cuando una oruga se encierra en sí misma se transforma en una hermosa mariposa, su pelo se vuelve escama, sus patitas se hacen seis patas, lo amarillo se hace rojo, el instinto de arrastrarse se hace instinto de volar.

Así como la vaca come yerba verde produce leche blanca y mantequilla amarilla, o un puñado de arena que sepulta el señor en lo profundo de la tierra, procesado por los rayos del candecente sol, se hace ópalo resplandeciente, o un puñado de barro se hace amatista, o el carbón negro se hace diamante, y los huevos del canario salen en catorce días, los de la gallina en veintiuno, las gansas en veintiocho, los patos silvestre en treinta y cinco, indica que todo lo que el hombre se niegue a entender, es propio de la sabiduría de Dios.

El caballo se eleva desde el suelo apoyado en sus patas delanteras, la vaca en sus patas traseras.

Las olas del mar marchan hacia la playa, veintiséis por minutos en cualquier clima. Cada espiga de trigo tiene un número par de granos, la mazorca de maíz tiene un número par de hileras de granos, las ramas del árbol crecen perpendicular al tronco, la combinación de oxigeno e hidrogeno al carecer de olor y sabor, al ser combinado con carbono no soluble, negro y sin sabor, da como resultado azúcar blanca y dulce.

En realidad él estaba deleitado en la reflexión, y llegó a la conclusión de que la sabiduría de Dios era infinita, y no siempre comprendida por el hombre que solía recibir a lo incomprendido como un prodigioso milagro de la naturaleza, entonces El mar comenzó a entender fehacientica mente que así como existía la auto transformación de la naturaleza,

Como expansión de Dios en su conciencia, así se iría alcanzando en una pauta evolutiva la transformación del alma de los hombres.

En la profundidad de su intuición, él anhelaba ver transformarse a los seres del mundo, él entendía que la ignorancia limitaba, y se hacía más consciente de que el conocimiento si salvaba, entonces pensó en el profesor Makrowki, quien había articulado que la unificación de la ciencia y la religión no era de hecho el objetivo de la iglesia.

Sin embargo creía que todo transitaba hacia un lenguaje que generaría la simetría y el balance en la lucha de lo contrario, donde se enfrentarían la luz y la oscuridad, el día y la noche, el frio y el calor, Dios y el demonio, lo lindo y lo feo, lo bueno y lo malo, induciendo al hombre hacia una reflexión vi-polar de los poderes que emanado de una misma naturaleza, lucharían titánicamente, por el escenario de la influencia persuasiva que inducia a balancear un equilibrio de conveniencia humanitaria.

En sus años primario cuando Makrowki perseguía un resultado en cada experimento, él siempre aguardó una respuesta afirmativa a la existencia de la raza humana, donde Dios actuaba como árbitro de la creación, actuando tras bastidores, mostrándose únicamente a quien el escogía, para que por la fe alcanzara el milagro de la redención, para así reconfirmar su existencia antes los hombres, debido a que ningún ser humano había estado llamado a ver a Dios en su estado material, sin correr el riesgo de sucumbir.

Por eso se creía que se le mostró a Moisés en la zarza o tras el parapeto de un cortinaje en el arca de la alianza.

Además, El mar en su reflexión, seguía agudizando su trayecto hasta pasar a los senderos del intelecto, y analizó y desglosó los contenidos de las frases profundas: "con todas sus evaluaciones psiquiátricas e inquietudes,-- Pensaba---De la misma forma y decía que aquellos que no podían entender a Dios, no podrían entenderlo a él, porque muchos de los que en sus generaciones se consideren sabios, se tornarían ciegos por no querer ver, y sordo para evitar oír, y no queriendo dar su brazo a torcer, harán el ridículo ante el humilde, y serán avergonzados por el débil, porque de esa manera muestra Dios su existencia y su justicia.

Todos aquellos que se oponen al bien, en ignorancia se oponen a Dios, porque hasta para ser lo que es, el demonio deberá dar gracias a Dios que lo creo.

Las condiciones oníricas de El mar se habían intensificado, él sentía que el espíritu divino se le manifestaba de una manera muy especial, durante esa semana él había seguido recibiendo revelaciones, había visto que la Yamy, única hija de Celeste Capellán con su relación anterior, andaba cabizbaja, a los 15 años se había juntado con otro niño de su edad, debido a que un descuido la apresuró a embarazarse, precisamente al concluir la escuela superior.

Había dejado de ingresar a la universidad, debido a que entonces tendría que dedicarse a trabajar, sin embargo El mar pudo percibir que algo más sucedía, ella se hacía acompañar de alguien con una doble vida, que mientras andaba con ella hacia llamadas telefónicas donde ordenaba a un sicario asesinar a alguien.

Las llamadas habían sido interceptadas descubriéndose la verdadera condición del individuo.

Entonces ella se puso del lado de El mar, que por lo acontecido había mostrado interés en ayudarla, El mar se había quitado los calzados, entregándoselo a ella, quien lo recibió como una esposa afable.

Luego El mar se encaminó al escritorio que ocupaba una mujer blanca, la cual le dio una referencia para que vaya a otra ciudad en el Paraíso, para que participara en un programa para padres.

Después se vio caminar esposado de una mano junto a una oficial que también andaba esposada junto a él, ella lo custodiaba con la precaución de aquella que estaba llamada a transitar junto a él, entonces descubrió que había sido desechada una contravención arbitraria que le tenían asignada.

En otro cuadro se vio enfrentado a un hombre blanco a quien había vencido sin esfuerzo, aquel era poseedor de un altar invadido de diversas imágenes, que adoraba como si fuera un santero.

Después se enteró de que su hijo Mark había recibido un golpe en el lado derecho de su cuello, y había sido entregado a Barbarita, debido a que Celeste Capellán le había propinado una tunda, lo había maltratado.

Todos aquellos flash oníricos lo llevaron a pensar de que Mark algún día volvería donde él.

 Al despertar redactó una misiva acusando a Dino J. de negligencia legal, por coaccionarlo a que aceptara una culpabilidad que él no tenía, la despachó y esperó una respuesta que creyó que no recibiría.

Los días transcurrían bajo la sombra del calabozo, el juez Thomas B. había fijado el catorce de julio como nuevo día de corte, sin embargo ya El mar había empezado a sentirse desmoralizado, ya Barbarita había tomado la determinación de desampararlo en la lucha, ya los encargados del caso habían constatados a los pocos familiares de Barbarita abordando un acuerdo de intervención donde le sugerían aconsejarla para que desistiera de apoyar por más tiempo los caprichos de El mar.

Primero le pintaron un cuadro de lo perjudicial que podría resultar éste para ellos y hasta para sus propios hijos.

Los familiares de Barbarita que provenían del otro lado de la frontera, la mayoría de ellos indocumentados, creyendo que aportando un servicio a los ideólogos del paraíso lo ayudaría a reivindicar su causa migratoria, no escatimaron en amonestarla, haciéndole entender que si El mar la quisiera a ella y a sus hijos, no hubiera llegado tan lejos al grado de caer preso por andar reclamando el hijo que era de otra, le ofrecieron ayudarla económicamente a cambio de que se olvidara de El mar.

Las fibras persuasivas de la mala intensión tocó el debilitado corazón de Barbarita, accediendo ésta al abandono de la vivienda a donde El mar la había llevado después de la peregrinación que la había conducido a perder su apartamento familiar.

Todo esto había desesperado a El mar al grado de fijarse una decisión que tiraría por el suelo todo el esfuerzo en su lucha contra los abusos discriminativos de los sátrapas del sistema, sin embargo cuando tenía que intercambiar con los miembros de la población de prisioneros  él no dejaba de afirmar:

---- El poder y la misericordia de Dios es tan grande que cuando llega a ti, aunque te encuentres en las calderas del infierno, puedes experimentar la paz, la protección y la felicidad.--- Decía.

Una secuencia onírica se mantuvo fluyendo, al grado de convencerse que nadie podía evitar lo que estaba llamado a pasar, su fe había crecido, él sabía que de cualquier manera saldría de la cárcel.

Llegó  el sábado en la noche, sólo hizo quedarse dormido, y a seguidas experimentó  en videncia que estaba acompañado de uno de los custodias de J-1 en un mostrador donde pasaba una tarjeta de crédito de su propiedad que contenía cinco mil quinientos dólares, y de donde salía sorprendido debido a que él creía que su crédito había sido suspendido por todas las caídas que había tenido en el camino, pero al salir de la tienda entonces descubrió que no era una tienda sino la recepción de la prisión desde donde se procesaba la salida de los prisioneros a quienes se le concedía la libertad.

Cuando despertó reflexionó sobre aquel sueño y recordó que se le había fijado una fianza similar por un monto de cinco mil, y que él había sometido una moción a donde reclamaba una rebaja equivalente al diez por ciento, cuyo equivalente no serian más de unos quinientos dólares.

Elmar entendió que a través de ese sueño podía andar en la seguridad que su salida fácil podía alcanzar, sin tener que valerse de intermediario alguno, de todos modos él tenía que esperar, porque no siempre las cosas de la vida resultaban como eran visualizadas, pero

él, quería saber qué fue lo que pasó con Barbarita, la última vez que hablaron por teléfono, ella le prometió que iría para verlo y cuando creyó que cumpliría quien había aparecido se trataba de Lency quien le había comentado una noticia triste:

---- Barbarita cambió de opinión, y ahora quiere abandonarte, y ahora quiere entregarme a mí tus pertenencias, yo me negué a recibirlas, le dije que la guardara ella, hasta que tú salieras.

Ante aquella expresión El mar guardó silencio, pero se convenció de lo que sucedía, Barbarita lo había traicionado, ya pasaba del mes cuando ella no había vuelto donde él, y después que ella decidió venderlo, todo lo que buscaba eran pretexto para justificar su marranada.

Sin embargo El mar aún ignoraba que ella estaba con otro, aunque ella no lo había declarado con su boca, su actitud se lo daba a entender.

A El mar no le sorprendió el saber que Barbarita había abandonado el lugar donde él la había dejado, el tuvo una visión donde ella estaba habitando en una Institución de Desarrollo de la mujer, y después la vio confesarse con Kant, alguien de quien El mar desconfiaba, y escuchó que le decía sobre las dificultades que solían crear los hombres, entonces al despertar le extrañó lo que vio , porque Barbarita y Kant no se conocían, además él estaba en la cárcel, El mar tendió a agudizar su desesperación y le pidió a Dios que interfiriera por su libertad.

Nuevamente se quedó dormido y de inmediato descubrió que estaba en un gran salón, donde desde un escenario el profesor Makrowki dictaba una conferencia, y su voz emanada desde el púlpito afirmaba:

----- No es lo mismo la razón de la voluntad, que la perversión de los sentidos.

En el juego de la vida se persigue evolucionar hacia nuevos horizontes, donde el moho y la polución no invadan la conciencia, y donde la luz irradie el porvenir.

En otra escena se veía salir del salón, y aparecía charlando mientras realizaba un recorrido a pie, y caminó y de pronto apareció una virtual compañera de escuela, sintió Vergüenza ajena, no sólo la desconoció sino que la confundió con Barbarita, a quien él aguardaba que llegara, como un milagro anhelado.

Saludaba tímidamente a los que se acercaban, sin embargo ignoró a Barbarita que llegó , disimuló tratando que el encuentro pareciera casual, sintiéndose intrigado y algo ansioso de hablar, más las palabras ya no le brotaban, de pronto volvió a verla alejarse, más su mirada sigilosa la seguía más allá de aquel día.

Él siguió elucubrando en la distancia de un matiz baldío, y siguió tras sus pasos con sigilo, sin poder controlar sus impulsos y al mismo tiempo, censurando su procedimiento de invencibilidad infantil, él no sabía si constatarla o ignorarla.

por su parte, sentía que la admiraba, pero ella lo ignoraba y ante el dilema él se veía forzado a definirse entre la voz del sabio, y el sentir del oráculo.

De pronto la silueta jovial de Barbarita se perdía en lontananza, y el matiz de su pasión se confundía, en el resplandor de la luna que bañaba la atmosfera, corrió tras ella hasta alcanzarla y entre los pulsos de sus brazos, encadenó sus manos.

Aquella sorprendida parecía enfurecida, y en una acción metamorfosea, mostraba su carácter, hasta que un torrente de lágrimas, humedeció sus mejillas.

Siempre que imaginaba que El mar y Celeste capellán, llegaron a entenderse, no podía controlarse, y los celos intensificaban sus hormonas, y sus lágrimas salpicadas de enojo, se acrecentaban.

El mar conmovido con su pulgar secaba con ternura la humedad de su piel, mientras acariciaba sus cabellos y besaba sus labios tan fino y suave como una estepa de algodón.

Esporádicamente acontecía lo mismo, de manera que alguna vez él llegó a sentirse confundido, e inducido a cuestionarse si esas lágrimas se generaban por dolor o por remordimiento.

El creyó que esa relación se había tornado hostil tras cada ataque de excesiva cólera en una convivencia de masoquismo romántico, matizado en su piel infantil.

Había una inhóspita combinación de adolescencia y adultez en ella , que enmarcaba su sensibilidad, en un cuadro de presunción de inocencia, entre el orgullo de su apariencia, y la denuncia de su presencia, Barbarita Roque, buscaba la manera de motivar y persuadir a El mar por todos los medios, sobre todo haciéndole entender que bajo su manga ella ocultaba dos cartas de presentación, que de todos modos tendría que llevarlo a pensar que esa relación biunívoca entre ellos, era como una estampa de la historia.

May, y Quincy, serían los polos de contactos, donde aunque él perdiera el interés de verla, y ella lo llevara ignorado en su vida, los niños nacidos de su unión, los inducirían a retomar el diálogo, y para entonces hablarían con gran intensidad en el tiempo.

El visualizó el sudor de sus manos, se levantó de su asiento y empezó a dar vuelta circular como si buscara experimentar la sensación de marearse, golpeó insistentemente la palma de sus manos como si aplaudiera, y pensaba en cuán peligroso sería consagrarse a la inmovilidad, ya que por condición dialéctica, nada permanecía estático.

Elmar empezaba a sentirse acorralado entre dos faldas, él se sentía como aquel que había agarrado una navaja de doble filo, con la mano des guantada, y cuando era así, era como si la competencia estuviera dirigida a la búsqueda de un premio que una vez alcanzado, podría ser colgado a la pared. Y abandonado al peligro.

Él se vio susurrarle al oído, mientras ella le otorgaba una sonrisa apretada, como si el humor no existiera para separar sus labios, se mantuvo en silencio hasta que reapareció la cordura, entonces le escucho decir:

--- Ya nada será igual, me dejaste sola, mi corazón esta adolorido, ya nada será igual, cuando tu resuelva tu problema, no pienso volver atrás, seguiré adelante sin ti.--- Dijo con los ojos embadurnados de un torrente de lagrimas incontrolables, reiterando las palabras que antes le había dicho por teléfono.

--- Cálmate, todo cambiará positivamente, los caminos del señor son misteriosos, y sólo él sabe cuál será el desenlace, tú carencia de fe puedes inducirte a cometer errores, puede llevarte a renunciar al bien, no piense sólo en el momento, tus dudas te hacen flaquear frente al futuro, y siempre hay que mirar un poco más allá; no piense solamente en ti, a Veces vale mucho el sacrificio voluntario por tu hermano.---- Dijo El mar en un discurso de persuasión y réplica.

----- Si tú no te pones de acuerdo conmigo, yo seguiré mi camino para que tú sigas el tuyo. ---Dijo ella en un soliloquio de pesadumbre y manipulación, mientras sus lágrimas saladas bloqueaban sus labios.

---- Lo primero que tú debes entender es que yo no hice nada que ameritara que se me enviara a la cárcel, mi encarcelamiento ha sido un terrible abuso de persecución racial, sin embargo puedo entender que todo hombre tiene varias circunstancias y una inevitable trayectoria que debe seguir, lo que está sucediendo, contra mi voluntad era algo que traía asignado y que no podía evitar.---- Replicó El mar tratando de persuadirla.

Ella lo miró de soslayo, y él pensó que la mujer casta, sobreponía sus deberes a la tentación carnal y entendió que el chacra de la divinidad moraba en el vientre de la mujer procreadora, porque Dios ponía su aliento en el.

---- No quiero que me cause más dolor.--- Agregó ella.

---- No pretendas huir de tú destino, porque aunque huyas o te escondas, no llegarás muy lejos, sin que te reencuentres con la piedra de tú camino.

----Hoy te estoy enfrentando.---- Dijo ella con la mirada desviada.

Un breve silencio, inundó la sala, El mar se movió alrededor de ella y agregó

---- No evadas hablarme de frente, sólo el necio en su ceguera suele problematizar la vida.

Al acabar de expresarse sintió que un dejo de desprecio le salía de la profundidad del corazón, mientras ella se iba desintegrando en el aire.

En ese momento se aproximó la custodia:

---- Tiene visita El mar.----- Le dijo.

Por un momento pensó que era Barbarita, pero luego se percató de la presencia de Lency, había ido en ánimo de disculparse por la imposibilidad de ayudarlo a fianzarse, le dijo que por fuerza de algo imprevisto tendría que viajar, que Barbarita no iría a visitarlo porque uno de sus primeros hijos se había lesionado y tuvo que salir al hospital.

Entonces él recordó que siempre le afirmaba a Barbarita, que la vida no era fácil, y que había que estar preparado para afrontar con valentía todo los imprevistos surgidos.

Barbarita parecía ser dueña de una irrefutable inmadurez que solía envilecer algunos aspectos de su vida, para ese entonces sus pruebas se agudizaban, había sido una mujer dependiente por muchos tiempo, ahora tendría que tomar sus propias decisiones.

No todo lo que el ojo mira es tan excelso como se ves, no siempre las vitrinas muestran las mejores mercancías, muchas baratijas suelen promoverse en vitrinas de lujos, hay camino que parecen de luz y son senderos que dan a las tinieblas, mientras el sabio enseña con sus errores, suele el necio atraer la destrucción.

Dios instruye en la tierra cuando las generaciones se renuevan, la naturaleza había empezado a transformar la atmósfera, y El mar llegó a entenderlo.

GRAPHY

# CAPITULO 34

El 7 de julio era martes y sorpresivamente fue anunciada la visita de la doctora fenichel, una especialista en psicología, que había sido encomendada por el juez Thomas B. para que practicara la evaluación psiquiátrica.

Era una mujer rubia de ojos azules, cuya edad oscilaba entre los cuarenta y los treinta y ocho años, era simpática de aspecto agradable, con un alto sentido de las relaciones humanas.

Desde el primer momento se limitó  a hacerle entender a El mar que más que una evaluación psiquiátrica, lo que ella haría sería limitarse a hacer algunas preguntas para determinar si él estaba entendiendo lo que estaba sucediendo en corte y para ello se introdujo extendiéndole las mano:

---- Mucho gusto ¿Cuál es su nombre?---- Cuestionó.

---- Gracias, señorita….Feta...--- Dijo El mar, a lo que ella se adelantó a responder.

----Fenichel.--- Aclaró, ella con su respuesta.

---- Bien, mi nombre es El mar Valenilla.--- Respondió El mar, mientras enfocaba su mirada profunda en el iris azulado de los ojos brillantes de la doctora Fenichel.

---- ¿Donde nació?--- Seguía indagando la doctora Fenichel, mientras tomaba notas ante cada respuesta.

---- Soy originario del Caribe Central.--- Respondió El mar.

---- ¿En qué año llegó al Paraíso?---- Inquirió.

---- En 1990, hace 19 años.--- Respondió El mar.

La doctora Fenichel irradió una sonrisa esplendorosa, al tiempo que replanteaba otra pregunta.

---- ¿Cual es el nombre del Juez?---- Insistía en cuestionar.

El mar reflexionó antes de responderle y sin inmutarse dijo aún pensando:

---- Thomas B.

Inmediatamente la doctora Fenichel interpuso otra interrogante:

--- ¿Cuáles son las funciones de un Juez?---- Cuestionó.

---- Deteterminar la inocencia o la culpabilidad de un acusado.--- Respondió El mar.

---- ¿Cuál es la diferencia entre un Juez y un jurado?---- Agregó la doctora Fenichel.

---- El juez toma las decisiones por su cuenta pero debe acogerse a las leyes, y el jurado, además de estar integrado por varias personas debe recibir las instrucciones que acoplado a la ley debe suministrarle el juez, para votar la decisión individualizada , y la decisión de  conjunto debe ajustarse al veredicto de la mayoría.--- Respondió El mar, mientras la doctora Fenichel, suscribía minuciosamente los apuntes de todas las respuestas que El mar le aportaba, iba escribiendo en una libreta rayada que portaba con ella.

Después de un breve silencio volvió a contra-atacar:

---- ¿Cuáles son las funciones del fiscal? --- Insistía en cuestionar la doctora Fenichel.

---- Colectar las evidencias necesarias para justificar los cargos imputados al acusado, a fin de que el juez o del jurado encuentren un veredicto de culpabilidad.--- Respondió magistralmente El mar.

La doctora Fenichel seguía anotando en la libreta:

---- ¿Conoce la diferencia entre un "please guilty" y un pleabargan?--- Cuestionó la doctora Fenichel inquisidora mente.

---- Por supuesto, el "pleaguilty" es una confesión de culpabilidad con lo que se pierden todos los derechos, con el pleabargan, no estoy seguro, ¿puede usted explicármelo mejor?

--- Cuestionó El mar un poco indeciso.

---- Es tan simple  que se puede entender como que alguien tenga que pagar un millón de dólares, pero solamente puede pagar cinco mil. --- Dijo Fenichel, mientras era interrumpida por El mar:

---- ¿Quieres decir que es algo así como una reducción, es algo menos que un caso menor? ---- Afirmó El mar.

---- Oh, voy a escribir que usted lo entiende.--- Afirmó la doctora Fenichel,

---- Pero de todos modos yo prefiero un please guilty, porque siendo inocente va a aparecer como que me forzaron.---- Afirmó El mar con intención.

---- ¿Qué trabajo realiza? --- Cuestionó nuevamente Fenichel.

---- Trabajo por cuenta propia en la comunidad.--- Respondió El mar

---- ¿Era educador antes?--- Insistió ella en cuestionar.

---- Si, y escribo pasquines y novelitas, y algunas poesías.

Mientras El mar le hablaba la doctora Fenichel trataba de expresar su grado de sorpresa, ciñendo los entrecejos, movilizando su boca, ejercitando los músculos de su rostro.

---- Usted va a salir.--- dijo ella.

--- Eso espero.--- Respondió El mar.

---- ¿Se va a quedar con el mismo abogado?--- Cuestionó.

---- No.--- Respondió El mar enfáticamente...

---- Cuantos abogados son los que han sido asignados.--- Cuestionó, con cierta intención.

---- Tres, y todos han sido acusados de negligencia legal---- Respondió El mar, secamente.

La doctora Fenichel volvió a sonreírle, mientras le extendía nuevamente la mano, en un gesto de despedida.

---- Ha sido un grato placer conocerlo y conversar con usted.- Dijo dando por terminada la entrevista.

---- También para mí ha sido una grata satisfacción, espero que no haya encontrado queja alguna en mi más allá de las que tratan de adjudicarme.--- Dijo El mar en tono jocoso.

---- No, todo está bien.--- Respondió ella incorporándose al mismo que El mar, y abandonando la pequeña habitación, donde se habían instalado.

El mar se retiró a J-1 y la doctora Fenichel regresó a su oficina.

Esa tarde El mar fue avisado de una carta legal que había llegado a su nombre, tuvo que abrirla en presencia del oficial que le hizo la entrega.

Se trataba de la respuesta a la acusación de negligencia contra Dino J. con copia a la barra de abogados del condado, en la carta venia el número de archivo al cual debían referirse siempre que se tratara ese tema.

Más tarde logró comunicarse desde la parroquia al número de Barbarita, él volvió a encontrarla en un terrible baño de lagrimas, y donde aquella confirmó con el corazón Abierto, que se vio precisada a cerrarle el teléfono a Lency quien presionándola le había gritado que ella sería responsable si se perdían la documentación y propiedades de él, debido a que ella, cuando se mudó al refugio había dejando en el apartamento los documentos de él.

El mar le respondió que se calmara que ya él estaba programado a salir en la semana del 14 de julio, entonces ella un poco más calmada le transmitió a través del auricular con un halito de esperanza:

---- Ya yo tengo dinero para abonarlo a la renta, pero ahora no puedo salir.--- Dijo Barbarita.

---- ¿En qué dirección está el refugio donde te llevaron? --- preguntó Elmar.

--- No puedo darte la dirección, de aquí van a llevarme a otro lugar.

---- Está bien, yo espero salir la semana que entra, cuando eso suceda, yo te llamo para que hablemos sobre mis hijos.--- Dijo.

---- Si, el día que tú tienes la corte yo no puedo ir porque también yo tengo una corte por mis hijos. --- Dijo.

---- no te preocupes, después que yo salga yo te ayudaré… ¿qué hiciste con mis cosas?—Cuestionó El mar.

---- La deje en el apartamento.--- Dijo Barbarita.

El mar guardó silencio al respecto:

---- Está bien, después hablamos, el sacerdote va a iniciar la misa.--- Dijo El mar.

---- Adiós, cuidaste.--- Agregó Barbarita, dejando escapar una leve muestra de esperanza.

El sacerdote aguardaba que El mar abandonara el teléfono para cerrar la oficina y dar inicio a la misa.

Esa tarde él elevo oraciones por sus familiares y por la paz del mundo, el interminable conflicto bélico entre el reino y fracciones del oriente se mantenía vigente, y para entender la hipocresía del hombre recordó un proverbio Iraní:

"No os fieis de la blancura del turbante, tal vez el jabón fue tomado a crédito"

 Entonces pensó en el propósito de aquellos que habían tomado el camino de dificultarle la existencia, a veces esperaban que el fuera al baño, o saliera a algo para llenarle de basura la cajita donde él solía depositar las sopas, para después ponérsela debajo de la almohada donde el dormía.

Pensó en qué otra prueba la vida le daría, y en los niveles de paciencia que necesitaba cultivar para la tolerancia, el estaba convencido que la tolerancia sería la mejor forma para vivir en paz, con salud abundancia y amor, en un mundo de incomprensión, al fin o al cabo todos esos dones se resumen en la palabra Dios.

Fue entonces cuando optó por recitar la siguiente arenga brotada del corazón:

Aunque mis enemigos pretendan marcarme no podrán, si Dios es mi escudo y mi espada, su maldad no prosperará y mucho menos si Dios sigue a mi lado, porque lo que parece un mal habrá de ser un bien, por más que el hombre pretenda suponer o adivinar, sólo el autor del guión sabe como concluirá la obra, Dios es el mayor vidente.--- Dijo.

El mar entendía que el sistema en el paraíso estaba diseñado como una tela de araña invisible, donde se había expandido la violencia de guerreros invasores, que en el nombre de sus intereses, esclavizaban y en el nombre de la libertad oprimían.

Dictaban sentencia en el nombre de Dios; bajo el pretexto de la corrección, encarcelaban.

Promovían la glorificación de Dios en las maldades del diablo, fomentando religiosos en ejercicio, y malvados ideologizados en la criminalidad.

En ese grado de nivel se encontraba el sistema del paraíso donde las mayorías desposeídas, empezaban a sentirse acorralada.

Antes de la degeneración el Paraíso acogía con vehemencia a todo el que emigrara en busca del sueño vendido, en honor de la libertad económica, y elevaba la misericordia de Dios a las aspiraciones de los desamparados y necesitados de todos los puntos de la tierra.

Pero, la maldad y el egoísmo, arropó y confundió los corazones de solidaridad y nobleza, y los muchos buenos fueron tornándose malos, y los mejores iban desapareciendo, y el caos se iba apoderando de las instituciones políticos sociales, y los hombres fueron perdiendo la visión de la justicia y la dignidad, y se expandió la lucha hegemónica por el control de unos sobre otros, y los gritos de la gran mayoría de desposeídos clamaron a Dios, y comenzaron a generarse grandes acontecimientos de los cuales, inexplicablemente el hombre de esa generación, había ya perdido el control.

Al otro día el sol penetraba al dormitorio tras las transparencias del ventanal del ápside, era la una de la tarde, pero se habían levantado al despuntar el alba.

Habían llamado para la explanada reverdecida y combinada con el ropaje anaranjado de los prisioneros, que se habían desprendidos de las camisas para refrescar el cuerpo colectivo de toda su existencia, ante el imponente calor que venían provocando esos rayos del sol.

Los rayos ígneos del astro rey, golpeaban las espaldas de aquellos prisioneros dispuestos a ejercitarse, unos daban pechadas los otros hacían sus barras, algunos no dejaban de batir una pelota en la pared, Mientras El mar caminaba otros como el Topo, hacían barras descolgándose de los anaqueles de hierro dispersos en los alrededores del campus, dejándose llevar del movimiento de subir y bajar esforzando ante todo, el antebrazo.

Otros lo hacían en los barrotes de hierro adherido a la pared y los de más buscaban la manera de encestar una bola en el canasto, imponiendo su cátedra de baloncestistas aguerridos.

No pasó una hora sin que la mayoría de ellos se mostrara agotados, entonces se sumaban al resto del rebaño que huyendo de los rayos del sol se alojaban bajo la sombra de los frondosos árboles del campus, y solían debatirse, bañándose en su sombra sin dejar de abordar los temas de lugar.

Discutían con tanta pasión, que muchas veces los custodias, dispersos en el terreno solían aproximarse, buscando percatarse que en la conversación, no existieran insultos personales, o agresiones verbales que indujeran a la beligerancia física.

En los alrededores de las mayas ciclónicas, se veían distribuidos diversos monitores, telefónicos que ante cualquier altercado, facilitaban la comunicación con las tortugas, el grupo diseñado para romper motines.

La tarde parecía tranquila y sin novedad, hasta que dos contrincantes se enfrentaron, un roce inesperado había prendido la mecha de la pólvora, Lázaro Osorio y Kant metileno se encontraron dejando despertar viejas rivalidades, y se habían disparados sendas trompadas, que exacerbó los ánimos de aquellos, y lo hicieron tan rápido de forma tal que ningún custodia pudo percatarse.

Todo aquello venia desde dos años antes cuando Lázaro Osorio y Kant Metileno, competían en las calles, rivalizándose mercados y mujeres, Kant amaba su novia, ella se había entregado a Lázaro, y desde entonces esa rivalidad se guardaba en sus pechos.

Muchas de esas mujeres, y sobre todo las chicas callejeras, solían conjugarse entre drogas sexo y discotecas, y mientras más bonitas, mucho más peligrosas, pues todos la querían y ellas se cotizaban dándose por más plata al que mejor pagara.

El mejor postor hacia lo que quería, y muchas veces no se protegían, algunas se enfermaban de sida arrastrando con ellas en sus caídas, a los que habían decididos vivir la mala vida, y en ciertas circunstancias iban juntos al seol.

Cuando los custodias vieron el tumulto, se aprestaron a tomar medidas, concluyendo el recreo, Lázaro Osorio se retiró a J-2 y Kant se fue a J-1, sin embargo, debido a que Lázaro Osorio había logrado alcanzar con un puño a Kant, éste no había quedado conforme, y al otro día que le correspondía ir a corte, se había retirado temprano y se retiró sin que nadie lo viera irse, todos pensaron que se había mudado a otro dormitorio, porque no lo habían visto en todo el día, eran aproximadamente las seis de la tarde cuando alguien se había acercado a El mar y le dijo:

---- Vas a tener un nuevo vecino, viene Kant para el cubículo número once.--- Dijo buscando descubrir la reacción de El mar, para irse a informarle a Kant.

El mar, ocupaba el cubículo número diez y esa tarde, El mar jugaba junto al Topo y otros prisioneros un partido de dominó.

Cuando abrieron la puerta del dormitorio, se vislumbró la silueta de Kant, que con sonrisa burlona y un aire triunfalista, del atleta que consigue oro en las olimpíadas, se desplazó al espacio que le habían asignado.

A El mar le pareció extraño, que habiendo Kant ocupado el cubículo número siete y estando aún desocupado, que se le hubiera asignado el número once, realmente, El mar y Kant no hacían química, El mar lo toleraba porque era un ser humano, pero Kant era una persona soez, malicioso y de voz y expresión chillona, cuando lo enviaron a su lado él tuvo la impresión de que un mal vecino había llegado y que debía prepararse.

Dos o tres días después lo que El mar se temía aconteció, pues Kant, había llegado agresivo e indecente, algunos de los espectadores que estaban dentro del cubículo número once fueron desalojado por él arbitrariamente.

---- Ya veo que las cosas no podrán ser como tú quieras, aquí tiene que haber más respeto.---- Dijo dirigiéndose a El mar, y buscando la forma de provocarlo.

El mar haciendo caso omiso se mantuvo sereno, por encima de los gritos de aquél, que intentaba ofender a todos los presentes.

----- Ustedes, salgan, salgan.--- Gritó Kant, dirigiéndose groseramente a los espectadores, algunos de los que lo conocían trataron de calmarlo.

----- Tranquilízate Kant, le dijo uno de la población.

---- Oye tú, ese juego se va a acabar aquí. Dijo violentamente dirigiéndose a El mar, mientras lo tocaba en uno de sus hombros.

---- No me toques amanerado, o ¿es que quieres comprobar si mis músculos son fuertes? Si, mis músculos son tan fuertes que pueden derretir tu piel gelatinosa, y detente ahí, no quiero que me dirijas la palabra.---- Enfatizó El mar.

---- ¿Por qué?---- Cuestionó Kant.

---- Porque una persona como tú no mereces tener mi amistad.--- Respondió El mar enfáticamente.

---- Soplón. ---- Dijo Kant, en ánimo de Provocar.

---- Mas soplón, chota y calié, serás tú que te dedicas a injuriar, provocar y denigrar a todo aquel que quieres estar en paz, ya supe que le tiraste al sanitario la biblia al Topo, pero no te preocupes, Dios te cobraras todas tus maldades.---- Dijo el mar con cierta radicalidad.

En ese instante Kant guardó silencio, algunos prisioneros que lo conocían habían tratado de apaciguarlo.

---- Tu tienes que respetar.---- Dijo Kant dirigiéndose nuevamente a El mar.

----- ¿De qué respeto tú está hablando, yo no estoy en tu cubículo, tú no puedes creer que vas a mandar en el mío, tú me has provocado faltándome el respeto y te la he dejado pasar, evita problemas y dejas de buscarle las cuatro pata al gato, que sé yo si tú fuiste enviado de la corte para producir evidencia y fabricarme otro caso.--- Afirmó El mar.

Kant guardó silencio el custodia que había detenido el partido de dominó autorizó que lo continuaran:

---- Sigan jugando.---- Dijo--- Yo estoy aquí y a nadie estamos molestando. --- Agregó.

Todo se apaciguó y la calma volvió al dormitorio, desde ese entonces El mar había tratado de no tener ningún encuentro con Kant, quien no había dejado de crear tenciones tratando de irritar a El mar, quien seguía pasándola por alto, sin hacerle caso.

Regularmente en Véngala solían generarse conflictos por la más mínima simpleza, a veces por el uso del teléfono o el uso del micro honda, o el horno eléctrico cuando se quería calentar o cocinar algunos alimentos.

A veces pretendían imponerse sobre el otro, y mantener control u obrar como pandilleros.

Esa misma noche se generó un conflicto entre El mar y uno de los adeptos de Kant, mientras El mar calentaba la ración completiva de la cena, después que él había hecho su turno, empezaron a presionarlo para que sacara los alimentos fríos que había puesto a calentar, por lo pronto que él no lo hizo le desconectaron el micro honda, lo que provocó que él se mostrara irritado:

---- Macho, ¿se va a estar quieto, o va a provocar un disturbio?---- Cuestionó con tono de irritación, mirando fijamente a los ojos al adversario que no pudiendo resistir la fuerza de su mirada le retiró la vista volteando el rostro, como si se hubiera sentido avergonzado.

Entonces El mar descubrió que Dios lo había dotado de una fuerza para imponerse a los violentos sin tener que recurrir a la violencia.

Unos minutos después de reconectado el artefacto, alguien que le guardaba consideración verificó si los alimentos que él había puesto se habían calentados y le informó que ya estaban que podía retirarlos.

# CAPITULO 35

Destino y circunstancias se oponían, y cuando Dios ha marcado un camino, nadie puede impedir la trayectoria, cuando El mar creía que las tensiones del día habían desaparecidos, entonces era cuando empezaban.

El mismo prisionero que una hora antes trató de causar el altercado por el micro honda, nuevamente atacaba, resultó ser que unas semanas antes había comprado El mar un juego de dominó a otro prisionero, juego que compartía dentro de la prisión con todos los adeptos de su causa, acto que generaba envidias y malas intensiones, fue así como Kurigo, que así se llamaba el osado, en un acto de provocación de los dóminos se apoderó, alegando que eran propiedad de la casa.

El mar lo había prestado a alguien que aunque era amigos de Kant, a veces se identificaba con los principios de justicia que él promovía, le había solicitado el juego, habiéndoselo El mar muy diligentemente facilitado, jugaron hasta la emoción, sin embargo a la hora de retornarlo el negro Kurigo se apoderó  de ellos, bajo el alegato ya mencionado.

Habían apagado la televisión, cuando El mar le pidió de favor que se los retornara más sin embargo el negro se negó.

Por más que El mar trató  de disuadirlo para que él y otros camarillas lo entendieran él se negó, viendo Kant que era la oportunidad para instigar a sus adeptos contra El mar y el Topo, sin invitación se hizo parte de la conversación, diciendo que así era , que ese juego pertenecía a la casa y que El mar no había comprado nada, y en eso estuvo hasta que se formó  un dime y di rete, que acabó  en una acción violenta, debido a que Kant y sus pandilleros, violando la vigilancia del custodia, habían fumado marihuana, y habiéndosele puesto los nervios algo alterados, se dedicaron a desafiar a El mar al grado

De inducirlo a que este perdiera su ecuanimidad, llegando a responderle con cierta radicalidad, veamos cómo se agudizo el conflicto:

----- Hombres como tú sólo les pegan a las mujeres.---- Dijo Kant.

---- ¿con quién tú estás hablando? ---- Cuestionó El mar mientras llevaba su mano derecha a su pecho.

---- si, contigo, somos tú y yo, los que estamos hablando.---- Respondió Kant.

---- Si te estás dirigiendo a mí en ese tonito, me voy a ver precisado a responderte que si, yo sólo le pego a las mujeres como tú, yo te dije que no me dirigiera la palabra pero a ti lo que te gustas es provocar, todos los problemas generados, tú lo has provocados, manipulando la verdad en tú afán de enfrentar a los afro –contra mí, y eso es no ser honesto, tú bien sabes que esos— dómino los compré  yo para que tú andes agitando con la afirmación de aquel, tú propósito no es más que crear conflicto.--- Expresó  El mar.

---- No porque aquí nadie quieres saber de ti, por creerte que eres más que los de más. --- Alegó Kant.

---- Eso nada más existe en tu mente. ---- replicó El mar.

---- ¿En mi mente, tú no ves que ellos te quieren quitar el dómino, ve y sácaselo de su caja, tú dizque no eres hombre? --- Exclamo Kant con cierto sarcasmo.

----- Si, soy hombre y por ser hombre he buscado la forma de evitar tus provocaciones, que sé yo si a ti te están pagando para hacer lo que está haciendo, para así poder justificar su falsa acusaciones, acuérdate que cuando tú llegaste de la corte lo primero que hiciste fue  provocarme y no te hice caso. --- Dijo El mar.

-----Pues ahora va a tener que hacerme caso.---- Dijo Kant con cierta violencia, yéndose sobre El mar de forma amenazante.

Fue decidido a enfrentar a El mar, debido a que las cámaras estaban en su apogeo grabando las imágenes de todas las acciones del dormitorio, El mar le palmoteó suavemente la cara advirtiéndole:

---- Es mejor que te calmes y te alejes de mi.--- Dijo El mar con gran serenidad.

Ante aquella postura, Kant no se controló , un impacto violento sobre El mar lanzó , haciendo uso de la fuerza anormal brutal que da la marihuana, lo empujó  fuera del pasillo cayendo El mar sobre una banqueta de metal de otro cubículo y aprovechando aquel desequilibrio que había llevado a El mar a caer sentado, se le fue encima propinándole una serie de puñetazos que El mar esquivaba bloqueándolo con el brazo y con los pies, hasta que en un descuido le asesto un puñetazo causando un hematoma entre la frente y la cabeza, aparte de una laceración en la espalda, que había conseguido al caer sobre la banqueta de metal.

Una vez que había pasado todo apareció el custodia a separarlos, Kant, fue puesto en el área de los teléfonos, mientras El mar regresó a su cubículo. Luego el custodia los juntó a los dos:

---- Díganme si se van a estar tranquilo para no llamar a los tortugas o qué es lo que van a decir.---- Cuestionó el custodia.

El mar tenía un lápiz en las manos que le causó una cierta congojas a Kant, que pensó que lo tenía con la intensión de usarlo contra él.

---- Mire el lápiz que tiene en su mano.---- Exclamó Kant llamando la atención del custodia.

El mar se fue al cubículo y lo guardó en la casa de sus propiedades, y luego retornó al comedor a donde estaban Kant y el custodia, entonces dirigiéndose a Kant le preguntó:

----- ¿Tienes miedo?---- Lo cuestionó aireado.

Antes de que Kant respondiera, interrumpió el custodia:

----- Díganme si van a seguir peleando para llamar al sargento con los tortugas.--- Afirmó el custodia.

----- Por mí, pueden llamarlos, de todos modos yo quiero que me lleven al hospital. ---- Dijo El mar dispuesto a todo.

----- Todavía si quieren podemos dejarlo todo así.---- Replicó el custodia tratando de que la sangre no llegara al rio.

---- Quiero que me lleven al hospital reafirmó El mar.

---- Está bien, ustedes lo han querido así.---- Dijo el custodia.

Fue así como llamó al sargento quien en unos minutos apareció por la puerta acompañado de los tortugas, que desde que entraron empezaron a virarlo todo, nadie podía mirarlo de frente, todos con la vista al piso, todos de espaldas, boca abajo sobre la cama.

Se acercaron a Kant que había vuelto al área de los teléfonos y lo esposaron y después fueron donde El mar que se había sentado en una banqueta del comedor, y a quien le habían ordenado ponerse boca abajo sobre el piso, lo encadenaron por los pies y luego le llevaron las manos atrás y lo esposaron, lo pusieron de pies y se lo llevaron caminando a lo largo del pasillo hasta llegar a donde estaba la central de comunicaciones, y lo encerraron sólo en una celda pequeña con una sola banqueta que fungía como único asiento dentro de la celda que era como una cabina telefónica, dividida y separada por una pared, ahí, después de quitarle las esposas a El mar le dieron una forma para que escribiera el reporte de lo que aconteció.

Uno que estaba en la celda del frente comenzó a hacer preguntas que El mar no respondió pero que Kant, diligentemente aprovechó para seguir inyectando su veneno.

---- Eres un chota, un encubierto, se lo voy a mandar a decir a la población para que lo sepan.---- Gritó Kant dirigiéndose a El mar.

---- Más chota serás tú que llegaste el otro día de la corte, provocando, como si te hubieran contratado para causar todos estos problemas, desde que llegaste a J-1 empezaste a provocarme y no te hice caso y todavía hoy traté de evitarlo, pero tú eres un demonio irreflexivo, es como si hubiera sido enviado a quebrantar los espíritus puros, pero quiero que sepas que los hijos de Dios somos duros de roer, con nosotros nadie puede .además, recuerdas lo que hiciste, le echaste al Topo la biblia en el sanitario, y él fue tu amigo, pero como él se decidió a cambiar y no se ha dejado manipular de ti, quieres dañarlo, no te olvides que nadie tiene potestad para jugar con Dios, y menos con su palabra.---- Dijo El mar.

---- Ah, el Topo y tú son un par de locos, dizque leyendo la biblia en el baño a la una de la mañana. --- Dijo con cierto sarcasmo.

---- No te preocupes, los errores suman consecuencias, y las tuyas están definidas.---- Replicó El mar.

En ese momento aparecieron unos oficiales en compañía de la doctora Colín, quien inmediatamente identificó a El mar y le pidió que lo llevaran a la clínica, donde se le revisaría.

---- Vete ahora, cuando venga completa el reporte.---- Dijo uno de los oficiales.

Cuando abrieron la reja El mar salió y caminó  a lo largo del pasillo, escoltado y esposado, hasta estar nuevamente frente a la doctora, la cual lo revisó entregándole varios calmantes para el dolor, después de regresar con El mar, se llevaron a Kant, que estaba tan colorado como un tomate, y quien al ser interrogado había declarado que él había tenido un cara a cara con El mar, porque este había tratado de lacerarle la cara con un lápiz, viéndose precisado a noquearlo.

Después de aquellas alegaciones le entregaron a El mar para que firme una copia de un reporte disciplinario que tendría que ventilarse en 24 horas frente al comité disciplinario para conducta desordenada.

Media hora después trasladaron a El mar al segundo piso del bloque F, donde había estado anteriormente, allí tendría habitación individual y estaría más seguro, alejado de la población de los dormitorios, sin embargo tendría que estar en condición de " Keylock" por 24 horas.

Bajo ese régimen de amonestación, se mantendría privado de ver televisión, de hacer uso del teléfono, sin embargo podría ir al chequeo rutinario de la clínica, mientras tuviera bajo ese régimen, sería el único lugar que podría visitar.

Esa misma noche indagó con el custodia del bloque F-2, si el incidente con Kant le impediría irse a la casa si existía una disposición de libertad a su favor.

---- No hay por qué preocuparse, lo que sucedió aquí queda a lo interno, se comprobó que aunque estuviste envuelto en la pelea, no fuiste quien la provocaste, por lo tanto nada de eso te afecta en corte.---- dijo el custodia.

Aunque El mar tenía la certeza que no corría ningún peligro adicional a lo acontecido, porque su corazón estaba en paz, el quiso verificar que así fuera, y al escuchar al custodia, se sintió mucho mejor.

Al otro día fue llamado nuevamente a la clínica, El mar pensó que sería tratado en relación al incidente de la noche anterior, sin embargo fue grande su sorpresa cuando en lugar de encontrarse con la doctora Colín, había sido aguardado por el profesor Makrowki, a quien él conoció como científico, no como psicólogo ni como psiquiatra, el cual había sido asignado para que aportara una segunda opinión, y aunque a El mar no le importó el propósito ni la intensión, no dejo de condicionarse para las respuestas.

El profesor Makrowki se limitó a cuestionarlo en función del mismo tópico que le había tratado anteriormente la doctora fenicher, con la diferencia de que El mar y el profesor Makrowki, conversaron de una forma más directa y con respuestas más precisas.

El profesor quedó tan satisfecho con tal conversación que al despedirse, se intercambiaron un fuerte apretón de manos.

Al otro día El mar se enteró que Kant había sido encerrado en una celda solitaria, por cuarenta y cinco días, en cambio a él empezaron nuevamente a permitirle volver a los lugares habituales: a la iglesia, al gimnasio, a la biblioteca y a la explanada, le restituyeron el derecho a usar el teléfono y a ver televisión.

El segundo domingo del mes era domingo 13 de julio, y desde muy temprano, aproximadamente a las seis de la mañana, los tortugas volvieron a incursionar a J-1, re volteando todo lo que encontraban a sus pasos, virando a todos los prisioneros con el pecho sobre el piso frio, para ellos poder virar las colchonetas buscando contrabando.

La redada se extendió por más de dos horas, y aunque no lograron incautar nada significativo, algunos prisioneros fueron mudados de casas.

Kant continuaba purgando su encierro, él había impuesto una cuartada de que El mar había intentado rayarle la cara con un lápiz y que él lo había agredido en defensa propia, que él lo había empujado pero que El mar con alguna intensión se había tirado al piso, cubriéndose el rostro, evitando que él lo golpeara, hasta que decidieron separarse.

El mar por su parte dio una versión más ajustada a la verdad, dijo que Kant estaba fumando marihuana, y que había empezado a insultarlo, el caso es que la versión de El mar coincidió con las grabaciones de la cámara por lo que Kant fue encontrado culpable.

Cuando El mar andaba en el pasillo descubrió que su popularidad había crecido, y que ya toda Véngala estaba enterada del altercado, y los oficiales con su segunda intensión preguntaban qué fue  lo que lo indujo a pelear, por lo que El mar le decía:

----- No he peleado, simplemente me he visto envuelto en una pelea, alguien me atacó y a pesar de todo, no me defendí. --- Decía, y todos callaban.

Más adelante un oficial le había notificado de que la contravención que le habían escrito por la versión de Kant, iba a ser investigada, y si se había cometido algún error, no iba a trascender, entonces El mar recordó la revelación que había tenido donde una oficial estaba esposada junto a él, porque lo llevaba para que se desechara el "ticket" y entendió que el Dios de su ser le había revelado todo lo acontecido antes de que sucediera.

El catorce de julio El mar había sido nuevamente llevado a la corte de Yonkers, a su llegada encontró un nuevo Juez y un abogado improvisado, asignado para la ocasión, Dino J. había sido retirado.

La actitud y las lagrimas de Barbarita  habían llevado a El mar a tomar una decisión apresurada, la conspiración había pasado la frontera de la racionalidad, entonces pensó en una posible estrategia que le permitiera pelear el caso desde afuera, el pensó declararse culpable bajo la condiciones de que lo dejaran apelar, ese día lo sacaron y lo introdujeron por más de cinco veces a declarar que aceptaba hacerse culpable voluntariamente, pero siempre que salía agregaba que él era inocente, pero que se declaraba culpable porque su familia lo necesitaba y no tenía otra forma de salir de la cárcel a menos que no fuera aceptando la impuesta culpabilidad por el tiempo servido, y lo volvían a llevar a la celda, tenían casi una hora en que lo entraban frente al juez y volvían a sacarlo, porque él se negaba a aceptar una culpabilidad impuesta.

La flaqueza del sistema consistía en que aún sabiendo los magistrados que estaban violando sus propias leyes para imponer un criterio arbitrario habiendo descaradamente aceptando en flagrante corrupción y conscientemente una culpabilidad forzada, aún así, no estarían dispuestos a dar sus brazos a torcer.

Después del descarado espectáculo lo hicieron firmar una hoja donde voluntariamente el aceptaba la culpabilidad a cambio de su libertad.

--- Esta corte declara al acusado en libertad bajo el beneficio de tiempo servido.---

Se le oyó decir al juez D. Wood, que ese día por primera vez se incorporaba al caso.

El mar buscando la manera de erradicar el rastro del rencor, abrazó al abogado Robert P. que ese día había intervenido para su viciada libertad.

Una de las custodias de la corte que lo miraba dándole una sonrisa le dijo en tono de amonestación:

---- Fue mejor que aceptara la oferta, porque si no la aceptaba iba a durar cinco años sin ver la luz del sol.--- Afirmó.

El mar guardó silencio, y correspondió a la sonrisa que ella le ofertaba, buscando alejarse de aquel ambiente cargado de tensión lo más rápido posible.

A su llegada al apartamento en lo alto de la ciudad encontró que una de las puertas había sido forzada, entonces salió a la calle y usando un teléfono de monedas se comunicó con Barbarita, que le notificó que estaba en el refugio y no podía salir.

Al otro día se encontraron en un parque próximo al lugar a donde se alojaba, le entregó  375.00 dólares que había acumulado para pagar la renta, mientras conversaban sonaba con insistencia el teléfono de Barbarita, la cual se había negado a responder,  al ver que sonaba sin que ella respondiera, El mar le sugirió:

---- responde la llamada, no hay problemas.

Pero ella se negó y guardó silencio, era su nuevo amante que llamaba.

Al otro día y sin que lo convocaran, aprovechando todo  lo acontecido, con la anuencia del juez  Thomas B. y sus camarillas, le cedieron la custodia de Mark a celeste Capellán a espaldas, sin convocar a El mar, que tanto había peleado en corte por su niño, habían vuelto a violarle sus derechos; en ese instante en que El mar recibió la noticia, a pesar de su condición de hombre pacifico, una descarga de impotencia se apodero de él, y deseó  ser poseedor de una fuente de fuego que le permitiera derretir a los canallas envueltos, aquellos que se parapetaban detrás de las instituciones para dar rienda suelta a las maldades, de sus corazones.

Aunque El mar sometió una apelación y demostró que habían viciado las leyes en su contra, la corte de Yonkers alegó que habían perdido el rastro de Celeste capellán; luego se apeló en la corte de White plains y después de un drama de leguleyos y criminales investidos de poder, negaron la apelación, las conspiración se había consumados y los malvados seguían su curso, el hombre había perdido la capacidad de practicar la justicia entre ellos, la naturaleza tendría que intervenir.

Después de varios años de espera sin solución El mar había Despachado un oficio donde declaraba que no podía esperar justicia de un grupo de corruptos que usaban el poder para abusar, y que en lo adelante él se negaba a creer en su justicia, entonces la suprema corte le negó la apelación, de nada valieron las gestiones de Ron Stokes, ni el drama de Martin & Colín, que habían sido los últimos que tuvieron ventilando la posibilidad de que se le retribuyeran sus derechos a El mar Valenilla en su afán de encontrar justicia entre corrompidos.

En lo adelante y durante esos primeros días en que El mar había salido de prisión, Barbarita seguía frecuentándolo y los fines de  semana se iba al apartamento a juntarse con él hasta que le tocaba regresar al refugio, e inclusive después de haber conseguido un traslado a un refugio de la calle Walton, lo siguió frecuentando,

Pero lo seguía haciendo a escondida, sin que nada de eso lo supiera la familia, hasta que El mar confirmó la traición, antes que se alejaran definitivamente él pudo percatarse que una enorme rasquiña le invadió la vagina, con lágrimas en los ojos ella se auto denunció dejándole entender que algo había pasado.

Ella empezó a buscar un motivo que la justificara para hacer un conflicto, él se le fue alejando.

El caso civil fue viciado y manipulado por la corrupción de los defensores del paraíso, la brutalidad policial pretendía venderse como un accidente de carro, promovido por Rosenblatt, Frasciello una firma de abogados que existió en ese entonces y que había tomado el caso pero que después de un año habían sometido una moción a la suprema corte del paraíso para retirarse en perjuicio de El mar.

Los esbirros de la ciudad no sólo manipularon a los familiares de Barbarita, sino que siendo ella la única testigo del caso, tal y como hicieron con Celeste Capellán, la sonsacaron para que hiciera cargo contra El mar, bajo el alegato de violencia domestica.

Sin embargo El mar, tampoco se dejó; él sabía lo que había sucedido:

Unos días antes cuando todavía él entraba libremente a donde Barbarita, en el apartamento del refugio, de la calle walton, había encontrado un mensaje en un teléfono celular que era de su pertenencia, y que lo estuvo usando Barbarita, donde los esbirros del precinto 46,  la invitaban a que fuera a hacerle cargo a él, quien tomó  sus medidas de protección y  aprovechó  un reporte médico de una noche en que él había vuelto a visitarla  a la calle walton, donde lo recibió  alarmada, y haciéndose la víctima, involucró  a unos  vecinos que tenía como amigos, y que en ese momento se encontraban en su apartamento.

Habiendo caído aquellos en turba sobre El mar, lo golpearon causándole unas laceraciones, sin que la policía hiciera ningún reporte del incidente aún habiendo asistido a la escena del crimen, porque todo era parte del plan que ellos habían fraguados en su afán de lacerar el reclamo civil, y en justificación de la brutalidad policial que habían ejercido un año ante contra él.

Entonces, usando como evidencia frente a la jueza de la corte de familia de la ciudad, el reporte médico de esa noche, él también la acusó de maltrato y complicidad de generar violencia contra él, y ante ésta formulación, ella se vio precisada a negociar con El mar, retirándole los cargos que ella había formulado, a fin de que él le retirara los que había levantado contra ella.

Finalmente Barbarita y su amante se juntaron, ella lo conoció mientras El mar se encontraba en Véngala, y él siempre tuvo miedo de que él lo conociera, y aún viviendo junto a Barbarita Roque y los hijos de El mar, nunca se mostro ante él.

Kant había empezado a experimentar remordimientos de conciencia y, recordó que una vez cuando todavía él y el topo eran buenos amigos, y se movían en pandilla, en una de las calles de la ciudad se había formado un tiroteo donde él había resultado herido, y el topo había mostrado una gran preocupación por él, que muy pocas veces mostraba por nadie, persiguiendo revolver en manos a su agresor, quién viéndose perdido se internó por un sendero donde creía que estaría seguro.

Como el Topo iba persiguiéndolo, el agresor se vio forzando a esconderse en una pileta donde usó una manguera para poder respirar mientras se acomodaba debajo de las aguas, con la desdicha de que el Topo descubrió las burbujas de la pileta y a fin de hacer salir al agresor de su escondiste, hizo varios disparos que resonaron en el aire, y como los disparos atrajeron a las fuerzas policiales, corrió a las proximidades del rio Hudson y lanzando el revólver al agua, confundió a las fuerzas policiales sin que ellos descubrieran quién hizo los disparos , sin embargo el agresor por miedo salió del escondiste, y se entregó a los gendarmes, confesando su crimen por miedo a ser acribillado.

Entonces el topo fingiendo que llegaba mostró conocer al herido y se ofreció a llevarlo al hospital, mientras que el agresor había sido arrestado y llevado al precinto.

Pensaba en cómo había pasado el tiempo y cómo el irracionalismo lo había llenado de maldad; Kant, tampoco se explicaba lo del cambio del Topo y se auto-condenaba.

Se acordó de su radicalismo donde desojó la biblia flochándola en el sanitario, y pensó en la expresión de El mar "Nadie vence a los hijos de Dios".

Unos meses despúes fue encontrado culpable de asesinato en primer grado, y aunque gestionó y gesticuló, recibió 15 años de sentencia, y dos semanas después fue llevado al estado y prefirió el suicidio a la tortura.

De su propia correa se le encontró colgando de un barrote de hierro, él flocho la palabra de Dios y como judas, así también murió.

El Topo salió dos años después, por esas circunstancias de la vida se juntó con Stick y desde entonces se fueron por el mundo cazando rebeldes para darlo a Dios. Lázaro Osorio al salir de la cárcel se dedicó a la música, se había vuelto rapero y andaba haciendo letras denunciando los males del sistema.

Siete años después El mar se enteró que el Juez Thomas B. había sido internado en un centro Psiquiátrico del Paraíso, le habían secuestrado a un hijo, pidieron un rescate que él no podía pagar, primero le mandaron un dedo de la manos izquierda, luego una oreja, después un brazos y luego le dejaron en la entrada de su casa el cadáver.

A partir de ahí él no quedó en condiciones facultativa de seguir ejerciendo como juez, aquellos traumas le causaron trastornos que lo llevaron al internamiento.

Un misterio terrible estaba aconteciendo, gran parte de los abogados que habían defraudados a El mar habían perecidos en accidentes automovilísticos, menos la "Frolinger" que había sido devorada por su propio perro, un pastor alemán de grande fauces.

El comisionado Jefri Hamilton y el capitán Risk Salgado, ante la presión de la población, se vieron precisado a renunciar.

El bufete de los frasciello, que se habían retirado del reclamo civil, diez años después habían sido acusados de fraude, no sólo perdieron la licencia sino que además fueron a la cárcel. El mar había logrado continuar el reclamo por brutalidad policial, una lavandera de nombre trina Flores, lo introdujo con una firma de nombre Rosenberg, que había Seguido el caso confundiendo los términos incidente con accidente, teniendo El mar frecuentemente que redefinírselo cuando hablaban del caso.

El objetivo era hacer pasar la brutalidad policial como accidente de tránsito, debido a que después del incidente los esbirros de otro precinto, también le habían chocado el carro a El mar, justamente al cruzar una señal de "pare", y la mística de el paraíso, "estado de equilibrio para el reino, cuna de las riquezas, la justicia y armonía", jamás debía colarse la noticia, de que allí se violaban los derechos humanos, y menos a pensadores poseedores de intelecto más cortante que la espada.

Después de bastante presión, a donde no dejo de introducir sus manos Trina Flores que ahora se había indispuesto contra El mar para que aceptara con gracia y sin coraje unos veinte mil dólares que ofrecían, y que El mar se negó, amonestándola con una ráfaga de su Filosofía, en una perorata discursiva:

---El egoísta se auto enceguece rechazando la armonía de la luz, es cierto que nadie habrá de llevarse ni lo mal habido ni lo bien conseguido, pero no confundas la malicia con la sabiduría, no olvides que no es lo mismo servirse que servir, ni es lo mismo manipular que ayudar, el único que sabe cuánto he sufrido soy yo, y ahora ustedes me quieren vender por nada.--- Le dijo.

Trina Flores se enojó y marcó la distancia, ella quería fungir de intermediaria, pero no fue posible, El mar siempre fue cuidadoso con los piadosos, el sabía que detrás de cada ilusión había oculta una intensión.

Finalmente abordó un acuerdo con la firma que a su vez habló con la gendarmería y la ciudad, no volvieron a corte, habían vendido el caso de brutalidad, por veinte cinco mil dólares más, de esos 45,000, obtenido como botín de guerra, el abogado se quedó con 10,000 y le entregó a El mar 35,000, aunque lo acontecido habría sido mucho más, entre conspiradores y malvados, El mar salió premiado.

En cambio, Celeste Capellán se enroló  en una relación violenta y tuvo que huir a Europa, buscando deshacerse del tormento; cuatro a años después El mar viajó  a Tenerife y se enteró del descenso de doña Elude, la madre de Celeste capellán y de Rafi el sacerdote, y todo fue   por boca de una pariente que se negó a suplir más información sobre el destino de Mark, Celeste y el beato, alegando que ella sólo cuidaba la casa, y con más miedo que vergüenza atrapando entre sus dedos una tarjeta de negocio que El mar le entregó,  por si decidían suplirle información sobre Mark, que lo ubicaran, la suplente se retiró .

El profesor Makrowki y la Doctora Colín Johnson, se unieron por la ciencia, en el amor.

El abogado Roger Vitine, quien se había hecho cirugía y se había cambiado el nombre, en lo adelante se llamaría Robert Alexander, quien quince

Años después aparecía nuevamente en el escenario político de Isla Dorada, después de todo, llegó a ser senador de la República hasta que envejeció, el espíritu se marchó y la tierra lo reclamó.

Siete años después cuando ya iba a cumplir los trece años Mark se enteró que su padre había viajado a buscarlo pero no lo encontró, él se desesperó, porque aún a él, le quedaban los leves recuerdos de esos primeros años en que ellos anduvieron juntos, y regresó a su padre, las presiones que él empezó a hacer motivó a Rafi el sacerdote a tomar carta en el asunto, y habiendo considerado que el tiempo era propicio, los juntó.

Tan sólo faltándole unos días para casarse, El mar volvió a encontrar a Jeremías y a Chari y aunque no llegó a ser padrino de la boda, lo acompañó en el matrimonio.

El profesor Makrowki que apreciaba el talento de El mar, no sólo lo introdujo con la señorita Makwinsy, sino que lo relacionó de tal manera que la amistad creció, y su vida cambió   , sus novelitas fueron exitosas y entre versos y canciones vivieron el amor, y otra niña nació, además de Quincy, nació Mariel.

El mar, on the other hand, had been somewhat disappointed with the response, and had noticed that some young people in the central Caribbean were sailing from confusion to alienation.

# EPILOGO

La constitución del reino en ese entonces, obedecía a la limitada condición del planeta, donde para avanzar era necesario experimentar, y de cualquier forma nadie estaría "libre de culpa para lanzar  la primera piedra".

A veces daba la impresión de que el sistema estaba diseñado para frenar la autodeterminación de aquella generación, y sobre todo de los pensadores, de forma tal que estos tuvieran que depender de las decisiones de los ideólogos del reino, era como una forma de imponer y dictar las reglas del juego, forzándolo a escudarse detrás de un silencio mordaz, que cercenara la calidad de la moralidad, para que si algunos intentaran elevar la voz en la tribuna, buscando pronunciarse contra el estatus qúo, que le faltara fuerza moral para  accionar al blandir las herramientas combativas, que le flaqueara Todo criticismo   fundamentado en una adversa cosmovisión contextual.

El mar lo entendía así, el sabía que ese tipo de trauma por el que había pasado, a otro menos fuerte lo hubiera enloquecido, el sentía una necesidad imperativa de pronunciarse, y siguió haciendo letras que Lázaro Osorio no dejó de cantar, y mientras más escribía, mayor sanidad le entregaba a su alma, el sabía que la respuesta a todo se encontraba en no ser esclavo de las emociones, y escribió:

"Los pájaros azules quebrantan la paz, oprimen de más, una pistola al cinto le hace creer que tienen poder, los pájaros azules son un mito, para darse fuerza en su quehacer, se inyectan una dosis de poder, algunos de ellos son maliciosito, fuman marihuana o huelen perico, por eso cuando quieren a alguien detener, disparan la pistola o le patean la cola. Algunos de ellos que son encubiertos, logran atrapar grandes cargamentos, pero guardan silencio, a cambio de un por ciento.

¡Si andas por las calles de la ciudad y busca un espacio para parquear, si todo está lleno y quieres esperar, aún dentro del carro te van a multar, y si te incomodas te pueden golpear, una infracción te hacen pagar, y además también un caso criminal te pueden fabricar! ¡Que bravo son!

Por el uniforme de la ciudad a veces ellos creen que pueden matar, ellos son creadores de violencia, y ocultan su maldad en una licencia.

Ellos buscan la manera de criminalizarte, y si aplica a un empleo, tratan de interrogarte, que si eres "convicto" o bendito, y así llenan tu vida de conflictos.

Hay que tener cuidado al caminar, con su sistema de justicia criminal, para que no ensucien tu huella digital. Si contra ti se comete un error, ellos necesitan justificación, para demostrar su perfección, errar es de humano y ellos son marcianos.

El sistema de ellos está diseñado, para que jamás estén mal parados, así los de arriba conservan sus cargos, y para los de abajo todo es un relajo.

Si tú tienes conflicto familiar, y algún mal entendido no puedes aclarar, un caso de violencia te pueden crear y de tu familia te pueden separar.

Y si te vas a corte y quieres pelear, y un abogado no puedes pagar, te ofrecen uno que te haga criminar.

Si tu ex mujer puede testificar, un apartamento le pueden otorgar, con una dirección confidencial.

Y frente a tus hijos te van a avergonzar, haciéndole creer que tú eres criminal, que tú eres un peligro para ellos avanzar.

Tú hijo predilecto puede ser tu castigo, ellos lo manipulan e indisponen contigo.

Si pierde la familia y te queda solito, pueden lograr hacerte la vida de cuadritos.

Por eso a tu mujer tú debes entender, porque si no la estudia la puedes perder, ella es el honor, también el laurel, pero si no la aprende, tú puedes perecer, ella es amor y es dolor, "es tan sabrosa como peligrosa", si tú la mancilla se vuelve una roca, si está despechada es como una bala.

Ella a ti te advierte con la mirada, para que tú entiendas sobre la jugada, si es que traes ternura o sigue enojada, si es sabrosura o amalgama.

En la ciudad los hábitos están como de más, y hay niñitos que son pobrecitos, y viven así, algo alienaditos, la publicidad de la televisión, le hace pensar como magna ton.

Vivir de asistencia, para ellos es practicar la ciencia de la dependencia, se le hace difícil la auto-suficiencia, y quieren que el gobierno les hagas conciencia desde la alcaldía, para practicar el amor de un día.

O barre los parques o te hacen policía, para perseguir a las minorías, también hay opción para que te hagas de una profesión, o te hace abogado o te hace doctor.

Las madres solteras no son forasteras, pueden ser nativas o extranjeras, ellas paren hijos para el sistema, los mismos que crecen y van a la guerra, con o sin marido, eso da lo mismo.

En la sociedad no hay nadie de más, cada uno tiene su utilidad.

Unos están activos otros en el estado, y otros tanto están deshabilitados, pero en realidad cada ser humano en la sociedad se encuentra ubicado, y para eso tienen números asignados.

Unos se creen libres algunos encerrados, y una mayoría, muy descerebrados.

Por allá en el reino tanto es como flores, o como ramo, no entender la lengua puede ser pecado, pero aún así, a nadie le importa a cuantas frontera se deba enfrentar, ni el precio en la vida que haya que pagar.

Aquellas letras le habían dado fama a Lázaro Osorio, Aquel se había reformado para el éxito, El mar Valenilla lo arrastro hacia el cambio.